तुम मेरी ज़िन्दगी का पासवर्ड हो

सुदीप नगरकर

राजपाल

अनुवाद

प्रभात रंजन

स्थापित 1912
100 वर्षों की
श्रेष्ठ प्रकाशन परम्परा
राजपाल

₹ 175

ISBN : 9789386534101

प्रथम संस्करण : 2017

TUM MERI ZINDAGI KA PASSWORD HO (Novel)
by Sudeep Nagarkar
(English edition of *You're the Password to my Life*
published by Penguin Randomhouse India in 2016)

मुद्रक : रेकमो प्रेस लिमिटेड, नयी दिल्ली

राजपाल एण्ड सन्ज़

1590, मदरसा रोड, कश्मीरी गेट, दिल्ली-110006
फोन : 011-23869812, 23865483, फैक्स : 011-23867791
e-mail : sales@rajpalpublishing.com
www.rajpalpublishing.com
www.facebook.com/rajpalandsons

जवां दिलों के चहेते लेखक सुदीप नगरकर की अब तक की सभी पुस्तकें बैस्टसैलर साबित हुई हैं। रोमांस पर सबसे अधिक बिकने वाली पुस्तकें लिखने के लिए उन्हें 2013 में 'यंग अचीवर्स अवॉर्ड' से नवाज़ा गया था।

2012 में दूसरी पुस्तक प्रकाशित होने के बाद से वे पूरी तरह से लेखन को समर्पित हैं। आप टेलीविज़न के लिए भी लिखते हैं और आईआईटी जैसे प्रख्यात संस्थानों में गेस्ट लैक्चरर हैं। लगातार दो सालों तक *फ़ोर्ब्स इंडिया* पत्रिका की सबसे महत्त्वपूर्ण सेलीब्रेटी सूची में आपका नाम सम्मिलित है।

सुदीप नगरकर मुम्बई में रहते हैं और पाठक उनसे सम्पर्क कर सकते हैं—

Facebook fan page: / sudeepnagarkar
Faceboook profile: / nagarkarsudeep
Twitter handle: / @sudeep_nagarkar
Website: www.sudeepnagarkar.in
Email: contact@sudeepnagarkar.in

उस शाश्वत बंधन को समर्पित जिसे विराट और
काव्या ने परस्पर साझा किया।

ज़िन्दगी को बदलने में वक्त नहीं लगता, पर
कभी-कभी वक्त को बदलने में ज़िन्दगी लग जाती है।

शुरुआत

हम सभी के जीवन में कोई एक इन्सान ऐसा होता है जिसके न होने से हमारा होना ही अर्थहीन लगने लगता है। कुछ लोगों के लिए, उनका कोई दोस्त ही वह इन्सान होता है। इससे कोई फ़र्क नहीं पड़ता कि आप छोटी-छोटी बातों के लिए अपने दोस्तों से कितनी बहस करते हैं, लेकिन आप उनको उसी के लिए प्यार भी करते हैं जो हर एक का अपना व्यक्तित्व है। छोटे, महँगे तोहफ़े और मीठी-मीठी बातें तब तक कोई मायने नहीं रखती हैं जब तक कि कोई उन छोटी-छोटी बातों की तारीफ़ नहीं कर सकता हो जो कि मायने रखती हैं।

रोहन किस्मतवाला है कि उसके पास दोनों का ही बेहतरीन रूप है : ऐसा दोस्त जिसके लिए ज़िन्दगी जी जाये और ऐसा प्यार जिसके लिए जान दे दी जाये। एक ऐसा दोस्त जो सिर्फ़ उसके साथ बाहर जाने के लिए अपने मम्मी-पापा के सामने आत्मविश्वास के साथ झूठ बोले और एक ऐसी गर्लफ्रेंड जो धीरे-धीरे से उसके दिलो-दिमाग में घुसती जा रही है।

वह शाम रोहन के प्यार की वर्षगाँठ मनाये जाने की शाम थी। रोहन अपनी गर्लफ्रेंड रिद्धिमा के घर जाने के लिए निकल चुका था और उसका दोस्त विराट भी रास्ते में था, वह शाम अच्छी बीते इसके लिए रोहन ने सारी तैयारियाँ कर रखी थीं। उसने अपनी जेब से मोबाइल फ़ोन निकाला और उसमें रिद्धिमा की तस्वीरें देखने लगा, फिर उसने फ़ोन में आये मैसेज को पढ़ा और उसका जवाब टाइप करना शुरू कर दिया :

मैं इतने किस करूँगा तुमको कि तुम कमाल की दिखने लगोगी। तुम हमेशा यह पूछती हो न कि तुम मेरी एक्स गर्लफ्रेंड से देखने में अच्छी

हो या नहीं, तो आज मुझे सच कहने दो—तुम्हारी तुलना किसी से भी नहीं की जा सकती, मेरी जान। मैं तुमको बहुत प्यार करता हूँ और खुद ही यह सोचकर हैरान होता हूँ कि ऐसा क्यों?—जब आपको यह पता हो कि आप किसी को क्यों पसन्द करते हैं, तो वह आकर्षण होता है, और जब आप उसे पसन्द करने का कोई कारण नहीं बता पाते हैं तो वही प्यार होता है।

भेजने से वह पहले एक बार और मैसेज को पढ़ता है। उसके बाद वह यह सोचता है कि उस मैसेज को फ़ोन से डिलीट कर दे। आखिरकार, उनको मिले एक दिन ही तो हुआ है। उसको डर लग रहा था कि रिद्धिमा उसके बारे में क्या सोचेगी। लेकिन सबसे अच्छी बातचीत वह होती है जो कभी की ही नहीं जाती, ठीक उन मैसेज की तरह जो भेजे ही नहीं जाते।

रोहन रिद्धिमा के घर पहुँचा और उसने दरवाज़ा खटखटाया। रिद्धिमा ने उसको अन्दर बुला लिया, हालाँकि इस बार स्थिति कुछ अलग थी, पहले वह उससे फ्रेंच पढ़ने जाता था, जबकि अगर भाग्य ने उसका साथ दिया तो इस बार वह उसको यह सिखाने के लिए गया था कि 'फ्रेंच किस' कैसे किया जाता है। उसने विराट से यह पूछने के लिए फ़ोन किया कि वह कहाँ है और उसको पहुँचने में कितना समय लगेगा।

'मैं रास्ते में हूँ। आधे घंटे में पहुँच जाऊँगा। माफ़ करना दोस्त। ट्रैफिक में फँसा हुआ हूँ,' विराट ने झूठ बोला।

वह ट्रैफिक में नहीं फँसा हुआ था बल्कि एक और मीटिंग में फँसा हुआ था—जो उसके सबसे अच्छे दोस्त के साथ थी। कोई लड़की आपकी सबसे अच्छी दोस्त हो सकती है, आपकी सबसे बुरी दुश्मन, या आपका सबसे बुरा दुःस्वप्न। यह सब इस बात पर निर्भर करता है कि आप उसके साथ किस तरह से व्यवहार करते हैं। विराट उसको राजकुमारी की तरह से देखता था लेकिन उससे अक्सर यह पूछता था कि वह प्यार करने के लिए किसी लड़के की तलाश कब शुरू करेगी। इसके जवाब में वह कहती थी, 'मुझे किसी ऐसे मैच्योर व्यक्ति की ज़रूरत नहीं है कि उसके सामने मैं बचपना नहीं कर सकूँ। मुझे तो कोई ऐसा आदमी चाहिए जो मेरे बचपने को प्यार करे और बड़ों की तरह से

मेरी बात समझे।' वे ऐसी बातों पर आपस में लड़ पड़ते थे और कई-कई दिनों तक बातचीत नहीं करते थे।

उस रात विराट की दोस्त को अपने होमटाउन जाना था, अकेले। उसको यह बात कभी पसन्द नहीं थी कि वह अकेली सफ़र करती थी। लेकिन उसे जोखिम उठाना पसन्द था और उससे बहस में जीत पाना विराट के बस की बात नहीं थी।

विराट रोहन के घर पहुँचने ही वाला था कि उसने तेज़ रफ़्तार में अचानक यू-टर्न ले लिया। उसने जैसे ही गाड़ी मोड़ी और तेज़ी से निकला बाकी गाड़ियाँ रुक गयीं। जब वह सिग्नल के हरे होने का इन्तज़ार कर रहा था तो उसको एक मैसेज मिला। उसने तत्काल उस अनजान नम्बर पर फ़ोन किया और इससे पहले कि दूसरी तरफ़ वाला आदमी उसको सारी बातें समझा पाता उसने फ़ोन काट दिया। अचानक, वह सुन्न पड़ गया—जैसे पूरी दुनिया भरभरा रही हो। उसको अपने कानों पर यकीन नहीं हो रहा था। यह, अब तक के उसके जीवन की सबसे बुरी खबर थी।

जब उसने कार की रफ़्तार बढ़ाई तो उसके हाथ काँप रहे थे। कुछ मिनटों के बाद, उसको रोहन का फ़ोन फिर से आया।

'कहाँ हो तुम? लड़कियों का पीछा करना छोड़ो और सीधा यहाँ आ जाओ।'

'रोहन, मैं नहीं आ रहा हूँ। मुझे माफ़ करना क्योंकि मुझे किसी से जल्दी मिलना है। प्लीज़ इस बात को गलत मत समझना,' विराट ने भारी आवाज़ में कहा।

'क्या हुआ?' रोहन ने हालात की गम्भीरता को भांपते हुए पूछा।

बिना एक शब्द कहे विराट ने फ़ोन काट दिया और अपनी कार को पार्क किया। वह बाहर निकला और चलने लगा कि तभी उसको ध्यान आया कि वह एक बार फिर कार को लॉक करना भूल गया है।

'मुझे तुमसे यह बात कितनी बार कहनी पड़ेगी कि देख लो कि कार का दरवाज़ा अच्छी तरह से बन्द हुआ है या नहीं? तुम कितने लापरवाह हो विराट। मुझे यह अच्छा नहीं लगता।' विराट को याद आया कि वह उसे किस तरह से डाँटती थी और उसकी आँखों से आँसू ढुलक पड़े।

पागलपन से भरे सारे लम्हे उसकी आँखों के सामने फ़्लैशबैक की तरह घूमने लगे जो उन दोनों ने साथ-साथ गुज़ारे थे। उसे याद आया कि वे किस तरह से कार में बैठकर लम्बे सफ़र पर निकल जाते थे और वह किस तरह से कार में उसके साथ बैठकर उसको गुदगुदी करती थी। एक फीकी मुस्कान, अनकहे लफ़्ज़, और एक टूटा हुआ दिल : सब उसे मारे दे रहा था। उनके बीच का रिश्ता उस तरह से नहीं उभर पाया जिस तरह से उसको होना चाहिए था। शायद वह कुछ और बेहतर हुआ होता। अच्छी यादें और एक-दूसरे के साथ बिताये हुए मूल्यवान लम्हे सब एक पल में बिखर गये।

कई बार हम अपने जीवन के साथ खेलते हैं, लेकिन जब गम्भीर होने का समय आता है तब ज़िन्दगी हमारे साथ खेलने लगती है। रोहन इस बात की उम्मीद कर रहा था कि विराट अपने जीवन की नयी खुशी का जश्न उसके साथ मनाये, लेकिन अब तो रोहन को भी विराट की फ़िक्र हो रही थी। रोहन जिस तरह से बर्ताव कर रहा था उससे रिद्धिमा को कुछ समझ में नहीं आ रहा था और वह यह जानना चाहती थी कि हुआ क्या था।

उसके सामने जब भी कोई मुश्किल आती है तो वह सबसे पहली इन्सान होती है जो उसके साथ खड़ी हो जाती है। अब वह उसके साथ की कमी को महसूस कर रहा था। विराट को अपनी सबसे अच्छी दोस्त काव्या के सहयोग की कमी महसूस हो रही थी।

थोड़ी-सी पागलपंती वाली दोस्ती

जुलाई का मध्य, 2009

'काव्या, तुम इस वक्त यहाँ क्या कर रही हो ? तुम तो मेरी माँ की तरह बर्ताव कर रही हो। उनकी यह आदत है कि वह मुझे सुबह-सुबह जगा देती हैं, वह भी बिना किसी कारण के। बहुत चिढ़ पैदा करने वाली बात है!' विराट आधी नींद में ही बड़बड़ाये जा रहा था। काव्या उसको जगाने की कोशिश में पीछे से मारे जा रही थी।

विराट और काव्या दोनों ही पुणे के बायोसिस कॉलेज में पढ़ते थे।

'आई वाना (wanna) मेक अप राइट नाओ, ना, ना... विश वी नेवर ब्रोक अप राइट नाओ, ना, ना...'

स्टीरियो पर यह गाना बार-बार बज रहा था और विराट दुनिया से बेपरवाह सोया हुआ था। काव्या ने ऐसे मौकों के लिए उसके कमरे की डुप्लीकेट चाभी बना रखी थी।

अगर विराट के वश में होता तो वह सारा दिन सोया ही रह जाता।

'तुम अपने आप कभी नहीं उठ सकते, क्या उठ सकते हो ? तुमको अपनी अलार्म घड़ी फेंक देनी चाहिए। यह किसी काम की नहीं,' काव्या ने उसको हिलाते हुए शिकायती लहज़े में कहा।

काव्या टॉमबॉय थी; एकदम मुँहफट। विराट के विपरीत वह बड़ी आसानी से दोस्त बना लेती थी और उसको खेलना और बाइक चलाना बहुत पसन्द था। वैसे तो वह थोड़ी मोटी थी, लेकिन वह बड़ी अदा से रहती थी और हमेशा जोश से भरी रहती थी। वह कभी ऐसा कुछ नहीं पहनती थी जिससे कि उसके बारे

में कोई कुछ उल्टा-सीधा सोचे। वह दिल से खाने-पीने की शौकीन थी और उसको नयी-नयी चीज़ें खाने का शौक था। उसे लड़कों को चिढ़ाने में मज़ा आता था और जब भी उसको मौका मिलता था वह विराट को छेड़ने का मौका नहीं चूकती थी।

काव्या पुणे के कोथरुड में रहती थी। वह बहुत साहसी और साफ़-साफ़ बोलने वाली लड़की थी, और वह इस बात की परवाह नहीं करती थी कि लोग उसको गलत समझते हैं या सही।

'तुम मेरे ही घर में मुझे लात कैसे मार सकती हो?' विराट ने अपनी आँखों को आधा खोलकर काव्या की तरफ़ देखते हुए कहा।

'ओह प्लीज़! रहने भी दो। यह तुम्हारा घर नहीं है। यह तो घर है भी नहीं। ज़रा तार पर टँगे अपने गंदे अंडरवियर्स को देखो। इतने पुराने हैं कि उनमें छेद हो चुके हैं! और ज़रा अपने मोजों को देखो? उनसे इतनी बदबू आती है कि मैं जब भी तुम्हारे घर आती हूँ तो मुझे अपने साथ रूम फ्रेशनर लेकर आना पड़ता है,' काव्या ने ऐसे मुँह बनाते हुए कहा जैसे वह बहुत दुखी हो इन बातों से।

उसने उसकी शिकायत पर कोई ध्यान नहीं दिया और वापस सोने के लिए चला गया, काव्या से यह कहते हुए कि वह और 15 मिनट तक उसको परेशान न करे।

विराट स्मार्ट और खुशमिज़ाज लड़का था, वह हँसी-मज़ाक बहुत अच्छी तरह से कर लेता था। उसमें बस एक ही कमी थी कि वह बहुत सुस्त था। काव्या पूरी कोशिश करती थी कि उसको देर से न सोने के लिए समझाए, लेकिन वह सुनता ही नहीं था। वह हमेशा अपने गोरे चेहरे पर दाढ़ी रखता था और उसके इस स्टाइल से लड़कियाँ उसकी तरफ़ आकर्षित होती थीं। काव्या की तरह वह भी इस बात की बिलकुल परवाह नहीं करता था कि लोग उसके बारे में क्या सोचते हैं और वह जो महसूस करता था उसको कहने में बिलकुल भी नहीं शर्माता था। वैसे उसको किसी से दोस्ती करने में वक्त लगता था लेकिन वह किसी से भी रुखाई भरा बर्ताव नहीं करता था। वह किसी के साथ भी गम्भीर रिश्ता बनाने से डरता था क्योंकि उसके माता-पिता का देहांत जल्दी हो गया था जिसका जख्म उसके अन्दर सदा के लिए रह गया था। वह इस बात को जानता था कि किस तरह से अपनी मौजूदगी से सभी को आकर्षित किया जाये और

वह बड़ी सहजता से किसी के साथ भी बात कर सकता था। मुम्बई में जब वह स्कूल में पढ़ता था तब वह अपनी बुआ के साथ रहता था और बाद में जब वह कॉमर्स की पढ़ाई के लिए बायोसिस कॉलेज में गया तो उसने कॉलेज के पास ही किराये पर एक फ़्लैट ले लिया।

उसी कॉलेज में वह काव्या से मिला और मिलते ही उनमें दोस्ती हो गयी। काव्या उसको बर्दाश्त करती थी और उसको प्यार करती थी जबकि विराट के लिए उसका साथ हमेशा बना रहता था। और बाकी लड़कियाँ? हाँ, वे दोस्त थे, लाभ के लिए दोस्ती करने वाले।

'उठ भी जाओ कुम्भकर्ण। देखो कितनी देर हो चुकी है। तुमको याद भी है कि हम आज खरीददारी के लिए जाने वाले थे,' काव्या ने कहा और रसोई में नाश्ता बनाने के लिए चली गयी।

जब वह वापस बेडरूम में आयी तब तक विराट नहा चुका था और तैयार हो रहा था।

'कितने प्यारे हो तुम। इसी कारण से मैं तुमको अपना सबसे अच्छा दोस्त कहती हूँ,' उसने विराट के गालों को खींचते हुए कहा।

'अब यह मीठी-मीठी बातें करना बन्द भी करो। मैंने कहा था कि मैं आऊँगा और मैं अपना वादा हमेशा पूरा करता हूँ। इसलिए अब चलो,' उसने अपनी टी-शर्ट के कॉलर को ठीक करते हुए कहा।

'कम-से-कम पैंट तो पहन लो,' काव्या ने उसकी कमर के इर्द-गिर्द लिपटे हुए तौलिये की तरफ़ इशारा करते हुए कहा।

'मुझे क्या पहनना है क्या नहीं, इसके लिए मुझे बताना बन्द करो क्योंकि तुमने भी तो सलवार कमीज़ नहीं पहन रखी है,' उसने उसकी स्कर्ट की तरफ़ देखकर हँसते हुए कहा।

'तुमको क्या लगता है कि तुम्हीं एकमात्र मर्द हो?' काव्या ने पूछा।

विराट ने इस सवाल को नज़रअन्दाज़ कर दिया और ड्रेसिंग टेबल से एक कंघी उठा ली, साथ-साथ वह नाश्ता भी करता जा रहा था। काव्या इस बात से चिढ़ गयी। उसको सीधा करने के लिए काव्या यह जानती थी कि क्या करना था। विराट की आलमारी में कुछ बड़े साइज़ की कमीज़ें थीं जिनको उसने पहले कभी नहीं पहना था।

'तुम क्या कर रही हो?' जब काव्या ने उसकी एक बड़े साइज़ की कमीज़ उठाई और बदलने के लिए वॉशरूम में जाने लगी तो विराट ने पूछा।

'तुम एक मिनट में खुद देख लोगे,' काव्या ने शरारती अन्दाज़ में जवाब देते हुए वॉशरूम के दरवाज़े को बन्द कर लिया। जिस बात से काव्या जोश में आ गयी थी उस बात से विराट बहुत परेशान था। जब वह बाहर आयी तो उसने कुछ नहीं पहन रखा था सिवाय बड़े साइज़ की कमीज़ के और उसने कमर में एक बेल्ट भी बाँध ली थी। वह कमीज़ बड़ी मुश्किल से उसके घुटनों तक आ रही थी।

'तुम्हारा दिमाग तो खराब नहीं हो गया है?' विराट ने चिल्लाते हुए कहा।

'जब तुम अपनी छोटी-छोटी पैंट पहनकर घर में आराम से घूमते हो तो मैं इस तरह के कपड़ों में खरीददारी करने के लिए क्यों नहीं जा सकती? क्या यह सेक्सी नहीं लग रही?' काव्या ने आईने में अपने आप को देखते हुए शरारती अन्दाज़ में पूछा।

'अगर तुम इन्हीं कपड़ों में बाहर जाना चाहती हो तो मैं तुम्हारे साथ नहीं आ रहा, यह बताओ मुझे कि तुम मज़ाक कर रही हो न?' विराट को कुछ भी समझ में नहीं आ रहा था।

'मुझे चुनौती देने की कोशिश मत करो। अगर हार गये तो आज रात को पिलाने का खर्चा तुमको देना पड़ेगा।'

यह कहते हुए काव्या विराट के हाथ को खींचते हुए उसको नीचे ले गयी। उसने विराट की कार से जाने के लिए साफ़ मना कर दिया और अपनी स्कूटी स्टार्ट कर ली। विराट बुरी तरह से शर्मा रहा था। वह अपने चारों तरफ़ यह देख रहा था कि कहीं कोई उसको देख तो नहीं रहा। विराट के इस तरह शर्माने से काव्या खूब मज़े ले रही थी और वह अपनी हँसी को रोक नहीं पायी। स्कूटी चलाते समय काव्या की कमीज़ कुछ ऊपर की तरफ़ उठ गयी, विराट उसको नीचे करने की कोशिश कर रहा था, जिससे काव्या को बहुत मज़ा आ रहा था। सड़क की भीड़ में स्कूटी जहाँ कहीं भी रुकती तो आस-पास के सारे लोग उन दोनों को ही देखने लगते थे। विराट सिवाय अपने मुँह को हेलमेट से छिपा लेने के और कुछ भी नहीं कर पा रहा था।

'काव्या यह कोई बात नहीं हुई। क्या हम अपने कमरे तक वापस नहीं चल सकते?' विराट ने मिन्नत करते हुए कहा।

काव्या ने सुनी-अनसुनी कर दी और तब तक स्कूटी चलाती रही जब तक कि वे दोनों एम.जी. रोड पर एसजीएस मॉल नहीं पहुँच गये। यहाँ तक कि मॉल में जो आदमी पार्किंग का टिकट दे रहा था उस आदमी ने भी काव्या को टिकट देने में समय लगाया।

'हरामी कहीं के...' विराट अपने गुस्से को काबू नहीं कर पा रहा था, लेकिन जब काव्या ने उसकी जाँघों में चिकोटी काटी तो वह शान्त हो गया।

अपने जीवन में उसको इतना शर्मिंदा पहले कभी महसूस नहीं हुआ था और उसने यह तय किया कि वह छोटी-छोटी पैंट अब कभी नहीं पहनेगा, यहाँ तक कि घर में भी नहीं। उनका रिश्ता पागलपंती वाला था जिसमें किसी तरह की सीमा नहीं थी।

'अभी काम पूरा नहीं हुआ है। हमें अभी मॉल के अन्दर खरीददारी करने के लिए भी जाना है,' काव्या ने विराट को आँख मारते हुए कहा।

विराट के पास इसके अलावा कोई और विकल्प नहीं था कि वह काव्या की इच्छा को मान ले। सुरक्षा गार्ड से लेकर एसजीएस मॉल में मौजूद हर आदमी उनको घूर-घूर कर देखे जा रहा था, शायद इस वजह से कि उनको लग रहा था कि इतनी सेक्सी दिखने वाली लड़की के साथ होने के बावजूद विराट ने रोंदू जैसा चेहरा क्यों बना रखा था। काव्या पूरी मस्ती कर रही थी। वह इस बात से खुश थी कि उसने बाज़ी जीत ली थी और अब विराट को बिल चुकाना था। उन्होंने काव्या के लिए खरीददारी की और यह हैरानी की बात नहीं लगी कि विराट ने काव्या के लिए कपड़े खरीदने में काफ़ी दिलचस्पी ली ताकि काव्या विराट को और अधिक शर्मिंदा न कर पाये।

'मज़ा आ रहा है डार्लिंग?' जब वे दोनों वेस्टसाइड में बिलिंग काउंटर के पास खड़े थे तो काव्या ने विराट के गालों को खींचते हुए कहा।

'जब मेरा समय आयेगा तब मैं भी इसका जवाब दूँगा,' उसने जवाब दिया और बदले में काव्या उसको देखकर मुस्कुराने लगी।

दोनों मॉल से निकले और भागते हुए विराट के अपार्टमेंट पहुँचे। पहली बार नहीं था कि काव्या ने उसके साथ ऐसी गड़बड़ की थी। वह बार-बार ऐसा

इसलिए कर पा रही थी क्योंकि दोनों के बीच का रिश्ता बहुत मज़बूत था। क्या सच्ची दोस्ती का यही मतलब नहीं होता? वैसी सारी पागलपंती करना जैसी आप किसी और के साथ न कर पायें? जैसे ही विराट के फ़्लैट में वापस पहुँचे तो दोनों खूब हँसने लगे। दोनों पक्के पागल थे और दोनों को एक-दूसरे के साथ रहना अच्छा लगता था। विराट और काव्या के बीच का जो यह बन्धन था वह देश, काल से परे था।

'अच्छा काव्या मुझे एक बात बताओ...जब तुम सुबह ऐसे कपड़ों में बाहर निकलीं तो क्या तुमको बुरा नहीं लगा?' विराट ने पूछा।

'मुझे अजीब लगा तो था लेकिन ठीक है। हमारे रिश्ते की सबसे बड़ी पहचान ही पागलपंती है। सबसे बढ़कर मैंने ऐसा इसलिए किया था क्योंकि तुम भी मेरे साथ वहाँ अपनी हाफ़ पैंट में थे,' काव्या ने आँख मारते हुए कहा।

कोरेगाँव पार्क में स्विग लाउंज में दोनों पीने का आनन्द ले रहे थे। विराट उस बाज़ी में हार गया था जो उसने लगाई ही नहीं थी। लेकिन लड़कियों के साथ बहस में जीत पाना आसान होता है क्या? स्विग पुणे की सबसे मस्ती वाली जगहों में से एक थी जहाँ आप खुद को भीड़ में समा लें। शाम के समय वहाँ का माहौल बहुत बढ़िया रहता था और शहर में कॉलेज जाने वाले नौजवानों में उस जगह की बड़ी धूम थी। स्विग के बीचोबीच एक बड़ा बार था, जहाँ लकड़ी के कुर्सी-मेज़ एवं ऊपर रंगीन लैम्प लटक रहे थे, जिससे माहौल में बड़ी सरगर्मी सी हो जाती थी। विराट और काव्या को वहाँ आना बहुत पसन्द था, खासकर मंगलवार को जिस दिन 'हैप्पी ऑवर' के दौरान और भी कम कीमत पर शराब परोसी जाती थी।

'चियर्स!' विराट ने दोस्ती के नाम पर एक जाम उठाते हुए कहा। वह उस शाम का उसका चौथा गिलास था।

'अच्छा, अब यह बताओ कि वह लड़की कौन थी जिससे तुम कल बातें कर रहे थे? पहले उसको कभी तुम्हारे साथ नहीं देखा,' काव्या ने उसको अजीब तरह से देखते हुए कहा।

'क्या तुम उस लड़की के बारे में बात कर रही हो जिसने नीली ड्रेस पहन रखी थी?' उसने याद करने की कोशिश करते हुए कहा।

'अच्छा, तुमको उसकी ड्रेस का रंग तक याद है। तुम उसके इतने करीब थे कि मुझे लगा कि कहीं...'

'अच्छा, अब चुप भी रहो। कल मैंने उससे पहली दफ़ा बात की थी। उस बातचीत का भी कारण था। उसका नाम महक है। और वैसे भी, मैंने अब यह फ़ैसला किया है कि इन मामलों में कुछ गम्भीर हो जाऊँ। मेरा मतलब है कि उसके साथ नहीं, लेकिन...समझ रही हो न...अब मैं किसी रिश्ते में बँधकर रहना चाहता हूँ। अब इधर-उधर नहीं,' विराट ने हकलाते हुए कहा।

'अच्छा, सही में? ये बातें तुम कर रहे हो या तुम्हारी बोतल कर रही है?' काव्या ने हँसते हुए कहा।

'मैं गम्भीरता से बात कर रहा हूँ काव्या। मैं उससे यह जानने के लिए बात कर रहा था कि वह सालसा डांस की क्लास में आयेगी या नहीं।'

'अच्छा, फिर?'

'फिर क्या? वह आ रही है। वह बहुत अच्छा डांस करती है और मेरे बारे में तुमको पता ही है कि मैं कैसा हूँ। इसलिए मैंने सोचा कि शायद वह सिखा दे?'

काव्या विराट के इस खयाल से कि महक उसकी डांस पार्टनर बन जाये अपनी हँसी नहीं रोक पायी। काव्या को यह बात समझ में नहीं आ रही थी कि वह शराब के नशे में इस तरह की बातें सोच रही थी या विराट सच में उसके प्यार में था। इससे पहले विराट किसी रिश्ते को लेकर गम्भीर नहीं हुआ था, जबकि पहले भी उसका कई लड़कियों से मेल-मिलाप था। इसलिए काव्या को विराट के मुँह से यह सुनकर बहुत अजीब लग रहा था कि वह प्यार को लेकर गम्भीर होता जा रहा था। वह बस एक ही रिश्ते को लेकर गम्भीर हुआ था और वह काव्या के साथ उसका रिश्ता था। लेकिन वह तो दोस्ती वाला रिश्ता था। उसने यह तय किया कि जब तक उसका नशा न उतर जाये तब तक उसकी बातों पर ध्यान न दे। काव्या खुद भी नशे में थी इसलिए उसने यही तय किया कि इस मसले को ऐसे ही छोड़ दिया जाये। आम तौर पर, लोग नशे की हालत में किसी बात को लेकर या किसी को लेकर गम्भीर हो जाते हैं। विराट भी कोई अलग इन्सान नहीं था। उसने वेटर को आवाज़ दी।

'क्या मैं आपके लिए कुछ ला सकता हूँ मैम?' वेटर ने बड़ी विनम्रता से पूछा।

'मैम वैम छोड़ो। ये बताओ, क्या तुम चिकन को जन्म देने वाले हो? हमने खाने का ऑर्डर एक घंटे से भी अधिक समय पहले दिया था। कहाँ है?'

वेटर तत्काल यह पता करने के लिए चला गया कि देरी किस कारण से हो रही थी जबकि विराट काव्या के इस तरह अचानक बिफर पड़ने के बाद से उसे घूरे जा रहा था। अगले ही पल वेटर खाने का सामान लेकर आ गया और विराट बिल के बारे में पूछने ही वाला था कि काव्या एक बार फिर चिल्ला पड़ी, 'मैनेजर, ज़रा उस आदमी को देखो। मुझे लगता है कि वह मर चुका है।'

करीब 35-40 साल का एक आदमी उनकी साथ वाली मेज़ पर बैठा हुआ था और बहुत अधिक पीने के बाद वह अपना सिर मेज़ पर रखकर पड़ा हुआ था।

काव्या ने उस आदमी को चिढ़ाने के इरादे से कहा, 'मैनेजर मैं गम्भीर हूँ। उस अंकल को देखिये? वह मर चुके हैं।'

विराट को काव्या के इस तरह के मज़ाकिया बर्ताव की आदत थी, खासकर तब जब वह नशे में होती थी। जब उनके आस-पास बैठे लोग उनको ऐसे देखने लगे मानो वे किसी और ग्रह से आये हों तो वे हँसने लगे। कुछ समय के बाद जब हालात सामान्य हुए और वह बुज़ुर्ग आदमी वहाँ से चला गया तब वह इस बात पर ज़ोर देने लगी कि बिना बिल चुकाए ही लाउंज से निकल लिया जाये। विराट पहले तो इसके लिए तैयार नहीं हुआ लेकिन फिर उसने सोचा कि मज़े के लिए ऐसा किया जा सकता है। उन्होंने बेपरवाह दिखने की कोशिश की जिससे कि वेटर का ध्यान उनकी तरफ़ न जाये।

'मैं यहाँ से ऐसे निकल जाने वाला हूँ मानो मैं फ़ोन पर बात करते हुए बाहर जा रहा हूँ, एक बार मेरे बाहर निकल जाने के कुछ समय बाद तुम भी आ जाना। तुम बाद में भी आ सकती हो क्योंकि वे लड़कियों को नहीं रोकते हैं।'

यह कहते हुए, विराट ऐसे जताते हुए बाहर निकल गया मानो उसके फ़ोन में नेटवर्क नहीं आ रहा हो और वह धीरे-धीरे अपनी बाइक की तरफ़ बढ़ने लगा। जब उसने देखा कि कोई उसकी तरफ़ नहीं देख रहा था तो वह बाइक पर बैठ गया और बाइक को उसने चालू कर लिया ताकि काव्या के आते ही वे वहाँ से निकल लें। उसने बाइक को इसलिए चालू ही रखा कि कहीं उनको जल्दी से भागना न पड़ जाये। कुछ समय बाद काव्या बेपरवाही से बाहर आयी और

बाइक की तरफ़ ऐसे आराम से टहलने लगी मानो कुछ हुआ ही न हो। जैसे ही वह करीब आयी तो उसने अपनी चाल तेज़ कर दी।

'जल्दी...बैठो...बैठो...बैठो,' विराट ने फुसफुसाते हुए कहा।

वह जल्दी से बाइक पर बैठ गयी और दोनों तेज़ी से भाग गये। काव्या ने पीछे मुड़कर देखा कि गार्ड हाथ में बिल लिये दौड़ा हुआ आ रहा था। लेकिन विराट ने गोली की तरह बाइक भगा दी।

'तुम इतने आराम से किस तरह निकल आयीं?' विराट ने पूछा।

'मैंने वॉशरूम जाने का रास्ता पूछा और फिर बाहर निकल गयी। ऐसा लग रहा था कि मैनेजर को मेरे ऊपर शक हो रहा था, लेकिन मैं बड़े आराम और लापरवाही से बाहर की तरफ़ निकल गयी जिससे बाहर खड़े गार्ड ने मुझे नहीं रोका।'

दोनों ने एक-दूसरे को 'दे ताली' कहा और खुशी से चिल्लाने लगे।

दोस्ती का मतलब यह नहीं होता है कि आप सबसे अधिक समय से किसको जानते हैं। इसका मतलब यह होता है कि वह कौन था जिसने तब भी आपका साथ नहीं छोड़ा जब आपने किसी तरह का अपराध किया हो। इस संसार में जिसमें सब कुछ अनिश्चित लगता है, एक ही चीज़ निश्चित थी : विराट और काव्या की दोस्ती...शब्दों से परे, समय से परे, और दूरियों से परे।

उस लाउंज से भागने के बाद दोनों एफसी रोड पर गये क्योंकि विराट चॉकलेट पान खाना चाहता था। काव्या ने देखा कि सड़क पर एक आदमी साबुन के बुलबुले बनाने वाली डिबियाँ बेच रहा था।

'विराट... मुझे भी बुलबुले उड़ाने हैं,' काव्या ने बच्चों की तरह से साबुन के बुलबुले बनाने वाली डिबियाँ बेचनेवाले की तरफ़ इशारा करते हुए कहा।

विराट उस माहौल से बचना चाहता था जो कुछ देर पहले लाउंज में हुआ था। वह जानता था कि अगर उसने उसके लिए बुलबुले नहीं खरीदे तो वह तूफ़ान मचा देगी। तब उसको रोकना मुश्किल था और वह हर बार कुछ करने के बाद और भी पागल हो जायेगी। जैसे ही उसने उसके लिए बुलबुले बनाने वाली डिबिया खरीद दी तो वह आस-पास से गुज़रने वालों के ऊपर बुलबुले

उड़ाने लगी और उनको परेशान करने लगी। विराट के लिए उसको रोक पाना बहुत मुश्किल हो गया, लेकिन उस अफ़रा-तफरी के माहौल में वह उसकी मदद नहीं कर सका बल्कि उसके बचपने पर हँसने लगा।

आखिरकार, विराट ने उसका हाथ पकड़ा और उसको वहाँ से ले गया ताकि वह वहाँ लोगों का जीना हराम न कर दे। वह बाइक के पीछे बैठकर बुलबुले उड़ाने में लग गयी। उसने देखा कि उनकी बाइक के समानांतर दो लड़कियाँ स्कूटी पर जा रही थीं। उसके अन्दर की बुरी लड़की जाग उठी और कुछ पल के बाद ही उसने उन लड़कियों को परेशान करना शुरू कर दिया।

'क्या तुम लेस्बियन हो ? क्या तीन के साथ आज़माना चाहोगी ?' उसने उन लड़कियों को परेशान करते हुए कहा।

'हाँ, इसको भी अपने साथ ले जाओ। दोनों के बीच में इसको बिठा लो। इसे तीन के बीच में करवाने की बड़ी ख्वाहिश है,' विराट ने कहा और हँसने लगा।

बिना एक शब्द कहे लड़कियों ने स्कूटी भगा ली और वहाँ से निकल गयीं। विराट और काव्या जब तक अपने अपार्टमेंट पहुँचे तब तक रास्ते में सभी बाइकवालों को चिढ़ाते रहे।

'क्या दिन था। मैं इसे सारा जीवन नहीं भूलूँगा,' बाइक को पार्क करते विराट ने राहत की साँस लेते हुए कहा।

'सही में। हमने आज बहुत अच्छा वक्त साथ-साथ बिताया। हमें अक्सर ऐसे करते रहना चाहिए,' काव्या ने ठीक से चलने की कोशिश करते हुए हँसकर कहा। शराब का नशा उस पर चढ़ चुका था। विराट ने उसका हाथ पकड़ लिया और उसको सीढ़ियों से पर ले जाने लगा।

'आज रात तुम यहीं रुकने वाली हो। इस हाल में मैं तुमको घर नहीं जाने दूँगा।'

'नहीं, मुझे जाना है। बाय,' काव्या ने यह कहते हुए विराट को परे धकलने की कोशिश की।

विराट ने उसको धमकी दी कि वह उसके मम्मी-पापा को बता देगा। वह उसको अन्दर लेकर गया और पलंग पर बिठा दिया। उसने कुछ राहत महसूस की और एक बार फिर से हँसने लगी, वह भी बिना किसी कारण के। विराट ने

मुँह-हाथ धोया और यह तय किया कि दोनों के लिए कुछ मैगी बना ले। काव्या को ऑरगैनो मसाला डालकर मैगी खाना बहुत पसन्द था। जब भी वह विराट के अपार्टमेंट में रुकती थी तो वह उसे खाने का मौका नहीं छोड़ती थी। जब विराट रसोई में था तब काव्या ने उसके लैपटॉप को खोला और उसके फ़ोल्डर्स को देखने लगी।

'विराट मेरे अकाउन्ट्स के असाइन्मेंट वाले पिक्चर कहाँ हैं।'

'तुमको अभी क्यों चाहिए? मुझे यह मत कहना कि इस वक्त तुम लिखने जा रही हो,' विराट ने रसोई से चिल्लाते हुए कहा।

'नहीं, मैं उनको बस देखना चाहती थी।'

'वे ई-ड्राइव के फ़ोल्डर में हैं।'

विराट बर्तन से प्लेट में मैगी डालकर केचअप डालने ही वाला था कि उसको ध्यान आया कि उस फ़ोल्डर में कुछ बी-ग्रेड की फ़िल्में भी थीं। उसने केचअप की बोतल नीचे रख दी और बेडरूम की तरफ़ भागा ताकि काव्या उस फ़ोल्डर को खोले उससे पहले ही वह पहुँच जाये। लेकिन तब तक बहुत देर हो चुकी थी!

'तो ये हैं तुम्हारे रोज़ के कामकाज की फ़ाइलें?' काव्या ने उसकी तरफ़ लैपटॉप घुमाते और उसको चिढ़ाते हुए कहा।

विराट ने उससे लैपटॉप छीनने की कोशिश की लेकिन नशे की हालत में भी काव्या ने उसको आसानी से लेने नहीं दिया और उसके लिए काफ़ी लड़ाई भी की।

'काव्या यह सही बात नहीं है यार। कुछ चीज़ें सही में निजी होती हैं और उनको तुमको भी नहीं छूना चाहिए,' उसने मिन्नत करते हुए कहा।

हालाँकि, काव्या ने उसके लिए किसी तरह की दया नहीं दिखाई, बल्कि वह इस बात पर ज़ोर देने लगी कि दोनों मैगी खाते हुए एक फ़िल्म साथ-साथ देखें। विराट ने साफ़ मना कर दिया लेकिन आखिरकार उसने तब हार मान ली जब उसको यह बात समझ में आ गयी कि काव्या से लड़ने में कोई फ़ायदा नहीं है। वह बिस्तर पर काव्या की बगल में आराम से बैठ गया और उसने अपने फ़ोल्डर में से एक फ़िल्म यूँ ही चला दी।

'मुझे यह वाली नहीं देखनी है। कोई दूसरी वाली चला दो जिसमें वो

वाले सीन हों...' विराट ने उसको यह कहते हुए बीच में ही रोक दिया कि हर फ़िल्म में एक-सी ही कहानी है इसलिए कोई भी फ़िल्म देखें फ़र्क नहीं पड़ता।

मैगी खाते हुए काव्या बड़ी उत्सुकता से फ़िल्म देखने में लग गयी। वह पहली बार इस तरह की कोई फ़िल्म देख रही थी और उसको बहुत मज़ा भी आ रहा था।

'देखो, यह आदमी तुम्हारे जैसा लग रहा है,' उसने फ़िल्म के नायक की तरफ़ इशारा करते हुए कहा।

'चुप हो जाओ। उस लड़की को देखो; वह वैसी ही लग रही है जैसी तुम सुबह उस सेक्सी ड्रेस में लग रही थीं,' विराट ने हँसते हुए कहा।

इससे पहले कि काव्या की मैगी खत्म होती विराट सो चुका था। उसने लैपटॉप बन्द किया और उस दिन दोनों ने साथ-साथ जो मस्ती की थीं उनको याद करते हुए वह मुस्कुराने लगी। काव्या किसी बच्चे की तरह बर्ताव कर रही थी, जबकि विराट को उसके अन्दर के बच्चे पर प्यार आ रहा था। विराट को उसके अन्दर का बच्चा बहुत पसन्द था। वह हमेशा कहती, 'मुझे कोई ऐसा आदमी नहीं चाहिए जो इतना वयस्क हो कि मुझे अवयस्क तरीके से कुछ भी करने से टोके। मैं यह चाहती हूँ कि कोई ऐसा हो जो मेरे बचपने को पसन्द करे और उसको वयस्क तरीके से समझे भी।' काव्या नशे की हालत में जिस तरह से बच्चों की तरह व्यवहार करती थी उसको विराट के अलावा कोई भी नहीं झेल सकता था। उसी तरह विराट के बेतरतीब तरीके से रहने को भी काव्या के अलावा कोई और नहीं झेल सकता था। वे जैसे एक-दूसरे के लिए ही बने थे, ऐसे दोस्त जो एक साथ मिलकर बेवकूफ़ियाँ किया करते थे, एक-दूसरे पर हँसते थे और आस-पास की दुनिया को ठेंगे पर रखते थे।

दोस्त से कुछ ज़्यादा

'महक, मैंने सुना है कि तुम डांस कम्पीटीशन में भाग लेने वाली हो। सही है?' जब वे कॉलेज कैम्पस में टहल रहे थे तो विराट ने उससे पूछा।

'हाँ मुझे डांस करना पसन्द है और मैं इसमें अपना कैरियर बनाना चाहती हूँ। इसलिए मैंने कम्पीटीशन के लिए अपना नाम दे दिया है,' महक ने जवाब दिया।

महक कॉलेज में सबसे हॉट लड़कियों में एक थी और जब से विराट की नज़र उस पर पड़ी थी तभी से वह दीवाना-सा हो गया था। उस दिन वह सफ़ेद ड्रेस में कमाल की लग रही थी। उसके काले घने बाल कन्धों के ऊपर लहरा रहे थे। उसकी चॉकलेटी भूरी आँखों के ऊपर लम्बी बरौनियाँ थीं जिनको जब वह झपकाती थी तो किसी की भी दुनिया रोशन हो सकती थी। उसके लाल होंठ जमे हुए गुलाब की तरह लग रहे थे, खतरनाक लेकिन सुन्दर, और उसकी दूधिया त्वचा किसी को भी मुग्ध कर सकती थी। विराट ने जितनी भी लड़कियाँ देखी थीं वह उनमें सबसे सुन्दर थी, जैसे देवी की पेंटिंग में जान डाल दी गयी हो। जब वह मुस्कुराती थी, तो दुनिया जैसे राहत की साँस लेती थी। जब वह हँसती थी तो जैसे उसके साथ दुनिया भी हँसती थी। और जब वह आँसू गिराती थी तो जैसे पूरी दुनिया यह चाहती थी कि उसको दिलासा मिल जाये। वह हर दिन एक ही परफ़्यूम लगाती थी—एलिजाबेथ आर्देन फ़िफ़्थ एवेन्यू-और दूर से ही उसके आने की भनक लग जाती थी। वह आत्मविश्वास से भरपूर थी और यह बात उसकी प्यारी मुस्कान में भी झलकती थी। उसको डांस करना बहुत पसन्द था और उसका सपना था कि एक दिन वह सालसा डांस की ट्रेनर बन जाये, और फिर खुद की एक इवेंट मैनेजमेंट कम्पनी शुरू करे।

महक ने उस डांस कम्पीटीशन में अपना नाम लिखाया था जो बायोसिस कॉलेज के जूनियर और सीनियर छात्रों के बीच में होने वाला था। उसमें जीतनेवाले को प्रोफ़ैशनल सालसा ग्रुप में शामिल होने का मौका मिलने वाला था जो महत्त्वपूर्ण था। विराट की जीतने में किसी तरह की दिलचस्पी नहीं थी लेकिन उसने उसमें भाग लेने का फ़ैसला इसलिए लिया क्योंकि वह महक के नज़दीक जाने का अच्छा मौका होता।

'मैं भी उसमें हिस्सा ले रहा हूँ। उम्मीद करता हूँ कि हम जीत जायें,' विराट ने उसकी आँखों में देखते हुए कहा, वह ऐसे जता रहा था जैसे कि उसमें भरपूर आत्मविश्वास हो।

'हम, हम से तुम्हारा क्या मतलब है?' ऐसा लग रहा था कि वह कुछ समझ नहीं पा रही थी।

'हाँ। हम पार्टनर होने वाले हैं, समझीं?' विराट ने नम्र आवाज़ में धीरे से कहा।

'इसके लिए मैंने हामी कब भरी?' उसने पूछा और आगे की तरफ़ बढ़ने लगी।

'अरे रहने भी दो। मैं उतना बुरा डांस भी नहीं करता हूँ,' वह बोला।

'मैंने क्लब में तुमको काव्या के साथ डांस करते हुए देखा है। तुम बुरे नहीं, भयानक हो।'

'शायद तुम मुझे सिखा दो...'

पहली बार विराट को एक लड़की से बात करने में डर-सा लग रहा था। वह इसके बारे में जितना ही सोचता था उतना ही लगता था कि उसे महक से प्यार हो गया था। वैसे विराट और महक एक ही कॉलेज में एक साल से अधिक समय से पढ़ रहे थे लेकिन एक-दूसरे से बात करने का उनको अधिक मौका नहीं मिला था। काव्या की उसके साथ अक्सर बात होती थी और महक के साथ उसकी दोस्ती थी, लेकिन विराट की उससे शायद ही कभी बात हुई थी। उसके मुताबिक वह ऐसी नहीं थी कि उससे यूँ ही मेलजोल बढ़ाया जाये, बल्कि वह ऐसी लड़की थी कि जिससे प्यार हो सकता है। वह पहले बहुत सारी लड़कियों के साथ घूमा-फिरा था लेकिन महक और महक जैसी लड़कियों से दूर ही रहता आया था। हालाँकि, जब उसको यह विचार आया कि ज़िन्दगी में गम्भीर

हो जाया जाये तो फिर उसका दिल महक पर आ ही गया। वह यह सोचता था कि वह किसी के साथ गम्भीर रिश्ते में क्यों पड़ना चाहता था लेकिन उसको इस बात का कोई सही जवाब नहीं समझ में आता था। इसलिए उसने यह मान लिया कि यह प्यार था।

'क्या हुआ मिस्टर हीरो?' काव्या ने उसके कन्धे पर हाथ मारते हुए पूछा। महक तब तक जा चुकी थी।

'कुछ भी नहीं,' विराट ने कहा और वह अकेले आगे की तरफ़ चलता रहा, वह अपने खयालों में खोया हुआ था।

'हो सकता है मैं कुछ मदद कर सकूँ। मैं उसकी अच्छी दोस्त हूँ,' काव्या ने आगे कहा।

जैसे ही उसने यह सुना कि काव्या की उससे दोस्ती है, वह खुशी के मारे उछल पड़ा। उसकी खुशी की कोई सीमा नहीं थी। उसने काव्या से यह मिन्नत की कि वह महक से उसके बारे में कुछ ऐसी बात करे जिससे कि वह उसकी तरफ़ आकर्षित हो।

'मुझे बदले में क्या मिलेगा? मैं बदले में कुछ पाने की हकदार हूँ,' काव्या ने आँखें मटकाते हुए कहा।

'कितनी रूखी हो! क्या तुम अपने सबसे अच्छे दोस्त के लिए इतना-सा काम भी नहीं कर सकतीं?' विराट ने मिन्नत करते हुए कहा।

'नहीं। अगर तुम बदले में मुझे वह देने का वादा करो जो मुझे चाहिए तो मैं यह काम कर दूँगी।'

'और वह चीज़ क्या है?'

'मुझे तुमसे एक वादा चाहिए। मुझसे यह वादा करो कि एक बार जब तुम्हारा उसके साथ मामला जम जायेगा तो भी हमारे बीच में कुछ नहीं बदलेगा और तुम वैसे भावनाहीन लोगों की तरह व्यवहार नहीं करोगे जिनको जब प्रेमिका मिल जाती है तो वे अपने दोस्तों को भूल जाते हैं। हम लोग तब भी पब में पागलपंती करेंगे और बिना बिल चुकाए वहाँ से भाग जायेंगे। हम लोग देर रात में बाइकर्स को वैसे ही परेशान करेंगे, और तुम मेरे लिए मैगी बनाना कभी बन्द नहीं करोगे, जब तुम उसके हो जाओगे तब भी सब कुछ उसी तरह से रहना चाहिए,' काव्या ने कहा।

विराट ने उसको गले से लगा लिया और उसको इस बात का आश्वासन दिया कि उसके लिए उसका जो प्यार है वह किसी भी तरह कम नहीं होगा।

'चिंता मत करो। जब मैं उसे अपने साथ बाहर चलने के लिए कहूँगा तो साफ़-साफ़ यह भी कह दूँगा कि एक स्मार्ट, सुन्दर नौजवान के साथ उसको एक पगली बेवकूफ़ लड़की भी तोहफ़े के रूप में मिलेगी।'

काव्या ने उसको चिकोटी काटी और मुस्कुराने लगी। वे दोनों साथ-साथ क्लासरूम में गये और महक के पीछे बैठ गये। उस दिन कोई लेक्चर नहीं हो रहा था क्योंकि उनको अगले दिन कॉलेज में असाइनमेंट जमा करना था। काव्या ने महक और विराट को नज़दीक लाने के लिए एक योजना पहले से ही तैयार कर ली थी और वह उसको महक पर आज़माने में लगी थी। वे दोनों बातें कर रही थीं कि विराट भी उस बातचीत में शामिल हो गया। महक ने उसको कोई भाव नहीं दिया, इससे विराट असहज महसूस करने लगा। उसी समय उसके अंकल का फ़ोन आया और वह फ़ोन पर बात करने के लिए बाहर चला गया। इस बीच महक और काव्या बातचीत करती रहीं। उनके बीच बातचीत का विषय विराट ही था। काव्या महक को प्रभावित करने के लिए विराट के बारे में अच्छी-अच्छी बातें बता रही थी, जबकि सच बात यह थी कि विराट अपना कमरा तक साफ़ नहीं करता था। जब तक विराट लौटकर आया तब तक वह महक के सामने विराट की तारीफ़ों के पुल बाँधती रही।

'आओ चलें दोस्त,' जब विराट आया तो काव्या ने कहा।

'कहाँ?' उसने हैरान होते हुए पूछा।

'मैं तुमको और महक को डेट पर ले जा रही हूँ। तैयार हो?' डेट पर काव्या ने उसको छेड़ते हुए कहा।

विराट का मन हुआ कि उसी पल काव्या को हथौड़े से मारे।

'हम मूवी देखने के लिए जा रहे हैं, उम्मीद करती हूँ कि तुमको कोई परेशानी नहीं होगी,' महक ने अपनी मीठी आवाज़ में विराट को देखते हुए कहा।

'पागल हो गयी हो? मुझे क्या परेशानी होगी? मैं तो सातवें आसमान पर हूँ,' विराट ने जोश में आते हुए कहा।

'क्या?' महक ने कुछ न समझ में आने वाले भाव से कहा।

काव्या ने विराट को कुहनी से टहोका मारा और उसको साथ आने के

लिए इशारा किया। विराट बिना कुछ कहे दोनों लड़कियों के पीछे-पीछे चलने लगा। उस दिन कोई भी लेक्चर नहीं था इसलिए काव्या ने मूवी देखने की योजना बनाई थी ताकि दोनों को कुछ समय साथ बिताने का मौका मिल जाये। वैसे उनको अगले दिन असाइनमेंट जमा करना था लेकिन इस बात से उनको कोई खास परेशानी नहीं थी। विद्यार्थियों को इस बात से तब तक कोई परेशानी नहीं होती थी जब तक कि उनको अपने प्रोफ़ेसर को प्रभावित नहीं करना होता था।

♡

तीनों ई-स्क्वायर सिनेमा पहुँचे और उन्होंने *500 डेज़ ऑफ़ समर* फ़िल्म के अगले शो की टिकटें खरीदीं। विराट बहुत खुश था क्योंकि वह महक के साथ पहली बार बाहर जा रहा था। उसने दुआ की कि आगे चलकर वे एक साथ सिर्फ़ बाहर न जायें बल्कि 'डेट' पर जायें। जब भी उसकी आँखें महक से मिलती थीं तो उसके पैरों के नीचे से जैसे ज़मीन खिसक जाती थी। पहली बार वह कुछ खास महसूस कर रहा था, जैसे वह इन सालों में किसी खास चीज़ की तलाश कर रहा हो और आखिरकार वह उसको मिल गयी हो। लेकिन वह अन्दर से खालीपन महसूस कर रहा था क्योंकि उसको यह नहीं समझ में आ रहा था कि उसके सामने किस तरह से व्यवहार करे।

'आओ चलकर कुछ खा लेते हैं। अभी हमारे पास एक घंटा और बचा हुआ है,' विराट ने घड़ी देखते हुए कहा।

महक मान गयी और सभी फ़ूड कोर्ट की तरफ़ चले गये।

'महक, पहले तुम्हारा कोई बॉयफ्रेंड था क्या?' काव्या ने किसी मकसद से यह सवाल किया।

'नहीं, मुझे प्यार-मोहब्बत में पड़ने से डर लगता है,' उसने अपने हाथ को मेज़ पर रखते हुए कहा।

'मुझे भी। पर मुझे लगता है कि हम एक-दूसरे के लिए बने हैं,' विराट ने मज़ाक करते हुए कहा।

'रहने दो महक, इसको लगता है कि यह बहुत बड़ा गबरू है। जबकि सच यह है कि इसका दिमाग मूँगफली के दाने जितना बड़ा है। इस पर ध्यान मत दो,' काव्या ने जवाब दिया।

वे खूब हँसे और कुछ समय एक-दूसरे को समझने में बिताया। विराट ने महसूस किया कि वह महक के जैसा ही था, मतलब व्यक्तित्व के मामले में। फ़िल्मों, खाने-पीने, खेल आदि के मामले में उनकी पसन्द एक जैसी थी बल्कि बहुत सारी चीज़ों को लेकर उनका रुख और दृष्टिकोण एकसमान था। वैसे महक से बात करते हुए बहुत बोल तो नहीं रहा था लेकिन वह एकदम से किसी और इन्सान में बदल चुका था। महक के चुम्बकीय व्यक्तित्व की दमक से उसके दिमाग और दिल में जोश भर गया था।

फ़िल्म शुरू होने का समय हो चुका था इसलिए वे हॉल के अन्दर चले गये और अपनी-अपनी सीट पर बैठ गये। शनिवार और रविवार की तुलना में सप्ताह के बाकी दिनों में सिनेमा हॉल में सीटें खाली होती थीं, और तकरीबन सारी सीटें खाली थीं।

फ़िल्म बहुत ऊबाऊ निकली और जल्दी ही उनको नींद आने लगी। काव्या ने देखा कि कुछ सीट आगे की तरफ़ एक प्रेमी जोड़ा बैठा था और अपनी फ़िल्म बनाने में लगा था। वे दोनों एक-दूसरे को चूमने में इस कदर व्यस्त थे कि कहीं और देख भी नहीं पा रहे थे। दोनों ने अपनी आँखें बन्द कर रखी थीं और एक-दूसरे को पूरी तरह से महसूस कर रहे थे।

'ज़रा उन दोनों मूर्खों को देखो,' काव्या ने फुसफुसाते हुए कहा और आगे बोली, 'विराट तुमको ऐसे लोगों को अपना फ़्लैट भाड़े पर देना चाहिए जिनको सेक्स करने के लिए जगह नहीं मिल पाती है।'

'हाँ, क्यों नहीं। मैं अपने दरवाज़े के बाहर एक कंडोम मशीन भी लगा दूँगा। खुश?' विराट ने मज़ाक में कहा जिसे सुनकर महक मुस्कुराने लगी। इससे उसके चेहरे पर भी मुस्कुराहट आ गयी। उसे ऐसा महसूस हो रहा था कि मानो वह सातवें आसमान पर हो।

'मेरे खयाल से अपने फ़ोन पर इन लोगों की वीडियो बना लेनी चाहिए। क्या कहते हो तुम दोनों?' काव्या बोली।

'क्या तुम्हारा दिमाग खराब हो गया है?' विराट ने चिढ़ते हुए कहा।

'बहुत अच्छा आइडिया है। मज़ा आयेगा। इंटरवल में उनको वीडियो दिखाकर मज़े लेंगे,' महक ने जोश में आते हुए कहा।

विराट को कुछ समझ में नहीं आ रहा था और उसको लग रहा था कि

वह दो लड़कियों के बीच में फँस गया था। पहले बस काव्या ही थी पर अब ऐसा लग रहा था कि पागल लड़की के समूह में महक भी शामिल हो गयी थी। महक ने अपना फ़ोन निकाला और वीडियो बनाने में लग गयी। उसने इस तरह से कैमरे का कोण बनाया कि फ्रेम में दोनों साफ़ दिखाई दे रहे थे। उन दोनों को इसका कोई अन्दाज़ा नहीं था कि क्या कुछ चल रहा था। हर गुज़रते पल के साथ वे और जोश में आते जा रहे थे और एक-दूसरे पर जैसे चढ़े हुए थे। उनको देखकर तीनों ज़ोर-ज़ोर से हँसने लगे।

'अरे तुम लोग क्या कर रहे हो? मैं तुम लोगों की शिकायत कर दूँगा,' पीछे से कोई चिल्लाया।

डर के मारे महक का मोबाइल फ़ोन गिर गया और लुढ़क कर आगे की पंक्ति में चला गया।

'हम क्या कर रहे हैं? उनको देखो। हम तो बस विरोध जता रहे हैं,' विराट यह जताने के लिए चिल्लाया कि वह उस आदमी से डर नहीं रहा, जिसने उनको धमकी दी थी।

लेकिन उनकी किस्मत अच्छी नहीं थी क्योंकि वह आदमी सच में हॉल के अधिकारियों के पास चला गया और उनकी शिकायत कर दी। हॉल के अधिकारियों ने उनसे वीडियो मिटाने के लिए कहा और उनको हॉल से बाहर कर दिया।

'क्या सेक्स करने के लिए तुम्हारे पास कोई जगह नहीं है गधों?' बाहर निकलते हुए काव्या ने चिल्लाते हुए कहा।

'क्या पास के होटल में तुम दोनों के लिए एक कमरा बुक कर दूँ?' महक बोली। ऐसा लग रहा था कि उसको भी उन दोनों को चिढ़ाने में मज़ा आ रहा था।

तीनों दौड़ते हुए पार्किंग में विराट की कार की तरफ़ भागे क्योंकि सिनेमा हॉलवाले बहुत गुस्से में थे। वे यह सोचकर हँसे जा रहे थे कि उनको हॉल से इसलिए बाहर फेंक दिया गया क्योंकि वे एमएमएस बना रहे थे। विराट ने कभी इस बात की उम्मीद नहीं की थी कि महक के साथ उसकी पहली मुलाकात इतनी मज़ेदार होने वाली थी।

विराट ने कार चलाते हुए रियर-व्यू मिरर में महक को कई बार देखा।

उसके चेहरे की मुस्कान उसे सपनों की दुनिया में ले जा रही थी और उसकी नटखट आँखें उसे पागल बना रही थीं। हर गुज़रते पल के साथ वह उसके लिए और भी पागल होता जा रहा था, महक विराट और काव्या के करीब आती जा रही थी; उसको उन दोनों का साथ अच्छा लग रहा था। जब विराट उससे पहली बार मिला था तब उसका उसके साथ प्यार में पड़ने का कोई इरादा नहीं था। वह तो किसी और अच्छे दोस्त की तलाश में था भी नहीं। लेकिन महक ने सब कुछ बदल दिया। सब कुछ हल्के से आकर्षण से शुरू हुआ था जो देखते-देखते बहुत मज़बूत बन गया। यह आकर्षण अप्रत्याशित और चुम्बकीय था। वह उसकी दुनिया में आयी और उसने सब कुछ पलट कर रख दिया। उसका दिमाग सब कुछ काबू में करने की कोशिश में था, लेकिन उसका दिल दिमाग पर भारी पड़ रहा था।

अगली सुबह जब महक कॉलेज पहुँची तो वह कुछ घबराई हुई थी क्योंकि उसका असाइनमेंट पूरा नहीं हुआ था। काव्या ने विराट के असाइनमेंट लिख दिए थे इसलिए वह निश्चिन्त था। जब महक ने दोनों को अपनी चिंता बताई तो दोनों हँसने लगे और उन्होंने उसको उस योजना के बारे में बताया जो कुछ विद्यार्थियों ने बनाई थी।

'क्या तुम गम्भीर हो?' महक ने पूछा।

'हाँ। जो विद्यार्थी असाइनमेंट नहीं पूरी कर पाये वे बहुत अच्छी योजना लेकर आये हैं। इसलिए चिंता मत करो और इस बात के बारे में मत सोचो कि असाइनमेंट पूरे नहीं हुए,' विराट ने उसको दिलासा देते हुए कहा।

जब पहला लेक्चर पूरा हुआ तो कुछ विद्यार्थी क्लास से निकलकर वॉशरूम में गये और कुछ मिनट बाद वे जब वापस लौटे तो उनके चेहरों पर हल्की मुस्कान थी।

'अब सब हो गया!' वे एक साथ चिल्ला पड़े।

सब बेचैनी से ये देखना चाहते थे कि उनकी योजना क्या थी। विराट, महक और काव्या ने एक-दूसरे को घूर कर देखा, सभी बड़े खुलासे के इन्तज़ार में थे। कुछ पल के बाद वॉशरूम से ज़ोर की आवाज़ आयी। किसी को भी

धमाके की उस आवाज़ को समझने में दिक्कत नहीं हुई, वह पटाखों की आवाज़ थी! इससे पहले कि प्रोफ़ेसर अगली क्लास के लिए आ पाता लड़कों ने उसको अपने जाल में फँसा लिया था। वे इस बात को जानते थे कि अगली क्लास में जाने से पहले वह 'वॉशरूम बाबा' की शरण में ज़रूर जायेगा। इसलिए उन बच्चों ने उस जगह को 'बाबा' का नाम दिया था क्योंकि वे हमेशा ज़रूरत के वक्त उनके बचाव में आते थे। वहाँ की देखभाल करने वाले आदमी ने उनको वॉशरूम से निकाला और प्रोफ़ेसर निकलते ही प्रिंसिपल के पास शिकायत करने के लिए भागे। लेकिन इससे पहले कि प्रिंसिपल कुछ कर पाते, सारे विद्यार्थी वहाँ से भाग चुके थे। उनको पकड़ने का कोई और तरीका नहीं था। इस सबके बीच असाइनमेंट जमा करने की बात पीछे रह गयी और महक ने राहत की साँस ली।

उस दिन काव्या को जल्दी निकलना था इसलिए विराट को महक के साथ कुछ समय रहने का मौका मिल गया। वे मोचा में कॉफ़ी पीने के लिए गये जहाँ विराट ने उसके साथ अपने अतीत को साझा किया—अपने परिवार के बारे में, पहले के सम्बन्धों के बारे में—जबकि महक ने उसको अपनी महत्वाकांक्षाओं के बारे में बताया। विराट बहुत आराम से उससे हर चीज़ के बारे में बात कर रहा था, लेकिन उसको पक्के तौर पर यह नहीं लग रहा था कि महक उससे हल्की-फुल्की बातें कर पा रही थी या नहीं या उसको भी उसका साथ अच्छा लग रहा था या नहीं।

'तो डांस करना तुम्हारा जुनून है?' विराट ने उसकी आँखों में देखते हुए पूछा। उसने चुपचाप सिर हिलाया और अपनी नज़रों को दूसरी तरफ़ कर लिया, जिससे उनकी वह बातचीत रुक गयी।

कुछ पल की चुप्पी के बाद विराट ने आगे कहा, 'तुमको पता है मुझे सालसा का कुछ भी नहीं आता? मैं इसलिए इसका हिस्सा बन गया ताकि...'

विराट अपनी बात पूरी करने ही वाला था कि महक ने उसके हाथ को अपने हाथों में लेते हुए उसको इस बात के लिए आश्वस्त किया कि वह उसको सालसा के बारे में वह सब सिखाएगी जो उसे आता है। विराट ने भी उसके हाथों को कसकर पकड़ लिया और दोनों एक-दूसरे की आँखों में देखने लगे। महक ने तुरन्त अपना हाथ हटा लिया।

एक मशहूर कहावत है, 'कभी किसी लड़की को पूरी तरह से समझने की कोशिश मत करो, अगर तुमने ऐसा किया तो या पागल हो जाओगे या तुम उसको प्यार करने लगोगे।' विराट महक को प्यार करने लगा था। इससे पहले कि विराट कुछ समझ सकता, महक ने उसका दिल चुरा लिया था।

उसके तुरन्त बाद विराट ने महक को उसके घर छोड़ा और अपने अपार्टमेंट आ गया।

अपने अपार्टमेंट में वापस आने के बाद विराट ने महक को यह मैसेज भेजा :

तुम्हारे साथ बहुत अच्छा लगा। तुम्हारी वजह से आजकल मेरे चेहरे पर मुस्कान आ गयी है और मुझे लगता है कि मुझे कोई मिल गया है जिसके कारण प्यार में मेरा यकीन फिर से बढ़ गया है। कोई ऐसा जिसने मुझे इस बात का यकीन दिलाया कि चाहे ज़िन्दगी में जितनी मुश्किलें आयें तो भी मुझे उसके लिए परेशान होने की ज़रूरत नहीं है क्योंकि मुझे कोई मिल गया है जो इसके पार निकलने में मेरी मदद करेगा। कोई ऐसा जो मेरे दिल और दिमाग के खाली स्थान को भरता है। कोई ऐसा जो मुझे सम्पूर्ण होने का एहसास करवाने वाला है। कोई ऐसा जो मेरे लिए सही है। कोई ऐसा जो मुझे उसी रूप में अपना माने जैसा मैं हूँ। कोई ऐसा जो असुरक्षित नहीं है। पहले मेरा दिल इतनी बार टूट चुका है कि किसी पर भी भरोसा करने में मुझे समय लगता है। जब मैंने पहली बार तुमको देखा था तभी मन में कहीं यह लगा था कि हम दोनों काफ़ी समय तक साथ रहने वाले हैं। उम्मीद करता हूँ कि मेरी बेवकूफ़ी भरी बातों से तुमको चिढ़ नहीं हो रही होगी, लेकिन मैं तुमसे यह कहना चाहता हूँ कि तुम ख़ास हो। मेरे जीवन में आने के लिए तुम्हारा बहुत शुक्रिया।

मैसेज भेजने के बाद उसने फ़ोन अपने लैपटॉप के बगल में रख दिया और उसके जवाब का इन्तज़ार करने लगा। लेकिन कोई मैसेज नहीं आया। उसके फ़ोन में महक के जो फ़ोटो थे वह उनको देखने में लग गया क्योंकि उसने उसके साथ जो एक-एक पल बिताया था उसको उसकी याद आ रही थी।

उसने सारे फ़ोटो अपने लैपटॉप में ट्रांसफर किए और जी-टॉक में लॉग-इन कर लिया। उसका चैट दोस्त रोहन ऑनलाइन था। कुछ महीने पहले दोनों चैट के माध्यम से जुड़े थे और अब दोनों बहुत अच्छे दोस्त बन चुके थे। वैसे तो विराट और रोहन पहले एक बार ही मिले थे, लेकिन दोनों ऐसे बात करते थे जैसे बचपन के दोस्त हों।

विराट : 'हाय, कैसे हो? मैं तुमको कुछ बताना चाहता हूँ।'

रोहन : 'हाय, कुछ खास नहीं। बस यूँ ही बैठा हुआ हूँ।'

विराट : क्यों, क्या हुआ? तुमको पता है कि तुम मेरे साथ कुछ भी साझा कर सकते हो।'

रोहन : 'जाने भी दो, तुम मुझे कुछ कहने वाले थे...।'

विराट : 'जानते हो छैला बाबू, मुझे लगता है कि मुझे प्यार हो गया है। मुझे पहले कभी भी ऐसा महसूस नहीं हुआ था। मुझे घंटों बस उसे देखते रहना अच्छा लगता है। मैंने उसको कुछ मिनट पहले एक प्यार भरा मैसेज भेजा था और मैं अभी भी उसके जवाब का इन्तज़ार कर रहा हूँ।'

रोहन : 'यह तो बहुत अच्छी बात है यार। दर्जन भर लड़कियों पर हाथ आज़माने के बाद आखिरकार तुमको अपने सपनों की लड़की मिल ही गयी।'

विराट : 'अभी कुछ नहीं कहना है। उम्मीद करता हूँ कि यह हो जाये। तुम्हारा जीवन कैसा है? क्या किसी बात से तुमको परेशानी है? आज तुम खुश नहीं लग रहे हो।'

रोहन : 'कुछ भी नहीं यार। मेरी गर्लफ्रेंड को हमारी शादी की चिंता हो रही है और इसलिए हर रात हमारी लड़ाई हो जाती है।'

विराट : 'जिन जोड़ों में सबसे अधिक लड़ाई होती है उनके बीच ही बहुत गहरा प्यार होता है। इससे यह पता चलता है कि दूसरा बहुत परेशान हो गया है, और तुम इस बात की इतनी परवाह करते हो कि इस बात का ज़िक्र भी करते हो।'

रोहन : 'यह कोई आसान बात नहीं है बेटा। अब तुमको भी प्यार हो गया है तो तुम भी इस बात को समझोगे।'

विराट : 'नहीं यार, मैं आगे बढ़कर माफ़ी माँग लूँगा और झगड़े को शान्त कर लूँगा। समझे।'

विराट रोहन से कभी वैसी बातें साझा नहीं करता था जो उसके लिए बहुत निजी किस्म की होती थीं और पहली बार उसने हिम्मत जुटाकर रोहन को यह बताया था कि उसके साथ प्यार में क्या हो रहा था। लेकिन इससे पहले कि रोहन उसकी बात का जवाब दे पाता रोहन के कज़न ने अन्दर आकर इंटरनेट को बन्द कर दिया। विराट ने भी अपने लैपटॉप को बन्द कर दिया और सोने से पहले आखिरी बार अपने मोबाइल फ़ोन को देखा। जब उसने देखा कि महक का एक मैसेज आया हुआ था तो उसकी आँखें चमक उठीं।

'मुझे भी तुम्हारा साथ अच्छा लगता है। काव्या और तुम दोनों ही कितने जोश से भरे रहते हो। कल मिलते हैं। याद आ रही है।'

विराट ने जब आखिरी शब्दों 'याद आ रही है' को पढ़ा तो वह खुशी के मारे बिस्तर पर कूदने लगा। हालाँकि उस मैसेज में कुछ भी रोमांटिक नहीं था, या कुछ भी उस तरह का नहीं था। लेकिन वह इस बात से खुश था कि कम-से-कम उसने जवाब तो दिया। उसने कभी सोचा भी नहीं था कि उसकी मुलाकात उस जैसी किसी लड़की के साथ होगी। सच्चा प्यार दिल और दिमाग के बीच का सतत् संघर्ष होता है। जब दोनों एक हो जाते हैं तो सच्चा प्यार वजूद में आता है। और विराट के दिल और दिमाग दोनों एक ही नाम बार-बार चिल्ला रहे थे। वह बिस्तर पर लेटकर यह कल्पना करने लगा कि वह उसके बगल में है। वह इतना उत्साहित था कि उसको यह समझ में नहीं आ रहा था कि अब क्या किया जाये। अगर काव्या ने उसको चेतावनी न दी होती तो उसने महक से सीधे पूछ लिया होता। वह काव्या को इस मैसेज के बारे में बताना चाहता था लेकिन तब तक देर हो चुकी थी और वह उस समय तक सो गयी होगी। उसने यह देखने के लिए एक बार फिर लैपटॉप चलाया कि रोहन ऑनलाइन था या नहीं। वह नहीं था। उस रात वह मुस्कुराते हुए सोने के लिए चला गया।

धुआँ

रोहन अपने कमरे में विराट से यूँ ही बातें कर रहा था और साथ ही वह अपने उलझन भरे जीवन के बारे में भी सोच रहा था। वह कॉफ़ी का घूँट भरने वाला ही था कि मैंने उसके बेडरूम का दरवाज़ा खोल दिया।

'हाय दोस्त,' मैं चिल्लाया।

'आदित्य, तुम कब आए?' रोहन ने पूछा।

'आज शाम माँ के साथ आया। उनको आज कुछ काम था, इसलिए काम खत्म करते ही सीधे तुम्हारे पास आया। माँ बाहर आंटी से कुछ बात कर रही हैं। जल्दी करो। आओ चलते हैं।'

'मुझे एक मिनट दो। मैं अपने दोस्त विराट के साथ चैट कर रहा हूँ,' रोहन बोला।

इससे पहले कि वह फिर से चैट कर पाता मैंने इंटरनेट का प्लग हटा दिया और उसका कम्प्यूटर बन्द कर दिया।

'ये क्या है? मैं तुमसे मिलने आया हूँ और तुम हो कि इंटरनेट में लगे हुए हो। चलो अपने पसन्दीदा स्थान पर चलते हैं,' मैंने उसको कुर्सी से खींचते हुए कहा।

'क्या अपने चाय के ढाबे "एना" जाना चाहते हो? अनुमति ले ली है?' उसने पूछा।

मैंने सिर हिलाया और इससे पहले कि वह दुबारा शुरू कर पाता मैंने उसके लैपटॉप को बन्द कर दिया। वैसे तो हल्की बारिश हो रही थी तो भी रोहन ने अपनी बाइक को एना की तरफ़ दौड़ा दिया। एना हमारी पसन्दीदा चाय की दुकान थी जहाँ हम गर्म चाय और पकौड़ों का आनन्द उठाया करते थे।

रोहन शर्मीला और अपने आप में रहने वाला लड़का था। उसका परिवार पारम्परिक था और अपने आप में ही रहना पसन्द करता था। रोहन को जिम में जाना बहुत पसन्द था। वह अपनी पिंडलियों को सुडौल बनाने के लिए जिम में दिन-रात मेहनत करता था। वह बहुत व्यवहारकुशल था और बहुत अच्छी तरह लोगों से मिलता था। इसकी वजह से वह वैसी लड़कियों का बहुत चहेता था जो खामोश, अपने खयालों में खोये लड़कों को पसन्द करती थीं। वह जब झूठ बोलता था तो पकड़ा जाता था क्योंकि उसकी आँखों की मासूमियत झूठ को छिपा नहीं पाती थी। वह बहुत अधिक परवाह करने वाला इन्सान था और इस बात को मानता था कि सबके सामने प्यार न जताने का मतलब यह होता है कि आप खुले तौर पर यह दिखाना चाहते हैं कि आप जिसके साथ हैं उसके साथ होने में आपको शर्म महसूस होती है, वह बॉलीवुड फ़िल्मों से बहुत प्रभावित था, वह बहुत रोमांटिक था और अपनी गर्लफ्रेंड्स के साथ कैंडल लाईट डिनर पर जाता रहता था। वह थोड़ा अन्धविश्वासी भी था और किसी तरह की बुरी नज़र को दूर रखने और अपने गुस्से पर काबू रखने के लिए अपनी उँगलियों में मूल्यवान पत्थरों की अँगूठियाँ पहना करता था। सबसे बढ़कर, उसका ध्यान अपने लक्ष्यों को हासिल करने पर रहता था और अपने सपनों को पूरा करने को लेकर उसके अन्दर बहुत आत्मविश्वास था, जिनमें एक अनाथ बच्चों की मदद करना था।

'तुम्हारी चाय आ गयी। क्या तुमको सिगरेट भी चाहिए?' मैंने अपनी जेब के पैकेट से सिगरेट निकालकर उसको जलाते हुए कहा।

'नहीं, ठीक है,' उसने जवाब दिया।

'जीटॉक पर इतना अधिक टाइप करते हुए तुम बोर नहीं होते हो?' मैंने उससे उत्सुकता से पूछा। मुझे निजी तौर पर यह पसन्द नहीं था।

'मैं अधिक बात नहीं करता। मेरा दोस्त विराट ऑनलाइन था और वह मुझे अपने जीवन के प्यार के बारे में बता रहा था, इसलिए मैं जीटॉक से लॉग ऑफ़ नहीं हो सकता था?' रोहन ने आगे कहा।

'अच्छा, समझा। कौन है वह?'

रोहन ने मुझे बताया कि किस तरह से वह और विराट ऑनलाइन दोस्त बने थे और दोनों की मुलाकात ब्लॉग की एक साइट के माध्यम से हुई थी और

उसके बाद दोनों ने एक-दूसरे को जी-टॉक पर जोड़ लिया। वे एक बार तब मिले थे जब विराट को किसी अनाथालय के बारे में कुछ जानकारी चाहिए थी। रोहन को उस अनाथालय के बारे में सब कुछ पता था क्योंकि अनाथों के लिए काम करना उसका सपना था। इसलिए वह विराट की मदद करने के लिए उससे मिला। वैसे रोहन अन्तर्मुखी है और वह लोगों से ऑनलाइन दोस्ती करने में शर्माता है। लोगों के इरादों को समझने में उससे कभी गलती नहीं हुई। उसे विराट बहुत अच्छा लगा और उसने यह फ़ैसला किया कि उसकी मदद की जाये। उसके बाद से दोनों दोस्त बन गये।

'इस उम्र में लड़के लड़कियों से दोस्ती करने के लिए ऑनलाइन जाते हैं और तुमने ऑनलाइन एक लड़का खोज लिया। तुम सही रास्ते पर हो मेरे भाई,' मैंने हँसते हुए कहा।

'चुप भी रहो आदी।'

'मैं सच कह रहा हूँ। मेरा एक दोस्त एक ऐसी लड़की से दोस्ती बनाये हुए है जिससे वह कभी नहीं मिला है। तुम कम-से-कम उस लड़के से एक बार तो मिले हो,' मैंने चिढ़ाते हुए कहा।

'मेरा यकीन करो। वह अच्छा आदमी है। हम उतने करीब भी नहीं हैं। लेकिन हम अच्छे दोस्त हैं।'

'अच्छा बॉस। मैं तुम्हारी बात पर विश्वास करता हूँ। तो यह बताओ कि पुणे में ज़िन्दगी कैसी चल रही है?' मैंने पूछा।

'बस सब ठीक ही है। मैं खुशकिस्मत हूँ कि मुझे तुम्हारे जैसा भाई मिला। आजकल के समय में हम ऐसे दोस्त तो पा ही लेते हैं जिनके साथ हम बाहर जाकर मज़े किया करें, लेकिन ऐसा भाई पाना सच में मुश्किल होता है जो आपको समझता हो और जो बैठकर आपकी बात सुने। मैं तुमसे प्यार करता हूँ आदी,' रोहन ने अचानक भावुक होते हुए कहा।

'तुम चाय ही पी रहे हो न, भांग तो नहीं पी रहे?'

'अरे यार, मैं गम्भीरता से बात कर रहा हूँ,' उसने कुछ चिढ़ते हुए कहा।

रोहन रिश्ते में मेरा भाई था और वह एनआईबीएम पुणे में रहता था और हम भाई से अधिक दोस्त थे। हम दोनों के बीच कोई भी बात छिपी हुई नहीं थी और परिवार में वही एक था जो मेरे बारे में सब कुछ जानता था। इसी तरह से वह भी

मुझसे कोई बात छिपाकर नहीं रखता था। पुणे में मेरे कई रिश्तेदार थे और रोहन भी उनमें से एक था। जब भी मुझे पुणे जाने का मौका मिलता तो मैं उससे ज़रूर मिलता था। मुझे उसके साथ बहुत सहज लगता था और रोहन को भी अकेले में मेरे साथ अपने बारे में बात करना पसन्द था, वैसे उसके और भाई भी थे। उसको परिवार के अन्य लोगों के साथ निजी मसलों पर बात करना पसन्द नहीं था।

'ज़ोया कैसी है? तुम दोनों के बीच अब सब कुछ सही है?' मैंने पूछा। जब पिछली बार उससे मेरी बात हुई थी तब उसने मुझे बताया था कि उसकी उस समय जो गर्लफ्रेंड थी उसके साथ सब कुछ ठीक नहीं चल रहा था।

'हालात और बुरे होते जा रहे हैं। मैंने उसको हैरान करने के लिए कुछ सोच रखा था लेकिन समझ में नहीं आ रहा है कि यह काम करेगा या नहीं। मुझे यह बात समझ लेनी चाहिए थी कि अन्तर धार्मिक रिश्ते आसान नहीं होते हैं।'

'चिंता मत करो। जाने दो। और तुम्हारी सेक्सी फ्रेंच टीचर कैसी है? क्या तुम अभी भी पढ़ रहे हो?'

'हाँ, हम अच्छे दोस्त हैं और उसको मेरे जीवन के प्यार के बारे में भी पता है। जब तुम नहीं होते हो तो मैं उसी को सब कुछ बताता हूँ,' उसने जवाब दिया।

'क्या वह अभी भी तुम में दिलचस्पी दिखाती है?' मैंने उत्सुकता के साथ पूछा। रोहन ने एक बार बताया था कि वह उसको पसन्द करती है।

रोहन ने वाडिया कॉलेज से बीए की पढ़ाई पूरी की थी और हाल में ही एक प्रतिष्ठित कम्पनी में काम करने लगा था। उसके अन्दर फ्रेंच पढ़ने को लेकर जोश था और उस भाषा को वह अच्छी तरह से सीखना चाहता था। इसलिए उसने खाली समय में फ्रेंच सीखने का फ़ैसला किया था और तब उसकी मुलाकात उस अध्यापिका से हुई जिसकी अचानक उसमें दिलचस्पी हो गयी थी।

'मुझे ऐसा लगता तो है। वह मुझसे कुछ साल बड़ी है। वैसे भी इस बात से क्या फ़र्क पड़ता है? मैं ज़ोया को प्यार करता हूँ,' रोहन ने जवाब दिया।

'तुम सच में बहुत किस्मतवाले हो। एक बड़ी उम्र की महिला तुम्हारे ऊपर फ़िदा है। मैं हमेशा इस बात के सपने देखता रहा कि मेरी किसी अध्यापिका का दिल मुझ पर आ जाये, लेकिन उन्होंने मुझे हमेशा क्लास से निकाल दिया,' मैंने आँख मारते हुए कहा।

कुछ समय बात करने के बाद, हम वहाँ से वापस घर की तरफ़ चल पड़े।

हर कोई मुझसे हमेशा यही पूछता कि मेरी रोहन के साथ इतनी अच्छी तरह से कैसे पटती है और मैं उनसे कहता, 'हम एक-दूसरे को बहुत अच्छी तरह से समझते हैं।' कई बार ऐसा भी होता था कि हम एक-दूसरे से कुछ नहीं कहते थे लेकिन हम जानते थे कि हमें क्या चाहिए। हम दोनों रोज़ रात को फ़ोन पर बात किया करते थे और मेरी माँ को यह कहना पड़ता था कि तुम दोनों को एक-दूसरे से कितना कुछ कहने को होता है। मैं हमेशा उनसे यही कहता, 'हम दोनों बहुत अच्छे दोस्त भी हैं, केवल भाई नहीं।' परिवार का मतलब महज़ खून के रिश्ते नहीं होते। परिवार का मतलब वे लोग होते हैं जिनको आप प्यार करते हैं और जो आप पर यकीन करते हैं और बदले में जो आपको प्यार करते हैं। मैं रोहन को प्यार करता हूँ और बदले में वह भी मुझे प्यार करता है।

मैंने यह तय किया कि कुछ दिन पुणे में ही रहा जाये। मैं अपनी भागमभाग वाली ज़िन्दगी में कुछ चैन चाहता था। एक साथ रहने के लिए रोहन और मैं एक पारिवारिक जश्न में नहीं गये। हम उसमें शामिल न होने के लिए वैसे भी किसी कारण की तलाश में थे और साथ-साथ रहना सबसे अच्छा लग रहा था। इसलिए हमने यह तय पाया कि मौज उड़ाई जाये और साथ-साथ 'धुआँ' में जाकर मस्ती की जायें। वहाँ शहर में सबसे अच्छा हुक्का मिलता था। माहौल बहुत अच्छा था और उसकी छत से शहर का नज़ारा बहुत अच्छा लगता था। हमने खास 'जन्नत हुक्का' की माँग की जिसमें वोडका और व्हिस्की मिली होती है।

'तुमको खाने के लिए कुछ चाहिए,' जब हमारा हुक्का आ गया तो मैंने रोहन से पूछा।

'खाने के लिए कुछ पट्टाया ऑर्डर कर दो?'

पट्टाया उसकी पसन्दीदा डिश थी—यह एक मलेशियन डिश थी जो फ्राई चिकन-चावल और फ्राई मछली को मिलाकर बनाया जाता था। रोहन हुक्के के एक के बाद एक कश लेता रहा और उसमें मिली शराब के कारण थोड़ी देर बाद नशे में आ गया।

'तुम तो ऐसे लड़के की तरह से व्यवहार कर रहे हो जो कई सालों के बाद एक नग्न लड़की को देखकर उसके ऊपर कूद पड़ता है और थोड़ी देर में ही

खलास हो जाता है। तुम इन्सान हो रोहन, इस खेल का मज़ा लो, इसके स्वाद का,' मैंने उसके हाथ से पाइप छीनते हुए कहा।

'मैं ज़ोया के कारण थोड़ा परेशान हूँ, मैं यह नहीं समझ पा रहा हूँ कि मुझे उसको जाने देना चाहिए या सम्बन्ध बनाये रखना चाहिए,' वह बोला।

'समय को सब तय करने दो। इसके बारे में तुमको सोचने की कोई ज़रूरत नहीं है। हमारे हाथ में कुछ भी नहीं है। आखिरकार जिस आदमी को तुम्हारे साथ रहना होगा वह रहेगा ही और बाकी सारे समय के साथ चले जायेंगे,' मैंने उसको दिलासा दिलाने की कोशिश करते हुए कहा।

'मैं तो उस चमत्कारी दिन की आस में हूँ जिस दिन वह अलग होने के अपने फ़ैसले को बदल ले।'

'चिंता मत करो रोहन। मेरा मतलब है हुक्का आराम से पीओ। बाद में तुमको सँभालना मुश्किल हो जायेगा,' मैंने उसके मूड को हल्का बनाने के खयाल से कहा। हम जल्दी ही रोहन के घर के लिए चल पड़े।

परिवार में उत्सव होने के कारण परिवार के सारे लोग बनेर में फ़ार्महाउस में गये हुए थे, इसलिए रात को घर में हम दोनों ही थे। इस बात से मैं थोड़ा खुश ही था कि रोहन को इस तरह से नशे की हालत में घर लाने में मुझे किसी तरह की फ़िक्र नहीं होगी, क्योंकि रोहन ठीक से चल भी नहीं पा रहा था।

किसी तरह नशे की उस हालत में मैं रोहन को 'धुआँ' से खींचकर निकाल लाया। हम ऑटो की तलाश करने लगे क्योंकि हमारे पास आवागमन का और कोई साधन नहीं था। उसके मम्मी-पापा कार लेकर गये थे और उसने अपनी बाइक सर्विस सेंटर में दे रखी थी। पुणे में सार्वजनिक परिवहन के साधनों से मुझे हमेशा नफ़रत-सी थी और वह रात भी कोई अलग नहीं थी। एनआईबीएम के इलाके में कोई भी जाना नहीं चाहता था और जब कोई चारा नहीं रह गया तो हम घर की तरफ़ पैदल ही चल पड़े। रोहन मेरे कन्धे पर हाथ रखकर उसी के सहारे चल रहा था। अचानक, बाइक से लड़कियों का एक दस्ता आया, हमारे पास आकर उन्होंने अपनी बाइक को धीरे किया और हम पर फब्तियाँ कसने लगीं।

'चम्पू, क्या तुम दोनों समलैंगिक हो ?' एक लड़की ने चिल्लाते हुए कहा।

मैं उनके चेहरे नहीं देख सकता था क्योंकि उन्होंने स्कार्फ़ से अपने चेहरे

ढँक रखे थे—एकदम पुणे के बाइकर के स्टाइल में। जब मैं रोहन की तरफ़ मुड़ा तो मुझे समझ में आया कि वे मुझे क्यों चिढ़ा रही थीं। रोहन मेरे कन्धे पर लटका हुआ था और ऐसा लग रहा था जैसे वह मुझे चूम रहा हो। जब तक मैंने रोहन का बोझ अपने दूसरे कन्धे पर किया तभी पीछे से एक ऑटो आकर रुका। बिना उसको यह बताये कि हमें जाना कहाँ है हम उसके अन्दर बैठ गये और मैंने ड्राइवर से सीधा चलाने के लिए कहा। कुछ पल में ही लड़कियाँ वहाँ से गायब हो गयीं।

'रोहन यार! तुमने मुझे उन लड़कियों के सामने शर्मिंदा कर दिया! ज़रा ठीक से रहो गधे,' मैंने चिल्लाते हुए कहा।

'मैंने क्या किया है? मैंने तो बस अपना सिर टिका रखा था, वह भी इसलिए क्योंकि मेरे सिर में दर्द हो रहा था,' रोहन ने धीरे से कहा।

'रहने भी दो। तुमको पता भी है कि वे कितनी मस्त थीं? तुम्हारे नशे के कारण मैं उनके साथ मस्ती का मौका चूक गया। छोटी-छोटी पैंट में वे सब इतनी मस्त लग रही थीं। हम कुछ...'

मैं अपनी बात पूरी करने ही वाला था कि लड़कियों का वह झुण्ड फिर से आ गया और वे फिर से उसी तरह से फब्तियाँ कसने लगीं। रोहन मेरे कन्धे पर उसी तरह से सिर टिकाये हुए था जिस तरह से कोई गर्लफ्रेंड अपने बॉयफ्रेंड के कन्धे पर सिर टिकाती है।

'तुम दोनों को देखकर ऐसा लगता है, जैसे एक-दूसरे के लिए ही बने हो। आपस में रोमांस जारी रखो। हम तुमको नहीं देख रही हैं,' उनमें से एक ने चिल्लाकर कहा और सब ज़ोर-ज़ोर से हँसने लगीं।

रोहन ने उनकी तरफ़ देखा लेकिन कुछ भी नहीं कहा।

'अगर हमारे प्यार में उनकी इतनी दिलचस्पी है तो उनसे कहो कि हमारे साथ आ जायें और हम मिलकर ग्रुप में कर सकते हैं,' मैंने रोहन के कान में फुसफुसाते हुए कहा।

रोहन साफ़ तौर पर होश में नहीं था, इसलिए उसने उनसे यह पूछा कि वे हमारे साथ आने में दिलचस्पी रखती हैं क्या?

'नहीं, हम तुम लोगों की तरह समलैंगिक नहीं हैं,' छोटी पैंट पहने एक लड़की ने जवाब दिया।

अब मैं अपनी हँसी पर काबू नहीं रख पाया। मैं यह जानता था कि वे लड़कियाँ उसको और भी चिढ़ाएँगी इसलिए मैंने रोहन को उनको चिढ़ाने के

लिए उकसा दिया था। यह चाल काम कर गयी और जल्दी ही लड़कियाँ हमें हमारे हाल पर छोड़कर भाग गयीं। रोहन बार-बार यह ज़िद करने लगा कि मैं उसको उसके फ्रेंच टीचर के घर छोड़ आऊँ। मैंने कोशिश की कि उसको शान्त कर दूँ और उसका ध्यान भटका दूँ। लेकिन वह ज़िद लगाए रहा, कहता रहा कि एक घंटे में लौट आयेगा। मैंने उसके घर की चाभी उससे ले ली और उसको उसके फ्रेंच ट्यूटर के अपार्टमेंट में छोड़ आया जो उसके घर से अधिक दूर नहीं था। जब तक रोहन उसके अपार्टमेंट में चला नहीं गया तब तक मैं ऑटो में बैठकर उसको देखता रहा। जब वह अन्दर चला गया तो मैं वापस आ गया।

ट्यूटर का अपार्टमेंट दूसरे माले पर था, रोहन ने दो-तीन बार उस अपार्टमेंट की घंटी बजाई।

'रिद्धिमा, मैं हूँ, रोहन। दरवाज़ा खोलो।'

'आ रही हूँ! बस एक मिनट रुको,' रिद्धिमा ने किचन से चिल्लाते हुए जवाब दिया।

पुणे में अपनी पढ़ाई पूरी करने के बाद रिद्धिमा ने पुणे में ही रहने का फ़ैसला किया, क्योंकि कई सालों तक रहते-रहते उसे वह शहर अच्छा लगने लगा था। वह अपने खाली समय में फ्रेंच पढ़ाया करती थी। वह कद में छोटी थी, उसका रंग गेहुँआ था और आँखें बहुत गहरी। उसका बोलने का ढंग बहुत अच्छा था और वह बेहद हाज़िरजवाब थी जिसके कारण वह किसी का भी दिल जीत सकती थी। वह हमेशा आज में जीती थी और उसका मानना था, 'बिना किसी योजना के जो किया जाता है वह हमेशा योजना बनाकर जो किया जाता है उससे बेहतर होता है।' उसके छोटे बाल उसके व्यक्तित्व के अनुकूल थे और चाहे जो भी पहन ले उसके सुघड़ शरीर पर अच्छा लगता था। उसने कन्धे पर एक टैटू बना रखा था जिससे वह और भी भड़कीली लगती थी। वह एक स्वतन्त्र लड़की थी, जो मेकअप करने में घंटों बिता सकती थी, उसको नकली गहने पहनने पसन्द थे। वह रोहन को काफ़ी समय से पढ़ा रही थी और चूँकि दोनों एक उम्र के ही थे, उनके बीच दोस्ती हो गयी। वह रोहन को अपने विद्यार्थी से अधिक एक दोस्त के रूप में देखती थी। उसके दिल में कहीं-न-कहीं रोहन के लिए कुछ था, जबकि वह जानती थी कि रोहन ज़ोया को प्यार करता था। हालाँकि उसने उम्मीद नहीं

छोड़ी थी क्योंकि उसको यह भी पता था कि ज़ोया और रोहन के बीच के रिश्तों में गड़बड़ चल रही थी।

'रोहन इतनी रात को तुम यहाँ क्या कर रहे हो?' उसने पूछा।

'कुछ नहीं। मेरे सिर में भयानक दर्द हो रहा है।'

रोहन इतने नशे में था कि वह अपना सन्तुलन खो रहा था। रिद्धिमा ने उसको सहारा देकर सोफ़े पर बिठाया।

'क्या तुम नशे में हो?' उसने पूछा।

'नहीं। मैंने हुक्का पिया था जिसमें नीचे शराब थी। मुझे हल्का-सा नशा लग रहा है, और कुछ नहीं। मैं सच में ठीक हूँ,' रोहन ने जवाब दिया।

'तुमने बताया था कि तुम्हारा कज़िन आदित्य शहर में आया हुआ है। अब वह कहाँ है?' रोहन के इस तरह अचानक आ जाने का कारण वह समझ नहीं पा रही थी।

'हाँ, मैं उसी के साथ था। वह मुझे यहाँ छोड़कर घर चला गया,' रोहन ने होश में आने की कोशिश करते हुए कहा।

'तो फिर तुम घर क्यों नहीं जा रहे? तुम्हारे मम्मी-पापा को तुम्हारी फ़िक्र हो रही होगी रोहन,' उसने चिंता जताते हुए कहा।

'चिंता मत करो, वे घर में नहीं हैं। मैं कुछ देर में चला जाऊँगा। कल मैं ज़ोया से मिलने जा रहा हूँ,' रोहन ने हकलाते हुए कहा।

उसने अपना सिर रिद्धिमा के कन्धे पर टिका दिया और वह ज़ोया का नाम तब तक दोहराता रहा जब तक कि वह नींद में नहीं चला गया। इस नज़दीकी से रिद्धिमा खुद को कुछ असहज महसूस करने लगी। उसने धीरे से उसका सिर सोफ़े पर टिका दिया और उसके बालों में हाथ फेरने लगी। उसके दिल में इच्छा हुई कि वह रोहन को गले से लगा ले और रात भर लगाए रखे। उसने सोचा कि काश, वह ज़ोया के नाम की जगह उसका नाम लेता, उसका मन उससे प्यार करने का हो रहा था, लेकिन वह जानती थी कि यह होने वाला नहीं था। किसी तरह उसने अपनी भावनाओं को काबू कर लिया। उसने सोचा कि काश, वे प्यार में होते लेकिन वह जानती थी कि वह किसी और को पसन्द करता था। वह सोचती थी कि वह उसके लिए सही थी। कितने दुःख की बात है, कुछ लोग ऐसे होते हैं जिनसे प्यार करने का मन करता है और यहाँ तक कि उनके साथ रहने का भी, लेकिन प्रेमी की तरह नहीं। बस दोस्त के रूप में।

छोड़ना बहुत मुश्किल होता है

'रोहन, कब से तुम्हारा फ़ोन वाइब्रेट कर रहा है। उठ भी जाओ कुम्भकर्ण: सुबह के आठ बज चुके हैं!' रिद्धिमा हाथ में कॉफ़ी का कप लिये हुए चिल्लाई।

'रिद्धि... तुम... मैं यहाँ सोया था? हे भगवान! आदित्य को मेरे बारे में कितनी चिंता हो रही होगी,' रोहन ने बिस्तर पर से कूदते हुए कहा।

रात उसने रिद्धिमा के घर में बिताई थी, उसे पिछली रात का कुछ भी याद नहीं आ रहा था। रिद्धिमा ने उसे यह याद दिलाया कि उसको ज़ोया से मिलना था। रोहन बिना कॉफ़ी पिए ही घर से बाहर की तरफ़ भागा, जो रिद्धिमा ने उसके लिए ही बनाई थी।

मैं तब रोहन के कमरे में गहरी नींद में सोया हुआ था जब वह तेज़ी से कमरे में घुसा और जल्दी से दरवाज़ा बन्द कर दिया।

'क्या चुतियापा है? यह घर आने का समय है? हरामी कहीं के, तुमने मुझे यह कहा था कि तुम्हारा ज़ोया के साथ चक्कर है लेकिन यहाँ तुम रिद्धिमा के साथ रात बिताकर लौट रहे हो!' मैंने चिल्लाते हुए कहा।

'चुप भी करो आदी। मैं बाद में तुमको सब कुछ बता दूँगा। और हाँ, ज़ोया से मैं अभी भी प्यार करता हूँ, और आज का सारा दिन मैं उसके साथ बिताने वाला हूँ। इससे तुमको कोई परेशानी तो नहीं है न?' उसने जैसे बदहवासी में कहा और जल्दी से नहाने के लिए चला गया।

कुछ मिनटों में ही वह तैयार हो गया। उसने अपना बैग उठाया और बाहर की तरफ़ निकल गया। मैं बहुत चिंतित था क्योंकि मुझे यह पता था कि मुश्किल में मैं ही आने वाला था। कोई बहाना नहीं था।

'तुम्हारे मम्मी–पापा को मैं क्या बताऊँगा? वे सुबह ही आये हैं, इसलिए गहरी नींद में सोये हुए हैं।' मैंने धीमी आवाज़ में कहा, मुझे डर था कि कहीं मेरी आवाज़ को सुनकर वे जग न जायें।

'ओह, भगवान का शुक्र है। इसका मतलब यह है कि कार वापस आ चुकी है। मुझे चिंता हो रही थी कि मुझे फिर से ऑटो पकड़ना पड़ेगा। जो मन में आये कह देना। मैं जा रहा हूँ। बाय।'

यह कहकर वह चला गया। मैंने उसको जाते हुए देखा और मेरी हँसी छूट गयी, क्योंकि अगर उसकी जगह पर मैं होता तो मैं भी वही करता। आखिर, जब आप प्यार में होते हैं तो आप गड़बड़ करते हैं। किसी इन्सान को खुश रहने के लिए तीन चीज़ों की ज़रूरत होती है : काम, दोस्त और कोई ऐसा जिसको वह प्यार करता हो। रोहन तीसरे की जद्दोजहद में था। उसके जीवन का प्यार, ज़ोया!

ज़ोया एक सीधी–सादी लड़की थी और वह पुणे के एक रूढ़िवादी मुस्लिम परिवार से ताल्लुक रखती थी। रोहन के साथ उसका सम्बन्ध एक से भी अधिक साल से था। वह लम्बी और गोरी थी उसकी आँखें काली थीं जिनमें हर वक्त काजल लगा रहता था। नाक में नथ और कानों में झुमके पहनकर वह बहुत प्यारी लगती थी। उसकी त्वचा बहुत अच्छी थी जिसको कोई भी घंटों बिना पलक झपकाए निहारता रह सकता था। उसको भारतीय कपड़े पहनना पसन्द था और सलवार कमीज़ सबसे अधिक पसन्द थी। वह उन कपड़ों में अच्छी भी लगती थी। वह वैसी शहरी लड़कियों में से नहीं थी जो अपने रूप–रंग को लेकर बहुत परेशान रहती हैं। उसके विचारों में जो सादगी थी उसकी वजह से वह औरों से अलग लगती थी। जब वह मुस्कुराती थी तो उसके गालों में डिम्पल पड़ते थे और लड़के उसको देखकर पागल हो जाते थे। रोहन तो उसको चिढ़ाते हुए यह कहता था कि अगर उनके बच्चों के गालों में भी वैसे ही डिम्पल नहीं पड़े तो वह उसको तलाक दे देगा। वह नियमित रूप से रक्तदान किया करती थी और किसी एनजीओ में काम भी करना चाहती थी।

उसके परिवारवाले उसके प्रेम विवाह के खिलाफ़ थे और खासकर अन्तर धार्मिक विवाह के। जिसके कारण उसने यह तय किया कि रोहन के साथ अपने

रिश्ते पर लगाम लगाई जाये जबकि वह उससे प्यार करती थी। वह रोहन के लिए बहुत बड़ा दिन था, क्योंकि वह ज़ोया को यह समझाने के लिए जा रहा था कि वह अपने फ़ैसले को बदले और अपने रिश्ते के लिए विद्रोह करे। उसने मुख्य हाईवे से ज़ोया को गाड़ी में बिठाया। सफ़ेद रंग की सलवार-कमीज़ में वह अच्छी लग रही थी, कानों में उसने वही ईयररिंग पहन रखे थे जो रोहन ने उसको जन्मदिन पर दिए थे।

'हम जा कहाँ रहे हैं?' उसने अपनी मंत्रमुग्ध कर देने वाली आवाज़ में पूछा।

'श...। आज कोई सवाल नहीं पूछना। आज की इस मुलाकात का बस मज़ा लो।' रोहन उसको देखकर मुस्कुराया और उसने उसके हाथों को चूम लिया। दोनों अपनी-अपनी सीट पर बैठ गये और रोहन गाड़ी से पुणे से बाहर की तरफ़ ले जाने लगा।

'आज कुछ खास है क्या?' ज़ोया ने फिर से पूछा।

'कोई इतना सुन्दर कैसे हो सकता है? तुम सच में बहुत सुन्दर हो। मैं तुमको बहुत प्यार करता हूँ,' रोहन ने ज़ोया की तरफ़ झुकते हुए उसके गाल खींच कर कहा।

रोहन की योजना यह थी कि लोनावाला के टाइगर प्वाइंट में ज़ोया के साथ कुछ वक्त बिताया जाये। ज़ोया को वह दिन खास लगे इसलिए वह उसको चौंकाने के लिए वहाँ कुछ खास करने वाला भी था। जब वे एक्सप्रेस हाईवे पर पहुँचे तो उसने हल्का संगीत चला दिया और ज़ोया से बोला कि वह डैशबोर्ड पर रखे बॉक्स को खोल दे।

'यह क्या है?' उसने हैरान होते हुए पूछा।

'इसको खोलो। यह प्यार से भरा हुआ है। मैं जानता हूँ कि मुझे अपने प्यार को साबित करने की ज़रूरत नहीं है लेकिन मैं एक बार यह कहना चाहता था।'

जब उसने उसको खोला तो पाया कि उसके भीतर एक चिट्ठी छिपी हुई थी। गुलाब के फूल के आकार के एक कागज़ के ऊपर एक चिट्ठी लिखी हुई थी। उसने एक बार फिर से रोहन की तरफ़ देखा और चिट्ठी पढ़नी शुरू कर दी :

मैं तुमसे प्यार करता हूँ। जब से तुम मेरे जीवन में आयी हो, तब से मैं हर दिन आगे की तरफ़ देखता हूँ—यह कि मैं तुम्हारे साथ बिस्तर में लेटा हुआ सुबह का सूर्योदय देख रहा हूँ। गहरे नीले आसमान के नीचे हज़ारों सितारों के नीचे ऊँघते हुए। तुमने मुझे जैसा एहसास दिया वैसा किसी ने भी नहीं दिया। जब मैं तुम्हारे साथ होता हूँ तो खुद को बहुत अच्छा महसूस करता हूँ। तुमने मेरे अन्दर के उस पहलू को दिखा दिया जिसके बारे में मुझे पहले पता भी नहीं था। तुमने मुझे बेहतर इन्सान बना दिया। मेरे पास जीने का अब कोई कारण है; एक मकसद, जीवन में जो कुछ भी सुन्दर है उन सब में यकीन करने का कारण दिया है। तुमने मेरा दिल ले लिया और मुझे प्यार के सागर में बदल दिया। तुमने मेरे अन्दर जिन गुणों को देखा उनको किसी और ने कभी नहीं देखा था। तुमने मुझे प्यार दिया, सम्मान दिया, शान्ति दी। हाँ, मैं तुमको प्यार करता हूँ, इन सभी खास गुणों के कारण तथा बहुत सारी अन्य बातों के कारण। तुमको मैं प्यार करता हूँ कि तुम हमेशा अपने जैसी बनी रहती हो, तुमने मुझे जिस तरह का इन्सान बना दिया मैं उसके लिए तुमको प्यार करता हूँ। कृपया, हमेशा मेरे साथ रहो। अधिक-से-अधिक दिन तक मेरे पास रहो। मैं पूरी दुनिया से लड़ सकता हूँ लेकिन मैं अकेला नहीं रह सकता। मुझे तुमसे प्यार है ज़ोया। मैं सच में तुमको प्यार करता हूँ।

ज़ोया की आँखों में आँसू आ गये थे। उसने रोहन से आँखें चुराने के लिए अपनी निगाहों को फेर लिया। वह असहाय महसूस कर रही थी और वहाँ से भाग जाना चाहती थी, सब कुछ पीछे छोड़कर, लेकिन भाग नहीं सकती थी। रोहन ने उसका हाथ थाम लिया और उसको अपनी तरफ़ घुमा लिया। किसी को चाहने में एक मिनट लगता है लेकिन किसी को भुलाने में पूरी ज़िन्दगी लग जाती है। ज़ोया के लिए इस तरह से रह पाना आसान नहीं था।

'रोहन, क्या मैं तुमसे कुछ पूछ सकती हूँ?' उसने पूछा।

रोहन ने हामी भर दी।

'तुमको क्या लगता है कि मैं तुम्हारे बिना कभी खुश रह पाऊँगी?' उसने कहा और उसके गालों पर आँसू ढुलक पड़े।

'ज़ोया, मुझे पता है कि तुम ऐसा नहीं कर सकतीं। मुझे पता है कि तुम सच में मुझे प्यार करती हो। इसीलिए तो यह कह रहा हूँ कि तुम मुझे छोड़ो मत। मैं तुमको बहुत दिनों से यह कहना चाहता था कि तुमने मेरी ज़िन्दगी बदल कर रख दी है। मेरे आस-पास जो खुशी है मैं उसको महसूस करने लगा हूँ। मुझे सच में नहीं पता है कि तुम कैसे मेरी ज़िन्दगी का इतना बड़ा हिस्सा बन गयीं, लेकिन मुझे यह पता है कि मैं हमेशा के लिए तुम्हारे साथ रहना चाहता हूँ।'

हवा में चुप्पी फैल गयी और दोनों चुप हो गये, तब तक हाथ थामे हुए वे चुप रहे जब तक कि वे टाइगर प्वॉइंट तक नहीं पहुँच गये। रोहन ने गाड़ी बन्द कर ली और ज़ोया को कार के बोनट पर बैठा लिया। वह उसकी बगल में बैठ गया अपना सिर उसके कन्धे पर रख दिया।

'यहाँ कितना अच्छा लग रहा है। मेरे दिन को इतना खास बनाने के लिए शुक्रिया,' ज़ोया ने मुस्कुराते हुए कहा।

'तुम्हारे लिए कुछ और खास है,' रोहन ने कहा और उतरकर कार की पीछे की सीट से लैपटॉप निकाल लाया।

बोनट पर वापस बैठने के बाद उसने एक वीडियो चलाया जो उसने ज़ोया के लिए खासतौर पर बनाया था। उस वीडियो में उनकी सभी तस्वीरें थीं और पीछे से ज़ोया का प्रिय गीत, 'तुम हो तो गाता है दिल' बज रहा था। वीडियो के अन्त में स्क्रीन पर कुछ पंक्तियाँ उभरकर आयीं :

जहाँ याद न आए तेरी
वो तन्हाई किस काम की
बिगड़े रिश्ते न बने
तो खुदाई किस काम की
बेशक अपनी मंज़िल तक जाना है हमें
लेकिन जहाँ से अपने न दिखें
वो ऊँचाई किस काम की।

उनकी हर तस्वीर को देखकर ज़ोया मुस्कुरा रही थी। पिछले एक साल में उन दोनों ने साथ-साथ जो वक्त बिताया था उसको वह सब याद आ रहा था। इन

कुछ पलों में पहले का सब कुछ याद आ गया था। वह कुछ कह नहीं पा रही थी लेकिन वह उस पल को हमेशा के लिए कैद कर लेना चाहती थी। उसको यह नहीं पता था कि ज़िन्दगी ने उसके लिए क्या कुछ रखा हुआ था; वह बस दुनिया को यह बता देना चाहती थी कि वह रोहन को कितना प्यार करती थी।

जब हम प्यार में होते हैं तो ऐसा लगता है कि यह हमेशा चलता रहेगा। हम जिसे प्यार करते हैं उस पर पूरा भरोसा रखते हैं और उसके साथ अपने सबसे गहरे रहस्यों को भी साझा करते हैं। लेकिन उसके बाद एक ऐसा समय आता है जब आपको अपने चुनाव के खिलाफ़ फ़ैसला लेना पड़ता है, यहाँ तक कि जब किसी की गलती भी नहीं होती है।

जीवन में सबसे मुश्किल प्यार जैसे सबसे आसान सच को समझा पाना ही होता है। ज़ोया अपनी भावनाओं को व्यक्त नहीं कर पा रही थी लेकिन अन्दर-ही-अन्दर वह भी रो रही थी।

'रोहन, यह अब चल नहीं सकता। मैं अपने मम्मी-पापा के खिलाफ़ नहीं जाना चाहती और हमें इसके बारे में बहुत पहले सोचना चाहिए था। बेहतर यही होगा कि अब हम इस रिश्ते को खत्म कर लें। मेरे लिए यह आसान नहीं है, लेकिन मेरे पास यही एक चारा है,' ज़ोया ने रोते हुए कहा।

'हम सब सँभाल लेंगे ज़ोया। बस थोड़ा सब्र करो। हम उन लोगों को समझा देंगे और अपने बारे में बता देंगे। सब मान जायेंगे,' रोहन ने उससे मिन्नतें करते हुए कहा।

'नहीं रोहन, यह सम्भव नहीं है। तुम जानते ही हो मेरे परिवारवाले किस तरह के हैं। वे बहुत पुराने खयालों के हैं और इस रिश्ते के लिए कभी तैयार नहीं होंगे। कुछ दिन पहले जब अब्बू मेरी शादी के बारे में बात कर रहे थे तो मैंने इसके बारे में सोचा था। लेकिन जब अम्मी ने उनसे इस बात का आग्रह किया कि वे मेरी राय भी जान लें तो वे इसी बात पर गुस्सा हो गये।

'प्लीज़ ज़ोया, इस तरह से हार मत मानो। हमें एक बार और कोशिश करनी चाहिए। ज़िन्दगी भर अफ़सोस करने से यह अच्छा है,' रोहन ने आँखों में आँसू भरते हुए कहा।

'तुम क्यों नहीं समझते? मैं पहले से ही बहुत परेशान हूँ; मुझे और कमज़ोर मत बनाओ। तुम मेरी ताकत हो और तुमको हमेशा मुस्कुराते रहना

चाहिए। मैंने तुम्हारी बहन से बात की थी और वह भी मेरी बात से सहमत थी।

'तुमने उससे कब बात की?'

'कुछ दिन पहले, जब अब्बू ने मेरी शादी की बात की थी उसके बाद।'

रोहन ने उसको समझाने की बहुत कोशिश की कि अगर वे अपने फ़ैसले पर टिके रहें तो सब ठीक हो जायेगा, लेकिन ज़ोया में अपने परिवार के खिलाफ़ जाने की हिम्मत नहीं थी। रोहन ने बात को बीच में रोका और दोनों के लिए पकोड़े खरीदकर ले आया। माहौल को हल्का करने के लिए रोहन ने ज़ोया को उस घटना के बारे में बताया जो पिछली रात को घटी थी। ज़ोया किसी तरह से मुस्कुराती रही। रोहन बार-बार अपनी घड़ी देखे जा रहा था, वह उस सही पल का इन्तज़ार कर रहा था जब वह एक आखिरी बार उसको और हैरान कर सके।

उसको कुछ अच्छा होने की उम्मीद थी और कुछ मिनट के बाद ज़ोया को उस दिन का आखिरी हैरान कर देने वाला तोहफ़ा मिला। उसको अपने मोबाइल फ़ोन पर रोहन का एक मैसेज मिला। उसने उसको ऑनलाइन साइट के माध्यम से मैसेज भेजा था। ज़ोया अचानक मिले उस मैसेज से हैरान हो गयी और उसने ज़ोर से पढ़ना शुरू कर दिया :

जब मैं तुमसे मिला था तब मैंने सोचा था कि यह रिश्ता सदा चलता रहेगा। मैंने यह कभी नहीं सोचा था कि हम जीवन में एक पल के लिए भी बिछड़ेंगे। मैं जानता हूँ कि तुम मुझे प्यार करती हो और सच में मेरी परवाह भी करती हो। मैं यह जानता हूँ कि तुम यह चाहती हो कि तब भी मैं मुस्कुराता रहूँ जबकि तुम मेरे आस-पास न रहो। मैं यह जानता हूँ कि तुम यह चाहती हो कि मैं तब भी जीवन के मज़े लूँ जब तुम आस-पास न भी रहो। मैं जानता हूँ कि तुम यह चाहती हो कि मैं हमेशा अपना ध्यान रखूँ। मैं अपना ध्यान रखूँगा, मैं हर वह काम करूँगा जो तुम चाहती हो। मैं तुमसे यह वादा करता हूँ कि मैं खुद को तकलीफ़ नहीं पहुँचाऊँगा। मैं समय पर भोजन करूँगा और समय पर सोऊँगा भी। लेकिन यह सिर्फ़ मेरी बात नहीं है जानेमन। मैं तुमको इस बात का पूरा भरोसा दिलाता हूँ कि मैं हर वह काम करूँगा जो तुम चाहती हो, लेकिन

क्या तुम भी मुझे वही भरोसा दे सकती हो ? मैं यह जानता हूँ कि शायद यह हमारा आखिरी दिन है...

ज़ोया ने फ़ोन को एक तरफ़ रख दिया। और आगे पढ़ने की उसके अन्दर हिम्मत नहीं बची थी। उसके गालों पर आँसू ढुलक रहे थे। उसने अपना फ़ोन एक तरफ़ रख दिया और रोहन को गले से लगा लिया। वे एक-दूसरे के आगोश में इस कदर समाये हुए थे कि उनको यह भी समझ नहीं आया कि बारिश शुरू हो चुकी थी। उन पर गिरती बारिश की हर बूँद उनको और करीब ला रही थी और ज़ोया बारिश की बूँदों में अपने आँसुओं को छिपा रही थी। वे इस तरह से एक-दूसरे के आगोश में थे मानो उस दिन का कोई कल आने वाला न हो। शायद उनकी आत्मा को भी यह समझ में आ गया था कि यह उनका आखिरी मिलन था। बारिश तेज़ होने लगी थी लेकिन ज़ोया और रोहन कार के बोनट से एक इंच भी नहीं हिले। शीशे से पीठ टिकाकर उन्होंने संभोग किया, आखिरी बार।

रोहन ने शाम को ज़ोया को उसके घर छोड़ दिया और उससे रोहन ने इस बात का भी अनुरोध किया कि वह एक बार फिर अपने फ़ैसले पर सोचे। उसने हाँ तो कहा, लेकिन रोहन इस बात को समझ गया था कि सब खत्म हो चुका था। लेकिन हमेशा की तरह उसके दिमाग पर दिल की चल गयी और यह सोच कर ही वह काँपने लगा कि उसको ज़ोया के बिना रहना पड़ेगा। वह इसको स्वीकार करने के लिए तैयार नहीं था, और वह इस बात की कल्पना करने लगा कि किसी तरह सब ठीक हो गया है। उसको कहीं से उम्मीद की एक किरण दिखाई दे रही थी जबकि वह साफ़ समझ चुका था कि सब खत्म हो चुका था।

'कुछ भी काम नहीं आ रहा है,' रोहन जब घर पहुँचा तो उसने कहा।

'अगर तुम साथ रहने वाले नहीं हो तो फिर यह नहीं चल सकता। मैं जानता हूँ कि यह कहना आसान है लेकिन सच यही है, और तुम इसको बदल नहीं सकते,' मैंने उसको समझाने के लिहाज़ से कहा।

'पहली बार मुझे यह समझ में आया कि किसी को प्यार करने पर कैसा

महसूस होता है। मुझे पता है कि रिद्धिमा भी मुझे चाहती है, लेकिन मैं चाहता हूँ कि किसी भी तरह ज़ोया के साथ रहूँ जबकि अब इस बात की सम्भावना बहुत कम लगती है। लेकिन मैं ज़ोया को इतनी आसानी से नहीं छोड़ना चाहता।'

'देखो रोहन, तुम किसी को ज़बर्दस्ती यह नहीं कह सकते हो कि वह तुमको प्यार करे, और ज़बर्दस्ती करके तुम अपने प्यार को साबित नहीं कर सकते, इससे तो यही साबित होगा कि तुम कमज़ोर और अपरिपक्व हो। इसलिए इस तरह से बर्ताव मत करो।'

मैं जानता था कि किसी को इतनी आसानी से नहीं भूला जा सकता। मैं भी अपने जीवन में इस तरह के हालात से गुज़र चुका था। इससे फ़र्क नहीं पड़ता है कि आप कितने दिन तक साथ-साथ थे, अकेले रहने के बारे में सोचकर ही अवसाद और नाउम्मीदी का भाव घेर लेता है। प्यार की दुनिया भी अजीब होती है जहाँ साथ-साथ चलने के कितने कारण होते हैं, लेकिन तब भी आप अपने दिल को सुनना छोड़ देते हैं और बस एक कारण ही अलग हो जाने के लिए काफ़ी हो जाता है।

रोहन ने लैपटॉप पर अपने जी-मेल में लॉग-इन किया और मैं सोने के लिए चला गया। वह किसी के साथ अपने इस दर्द को साझा करना चाहता था। इससे भी बढ़कर, वह किसी ऐसे आदमी की तलाश में था जो उसके प्यार को खत्म न करने के निर्णय में उसका साथ दे। उसको ऐसा लगा कि विराट वह इन्सान था जो उसको बहुत अच्छी तरह से समझता था क्योंकि वह इस बात के इन्तज़ार में था कि उसका प्यार सफल हो जाये। उन्होंने एक-दूसरे का अभिवादन किया और चैट करना शुरू कर दिया।

रोहन : 'अपने जीवन का प्यार मैं खोता जा रहा हूँ, धीरे-धीरे और दर्द के साथ। तुम खुशकिस्मत हो मेरे दोस्त कि तुम्हारे पास तुम्हारा सबसे अच्छा दोस्त भी है और तुम्हारा प्यार भी।'

विराट : 'इतने दुखी मत हो। तुम कुछ भी नहीं खो रहे हो। नुकसान उसका है जो तुमसे दूर जा रही है। और अपनी उम्मीदों को बनाये रखो। क्या पता वह अपना इरादा बदल दे ?'

रोहन : 'पता नहीं। मुझे कुछ भी समझ में नहीं आ रहा है। मैं इस बात को समझता हूँ कि परिवार के खिलाफ़ जाना आसान नहीं होता है लेकिन साथ ही यह

भी लगता है कि इसके पीछे कोई और कारण भी है। मैं ऐसा समझ सकता हूँ।'

विराट : 'जाने दो, और तुम यह कभी न कहना कि तुम अकेले हो। मुझे याद है कि तुमने एक दिन अपनी टीचर के बारे में कुछ कहा था कि वह तुम्हारी भावनाओं को समझती है। सही है न?'

रोहन : 'रिद्धिमा, हाँ वह समझती है। वह सच में मेरी बहुत मदद करती है और बड़ी प्यारी भी है।'

विराट : 'देखो, तुम्हारे पास एक विकल्प तो है। चिंता मत करो। मस्त रहो। इसके अलावा तुम मुझ पर भी भरोसा रख सकते हो। अगर तुमको कुछ चाहिए या तुम अकेला महसूस करो तो बस मुझे जीटॉक पर बज़ करना। मैं आ जाऊँगा।'

रोहन : 'शुक्रिया। तुम्हारा क्या चल रहा है?'

विराट : 'प्यारे दोस्त, मेरा डांस कम्पीटीशन आने वाला है और मैं बहुत परेशान हूँ क्योंकि मैं डांस का शक्ति कपूर हूँ।'

रोहन : 'हा, हा! बहुत-बहुत शुभकामनाएँ।'

रोहन ने जीटॉक से लॉग-आउट किया और उसी समय रिद्धिमा का फ़ोन आया। वह रोहन को लेकर चिंता में थी और उसने यही जानने के लिए फ़ोन किया था कि वह कैसा है। वह यह चाहती थी कि रोहन और ज़ोया के बीच सब कुछ ठीक हो जाये ताकि रोहन खुश रहे और उसकी खुशी ज़ोया में थी। जब उसको यह पता चला कि क्या हुआ था तो उसने उसके उत्साह को बढ़ाते हुए कहा कि वह सदा उसके साथ है, चाहे कुछ भी हो जाये।

'रोहन, मैं यह जानती हूँ कि यह इस बात को कहने का सही समय नहीं है लेकिन मैं सच में तुम्हारी परवाह करती हूँ और तुमको इस हाल में नहीं देख सकती। कम-से-कम मेरे लिए मुस्कुराओ। जब भी तुम खुद को कमज़ोर महसूस करोगे तो मुझे हमेशा अपने साथ खड़ा पाओगे, तुम्हारे हाथों को थामे हुए तुम्हारे साथ चलते हुए,' रिद्धिमा ने अपने भावों को प्रकट करते हुए कहा।

'मुझे पता है कि मैं खुशकिस्मत हूँ और तुम मेरे साथ हो। उम्मीद करता हूँ कि मेरी ज़िन्दगी जल्दी ही पटरी पर आ जायेगी। तुम मेरे लिए जो कुछ भी कर रही हो उसके लिए मैं तुम्हें प्यार करता हूँ,' रोहन ने भावुक होते हुए कहा और फ़ोन रख दिया।

रिद्धिमा ने रोहन के ठीक होने और उसकी खुशी के लिए दुआ की।

प्यार हमें अजीब-अजीब तरह से हैरान कर देता है, उस तरह से जिस तरह से हमने कभी सोचा भी नहीं होता है। केवल प्यार भरे शब्द या प्यारे-प्यारे तोहफ़े ही मायने नहीं रखते। जो बात अधिक मायने रखती है वह किसी की छोटी-छोटी बातों के लिए परवाह करना होता है और आप तब तक सो नहीं पाते जब तक आपको यह पता न चल जाये कि आप जिसको प्यार करते हैं वह सुरक्षित और बेहतर है। एक तरफ़ रिद्धिमा थी जो सचमुच में रोहन को प्यार करती थी और उसके साथ जीवन बिताना चाहती थी, दूसरी तरफ़ ज़ोया थी जो सच में रोहन को प्यार करती थी लेकिन उसने उसके साथ भविष्य की सारी सम्भावनाओं को नष्ट कर लिया। रोहन अकेला था और बावजूद इसके अकेलापन महसूस करता था कि उसके जीवन में दो लड़कियाँ थीं जो उसको सच में प्यार करती थीं। वह ज़ोया की परवाह करता था और उस पर भरपूर भरोसा रखता था। लेकिन वह इस बात को जानता था कि जब आप किसी पर बहुत भरोसा करते हैं तो या तो आपको जीवन भर के लिए कोई दोस्त मिल जाता है या जीवन भर के लिए कोई सबक है!

और एक विराट था जो महक को प्यार करता था और उसके साथ अपना जीवन बिताना चाहता था दूसरी ओर काव्या थी जो हर हाल में उसके साथ खड़ी रहती थी और उसकी बहुत अच्छी दोस्त थी। रोहन और विराट बहुत अच्छे दोस्त नहीं थे लेकिन वे जानते थे कि उनको एक-दूसरे का सहारा था। किसी रिश्ते को वादे, शर्तों की ज़रूरत नहीं होती है, वह बस दो अच्छे लोगों में बन जाता है!

ज़िन्दगी हमेशा हमारे हिसाब से नहीं चलती

अगस्त मध्य, 2009

बायोसिस कॉलेज के डांस कम्पीटीशन की तारीख नज़दीक आती जा रही थी। महक ने कभी भी विराट के साथ डांस करने के लिए हामी नहीं भरी होती अगर उनको इसमें मज़ा न आता। वह जानती थी कि विराट की दिलचस्पी डांस कम्पीटीशन में नहीं थी, तो भी महक ने यह तय किया कि उसको डांस सिखाकर उसे पार्टनर बनाएगी । एकल डांस, ग्रुप डांस से आसान होता है क्योंकि उसमें दो लोगों के बीच में समन्वय की ज़रूरत नहीं पड़ती है और उसमें कुछ गलतियों को नज़रअन्दाज़ कर दिया जाता है। लेकिन सालसा में हल्की-सी गलती भी स्वीकार नहीं की जाती है। महक इस कम्पीटीशन में जीतना चाहती थी क्योंकि इस जीत के साथ वह अपने सपने को पूरा करने के एक कदम और पास आ जाती। वह तनाव में थी क्योंकि कम्पीटीशन में कुछ दिन ही बाकी थे और विराट अभी भी सही ढंग से डांस नहीं कर पा रहा था।

महक विराट को रोज़ सालसा डांस सिखाती थी और सही तरीके से डांस करने के लिए दोनों विराट के अपार्टमेंट में लगातार डांस प्रैक्टिस करते रहते थे। हर गुज़रते दिन के साथ उनका डांस बेहतर होता जा रहा था लेकिन उनके बीच का तालमेल नहीं बन पा रहा था क्योंकि विराट आँखों की बजाय पैरों पर एकाग्र हो रहा था। डांस ऐसा होना चाहिए था जो सहज लगे लेकिन देखने में ऐसा लग रहा था जैसे वह ज़बर्दस्ती अपने पैरों को आगे-पीछे हिला रहा हो और उसको हमेशा यह समझने में मुश्किल होती थी कि रुका कहाँ जाये।

'विराट, मैंने तुमसे कितनी बार कहा है कि डांस करते समय शरीर को ढीला छोड़ दो ? ऐसे तनकर मत रहो। तुम बार-बार वही गलतियाँ कर रहे हो

और रुकने पर ध्यान नहीं दे रहे हो,' महक ने चिढ़ते हुए कहा।

'यह कितना बेवकूफ़ी वाला डांस है? मैं तुमको नाशिक का ढोल डांस सिखाता हूँ जिसमें कहीं रुकना नहीं होता है,' विराट ने कहा।

'जो संभ्रांत लोग होते हैं वे सालसा सीखते हैं और बाकी लोग नागिन डांस करते हैं,' उसने उसको वापस जवाब दिया।

'ओहो! अब जाने भी दो। आओ अभ्यास करते हैं,' विराट ने उसकी कमर पर हाथ रखते हुए कहा।

'पहले अपने दायें पैर को हिलाओ। जहाँ तुम अभी खड़े हो उस जगह को प्वॉइंट 1 के रूप में देखो, फिर प्वॉइंट 2 तुम जहाँ हो उससे एक कदम आगे की तरफ़ है, और प्वॉइंट 3 तुमसे एक कदम पीछे की तरफ़ है। अब संगीत की धुन के साथ हिलो।' महक उसको आँखों में आँखें डालकर सिखा रही थी।

वे जब उस प्वॉइंट पर डांस कर रहे थे जहाँ वे एक-दूसरे को लगभग छू रहे थे तो वे नज़दीक आ गये। उनके चेहरे एक-दूसरे के इतने पास थे कि उनके होंठ भी आपस में सटने वाले थे। विराट ने उसको कमर से मज़बूती से पकड़ लिया और उसको अपने और पास लेकर आया। विराट अपनी गर्दन पर महक की साँसों को महसूस कर रहा था। विराट झुककर उसको चूमने ही वाला था कि घंटी बज गयी। महक ने अपने आपको सँभाला और विराट को धक्का दे दिया। विराट को ऐसा लगा जैसे उसके दिल की धड़कन ही थम गयी हो, उसी तरह से जैसे कोई आपको पोर्न देखते हुए देख ले।

विराट ने जब दरवाज़ा खोला तो काव्या खड़ी थी।

'काव्या तुमको आने से पहले मुझे फ़ोन करना चाहिए था,' विराट ने चिल्लाते हुए कहा।

'चुप हो जाओ। मैं यहाँ तुमसे मिलने नहीं आयी हूँ। मैं यहाँ महक से मिलने के लिए आयी हूँ। कहाँ है वह?' उसने कहा और बेडरूम की तरफ़ बढ़ गयी और कहने लगी, 'ओह! तो तुम यहाँ हो महक, मैंने अभी आयोजकों से पूछा कि तुमको कब डांस करना है तो उन्होंने मुझे बताया कि तुम लोगों को तीसरे नम्बर पर डांस करना है।'

महक की घबराहट उसके चेहरे पर साफ़ झलक रही थी। वह रोने-रोने को हो गयी क्योंकि वह जानती थी कि वह कितनी शिद्दत से इस मुकाबले में

जीतना चाहती थी। विराट उसके तनाव को महसूस कर पा रहा था और जब वह वहाँ खड़ा था तो उसने उसकी आँखों में आँसू देखे, दोनों एक-दूसरे को देखे जा रहे थे। उसने महक के पास जाते हुए उसकी पीठ थपथपाई, उसको इस बात के लिए आश्वस्त किया कि वे कम्पीटीशन में जीतने वाले हैं, वह भी आसानी से। उसने फ़ैसला किया कि इस मुकाबले को जीतने के लिए गम्भीर हुआ जाये क्योंकि महक के लिए यह बहुत महत्त्वपूर्ण था।

'तुम लोगों को कुछ खाने के लिए चाहिए?' विराट ने दोनों से पूछा।

'तुम्हारे पास क्या है? मुझे सच में भूख लगी हुई है,' काव्या ने जवाब दिया।

'मैडम, यह कोई होटल नहीं है। यह मेरा घर है।'

'क्या तुम मेरे लिए अंडे की भुजिया बना सकते हो?' महक ने मीठी आवाज़ में कहा।

'हाँ, हाँ। यह बना देगा। यह बहुत अच्छा खाना बनाता है। तुमको इसे चखना चाहिए। मेरा मतलब है कि इसके हाथ से बनाये किसी खाने को,' काव्या ने उसको छेड़ते हुए कहा।

विराट ने उसके ऊपर एक तकिया फेंका और रसोई की तरफ़ चला गया। महक अजीब महसूस कर रही थी इसलिए नीचे की तरफ़ देखने लगी। जब काव्या बिस्तर पर बैठी तो उसने महसूस किया कि विराट ने कमरे को साफ़ किया था और हर चीज़ अपनी जगह पर थी। काव्या को यह बात अजीब लग रही थी क्योंकि उसने जीवन में पहली बार उसके कमरे को साफ़ देखा था। उसमें अचानक आये इस बदलाव को देखकर वह हैरान थी। वह उसकी टाँग खिंचाई का कोई भी मौका नहीं छोड़ती थी और अब वह उसको और चिढ़ाने वाली थी क्योंकि वह बेहतर स्थिति में थे, विराट कभी भी यह नहीं चाहता था कि काव्या अपना मुँह खोले।

'महक तुमने इस कमरे को कुछ दिन पहले देखा होता। इतना सेक्सी लग रहा था,' काव्या ने ज़ोर से कहा ताकि विराट इस बात को सुन ले।

'अपना मुँह बन्द रखोगी?' विराट ने रसोई से चिल्लाकर कहा।

महक को और अधिक जानने की उत्सुकता थी और वह उससे पूछे जा रही थी कि कमरा कैसा लगता था। विराट ने उसको शान्त करने की बहुत कोशिश की लेकिन कोई फ़ायदा नहीं हुआ।

'तुम्हारे सिर के ऊपर जो रस्सी लटक रही है पहले उसके ऊपर सूखने के लिए अंडरवियर और गंदे तौलिये डाले जाते थे,' काव्या ने हँसते हुए कहा।

'ईई' महक ने मुँह बनाते हुए कहा और विराट रसोई से भागकर आया और बोला, 'बकवास बन्द भी करो।'

दोनों उसको मिलकर चिढ़ाने में लग गईं। काव्या ने आग में घी डालते हुए कहा कि विराट के अंडरगारमेंट्स में छेद हैं। महक और काव्या फ़र्श पर लोट-पोट होकर हँसे जा रही थीं, विराट का मज़ाक उड़ाये जा रही थीं। वह अभी भी रसोई में था और वहाँ से सुन रहा था कि दोनों लड़कियाँ किस तरह की बातें कर रही थीं। वह और बर्दाश्त नहीं कर पाया। अंडे की भुजिया तैयार हो चुकी थी और विराट भी अब तैयार था। बजाय रसोई से प्लेट लाने के वह वॉशरूम से एक बाल्टी में पानी लेकर आ गया और उन दोनों के ऊपर डाल दिया।

'क्या चुतियापा है? पागल तो नहीं हो गये हो? अब मैं तुमको छोड़ने वाली नहीं हूँ,' काव्या ने कहा और उसकी तरफ़ बदला लेने के लिहाज़ से भागी।

वह हॉल की तरफ़ भागा और उसके पीछे-पीछे काव्या भी जबकि महक ने पाइप को नल से जोड़ दिया और विराट के ऊपर पानी डालने लगी।

'अच्छा। अब रुक जाओ। मुझे माफ़ कर दो। रुक भी जाओ। इलेक्ट्रॉनिक सामान गीले हो जायेंगे,' विराट ने दोनों लड़कियों से मिन्नत करते हुए कहा और अपने टीवी और स्पीकर की तरफ़ इशारा करने लगा।

महक ने नल को बन्द कर दिया, उसको इस बात की फिक्र हो रही थी कि उनके शोर-शराबे से कहीं पड़ोसी न परेशान हो जायें। उन सबने गहरी साँस ली और सब एक-दूसरे को देखकर मुस्कुराने लगे। उन्होंने वहाँ जो गन्दगी फैलाई थी उसको साफ़ किया और विराट के कपड़े पहन लिये। विराट ने उनको खाने के लिए अंडे की भुजिया दी और टीवी चला दिया।

'कैसा बना है?' उसने लड़कियों की तरफ़ देखते हुए पूछा।

'बहुत अच्छा लग रहा है। इसका स्वाद मुझे बहुत पसन्द आया। एफसी रोड पर एक जगह है जहाँ इसी तरह की भुजिया मिलती है। मुझे वह बहुत पसन्द है,' महक ने अपनी उँगलियों को चाटते हुए कहा।

'हाँ यह सच में बढ़िया है,' काव्या बोली।

विराट ने महक की तरफ़ देखा और पाया कि वह भी उसको देख रही

थी। उसे इस बात से खुशी हुई कि महक को उसका बनाया खाना पसन्द आया था। वे दोनों एक-दूसरे को देखकर मुस्कुराने लगे। कुछ था जो उनको एक कर देता था। कुछ ऐसा जो उनको एक साथ बेहतर बनाता था। कुछ ऐसा जो उनको दोस्त से कुछ अधिक ही बनाता था।

तीनों एक साथ मस्ती भले ही कर रहे थे लेकिन उनके दिमाग में कहीं भीतर यह दबाव भी था कि कम्पीटीशन जीतना है। विराट ने यह फ़ैसला किया कि वह पूरे हफ़्ते कम्पीटीशन को गम्भीरता से लेगा और जमकर मेहनत करेगा ताकि महक अपने सपने के करीब पहुँच पाये। महक का सपना और जुनून अब उसका भी था।

♡♡

जब आप किसी चीज़ के लिए अपने दिल में ठान लेते हैं और उस सपने को सच में बदलने के लिए पूरी कोशिश करते हैं तो उसे कोई ताकत हासिल करने से रोक नहीं सकती है। विराट ने जमकर अभ्यास किया क्योंकि उसको यह पता था कि महक के लिए इस जीत का क्या मतलब था। हर गुज़रते दिन के साथ उसने अपने पैरों को नियन्त्रित कर लिया और उसने सही जगह पर ठहरना भी अच्छी तरह सीख लिया था। यह कोई हैरान करने वाली बात नहीं थी कि हर बीतते दिन के साथ विराट और महक के शरीर के बीच का तालमेल बढ़िया होता जा रहा था। मानसिक तौर पर भी उनका आपस का तालमेल बेहतर होता जा रहा था। आप किसी आदमी से मिलते हैं और आपको तत्काल यह पता चल जाता है कि उसके साथ आपकी दोस्ती बहुत अच्छी होने वाली है। आप बड़े हो गये हो तो इस बात से कोई फ़र्क नहीं पड़ता है कि आपको कोई ऐसा इन्सान नहीं चाहिए जिससे आप अपनी राज़ की बातें बता सकें। बल्कि जिस तरह से जीवन जटिल होता जा रहा है उसमें आपको किसी खास इन्सान की ज़रूरत पड़ती है जिसके सामने आप अपने दिल को खोलकर रख सकें। लेकिन यह बात याद रखने वाली है कि एक-दूसरे के प्रति सम्मान और एक-दूसरे की परवाह करने का भाव होना चाहिए।

वह महक से कहे कि वह उसके जीवन का हिस्सा बन जाये यह सोचकर ही वह काँपने लगता था। सबसे बढ़कर महक की घबराहट के कारण विराट स्वयं को असहज महसूस करता था। कम्पीटीशन होने में एक दिन ही बचा था

और अच्छी तरह से डांस करने और जीतने के दबाव के कारण वह घबराया हुआ था। उसको डर इस बात का था कि अगर वे कम्पीटीशन में हार गये तो वह महक को सदा के लिए खो सकता था। वह इस बात से डरा हुआ था कि अगर उसने अच्छी तरह से डांस नहीं किया तो महक उससे बात करना बन्द कर देगी और वे दोस्त भी नहीं रह जायेंगे। उसको इस बात का डर था कि महक इस बात के लिए अफ़सोस करेगी कि उसने विराट के साथ डांस किया ही क्यों।

डर और घबराहट के मारे उसने एक बहुत बड़ा कदम उठाया। उसने अपना दिमाग बनाया कि वह अपने उन सीनियर्स से जाकर मिले जो उसके साथ कम्पीटीशन में हिस्सा ले रहे थे। वह उनको निजी तौर पर नहीं जानता था लेकिन उसने सोचा कि कम्पीटीशन से पहले उन लोगों से एक बार मिल ले। उसने यह सोचा था कि वह कम्पीटीशन से एक रात पहले जाकर उन लोगों से यह मिन्नत करेगा कि वे उनको जीतने दें। उस समय वह कम्पीटीशन और महक के दिल को जीतने के लिए कुछ भी करने के लिए तैयार था।

डिनर के बाद वह अकेला कॉलेज के लिए निकल गया और उसने अपनी योजना के बारे में काव्या और महक को कुछ भी नहीं बताया था। अगर उसने उन दोनों को अपनी योजना के बारे में बता दिया होता तो वे उसको कभी इस पर अमल नहीं करने देतीं। इसलिए उसने यह तय किया कि कॉलेज के ऑडिटोरियम में अकेले ही जाये जहाँ उसके सीनियर अभ्यास कर रहे थे। जब मंच पर विद्यार्थियों का एक दल संगीत की धुन पर डांस करने में लगा हुआ था तो वह भारी दिल से उनकी तरफ़ बढ़ा। वह अन्दर जाने से पहले ऑडिटोरियम के दरवाज़े पर रुककर एक बार फिर यह सोचने लगा कि वह सही काम कर रहा था या नहीं, लेकिन उसके दिमाग में यह बात घुस चुकी थी और उसको इसके सिवाय जीत की कोई सूरत नहीं नज़र आ रही थी कि वह जाकर उन लोगों से मिन्नत करे। वह उसकी कोई भी कीमत चुकाने के लिए तैयार था। गलियारे के अँधेरे से गुज़रते हुए वह ऑडिटोरियम में घुस गया। ऑडिटोरियम की मुख्य लाईट जल रही थी और मंच पर कुछ लोग अभ्यास में लगे हुए थे। वहाँ कुछ और विद्यार्थी खड़े होकर उनका डांस देख रहे थे। वह काँपते पैरों से उनकी तरफ़ बढ़ गया। वह इतना साहसी था कि उनके साथ बातचीत कर सके, लेकिन उसको उस बातचीत के नतीजे को लेकर डर लग रहा था। अगर वे नहीं माने

तो ? अगर उन्होंने महक को इसके बारे में बता दिया तो ? उसने अपना दिमाग बना लिया था; अभी नहीं तो कभी नहीं।

'हाँ भाई, बताओ क्या बात है ?' उनमें से एक विद्यार्थी ने विराट से तब पूछा जब उन्होंने यह देखा कि वह सामने खोया-खोया सा खड़ा था।

'मैं कुछ कहना चाहता था...मुझे आपकी मदद चाहिए,' विराट ने हकलाते हुए जवाब दिया।

'किस तरह की मदद ?' उनमें से एक लड़की ने पूछा।

उसके सामने चार लड़कियाँ और पाँच लड़के थे जो अभ्यास कर रहे थे और बाकी बैठे हुए थे।

'मैं एक लड़की से प्यार करता हूँ और उसके लिए सालसा कम्पीटीशन जीतना चाहता हूँ,' विराट ने उनसे नज़रें चुराते हुए यह कह दिया।

'तो हम किस तरह से तुम्हारी मदद कर सकते हैं ?'

'मैं यह चाहता हूँ कि आप लोग कल हार जायें और बदले में आप जो चाहें मैं करने के लिए तैयार हूँ। आप जो भी कहें। लेकिन कल मुझे जीतने दें। मैं उसको सच में प्यार करता हूँ और उसको किसी भी हाल में खोना नहीं चाहता। कृपया, आपके लिए तो यह कम्पीटीशन है लेकिन मेरे लिए यह...'

इससे पहले कि विराट अपनी बात पूरी कर पाता एक लड़के ने उसके मुँह पर ज़ोर का मुक्का मारा। अगले ही पल विराट ज़मीन पर पड़ा हुआ था, उसके होंठों से खून बह रहा था।

'तुमने मुझे...। मैं तो बस निवेदन कर रहा था...क्या मैंने ऐसा कुछ कहा...' उसने हकलाते हुए कहा।

इससे पहले कि वह उठ पाता उसको दूसरे लड़के का एक और मुक्का आकर लगा, लेकिन इस बार मुक्का छाती पर आकर लगा। उस लड़के ने इतनी ज़ोर से मारा था कि वह ज़मीन पर गिर गया।

'तुम बहुत होशियार बनने की कोशिश कर रहे हो, नहीं ? साले, हारे हुए कहीं के। तुम यह चाहते हो कि हम तुम्हारे सामने हार जायें ? तुम्हारे अन्दर इतनी हिम्मत नहीं है कि जीतकर अपनी प्रेमिका के सामने खुद को साबित कर सको और इसलिए तुम यह चाहते हो कि हम हार जायें। हा हा हा,' उसके पेट में लात मारने के बाद एक लड़के ने चिल्लाते हुए कहा।

'भाग यहाँ से चेपू,' एक लड़की ने उसको चिल्लाकर भाग जाने के लिए कहा।

सब उसको चिढ़ाते हुए उसका मज़ाक उड़ाने लगे। कोई भी हारने के लिए कभी तैयार नहीं होता, चाहे उसके लिए उससे कितनी भी मिन्नतें क्यों न कर ली जायें। एक लड़के को दया आ गयी तो वह उसके लिए पानी लेकर आया। विराट ने मना कर दिया और ऑडिटोरियम से निकल गया, चोटिल और कमज़ोर। हर झूठ के साथ आपके रिश्ते की प्रकृति बदल जाती है। विराट ने न केवल अपनी गर्लफ्रेंड को झूठ बोला था बल्कि अपनी सबसे अच्छी दोस्त को भी और अब उसे कुछ नहीं सूझ रहा था। उसका दिल टूट गया था और वह शर्मिंदा था। एक सप्ताह तक इतनी मेहनत से अभ्यास करने के बाद उसको अपने ऊपर और अपने डांस पर भरोसा करना चाहिए था। उसको दूसरे प्रतिभागियों से मिन्नत करने के स्तर तक नहीं जाना चाहिए था, उसको इस बात का डर था कि कहीं वह अपने जीवन के प्यार को न खो दे इसी कारण उसका दिमाग फिर गया था।

मुकाबले का दिन था। डांस कम्पीटीशन के लिए बायोसिस कॉलेज में पूरी तैयारी हो चुकी थी। ऑडिटोरियम में बहुत सरगर्मी थी और सभी स्टेज पर आग लगाने के लिए तैयार थे। काव्या विराट और महक का इन्तज़ार कर रही थी, उनका कॉस्ट्यूम ठीक करते हुए तथा अन्य छोटी-छोटी बातों का ध्यान रखते हुए। वह भी बहुत घबराई हुई थी क्योंकि उसको इस बात का पता था कि इस कम्पीटीशन की तैयारी करने में उन्होंने काफ़ी समय लगाया था। उसने यह जानने के लिए विराट को फ़ोन मिलाया कि वह कॉलेज के लिए निकला है या नहीं।

'मैं दस मिनट में पहुँच रहा हूँ,' विराट ने कहा और फ़ोन काट दिया।

कल रात जो नाटक हुआ था उसके कारण वह चिंता में था। वह बस यही उम्मीद कर रहा था कि उस घटना से जुड़े हुए जो लोग थे वे अपना मुँह बन्द रखेंगे और उस घटना के बारे में बातें नहीं बनायेंगे। पिछली रात वापस लौटने के बाद वह यह सोचकर सो नहीं पाया कि घबराहट के मारे उसने क्या कदम उठा लिया था। किसी तरह से उसने अपना खोया हुआ आत्मविश्वास वापस पा लिया, क्योंकि यह आत्मसम्मान और अहम् की बात थी। वह महज़ महक

के लिए नहीं जीतना चाहता था बल्कि यह बताने के लिए भी जीतना चाहता था कि वह चेपू नहीं था जैसा कि एक लड़की ने कहा था। वह कॉलेज पहुँचा और सीधे बैकस्टेज पर चला गया।

'तुमको क्या हुआ?' काव्या ने जब विराट के होंठों पर कटे का निशान देखा तो उसने घबराहट के मारे पूछा।

'कुछ नहीं, बस...'

'तुम्हारी किसी से लड़ाई हुई है? मुझे सच बताओ विराट,' उसने चिंता से चिल्लाते हुए पूछा।

'मैं तुमको बाद में बताऊँगा। महक कहाँ है?' विराट ने उसको खोजने की कोशिश करते हुए पूछा।

'वह अभी तक पहुँची नहीं है,' काव्या ने जवाब दिया।

काव्या को कुछ गड़बड़ लग तो रही थी लेकिन उसने विराट को अधिक परेशान नहीं किया क्योंकि वह चाहती थी कि विराट का ध्यान अपने प्रदर्शन पर एकाग्र रहे। वहाँ प्रतियोगिता शुरू हो चुकी थी लेकिन महक अभी भी नहीं आयी थी। इस बात से उसको और भी फ़िक्र हो रही थी। उसने उसके अन्य दोस्तों से और यहाँ तक कि कुछ प्रोफ़ेसरों से भी यह पूछा कि वह कहाँ है लेकिन लगता नहीं था कि किसी को भी इस बारे में कुछ पता था। यहाँ तक कि उसका मोबाइल फ़ोन भी बन्द पड़ा हुआ था। विराट ने उसको पूरे कैम्पस में देखा लेकिन वह कहीं नहीं थी। पहले ग्रुप का डांस हो चुका था और दूसरा ग्रुप मंच के ऊपर आ चुका था। किस्मत ने उनका साथ दिया जब जजों ने इस बात की घोषणा की कि दूसरे प्रदर्शन के बाद वे थोड़ी देर का ब्रेक ले रहे हैं। इससे उनको महक को ढूँढने के लिए कुछ और समय मिल गया।

'ऐसा लगता है कि वह ट्रैफिक में फँस गयी है,' विराट ने काव्या को समझाते हुए कहा, जो हर गुज़रते पल के साथ और गुस्से में आती जा रही थी।

'विराट, कुछ गड़बड़ है। मुझे बताओ कि क्या हुआ। महक कहाँ है? क्या वह ठीक है? पिछली रात उसको कुछ हुआ था क्या?' काव्या ने घबराते हुए पूछा।

'अच्छा तो यही होता कि उसके बारे में चर्चा करने की बजाय हम

उसको ढूँढने में समय लगाते। तुम्हारे पास उसके मम्मी-पापा का नम्बर है?' विराट ने पूछा।

'नहीं, मेरे पास नम्बर नहीं है। रुको, मुझे जजों से बात करने दो शायद वे हमारे प्रदर्शन के समय को बदलने के लिए तैयार हो जायें।'

काव्या जजों से बात करने के लिए गयी लेकिन पूरी कोशिश करने के बाद भी वह उनको समझा नहीं पायी। 'आपको हर दिन इस तरह के मौके नहीं मिलते, और अगर आप इन मौकों का फ़ायदा नहीं उठा पाते तो मुझे माफ़ करना आप यहाँ होने का हक़ भी नहीं रखते। मुझे तुम्हारे लिए अफ़सोस है बेटा, लेकिन हम कुछ कर नहीं सकते,' उनमें से एक जज ने कहा।

काव्या चेहरे पर उदासी का भाव लिये हुए लौट गयी। विराट अभी भी जजों को समझाने की कोशिश कर रहा था, उनसे बहाने बना रहा था लेकिन कोई फ़ायदा नहीं हुआ। आपको किसी चीज़ का महत्त्व तब समझ में आता है जब आप उसको खो देते हैं। जिस तरह से सब कुछ खत्म हो रहा था विराट इस बात को नहीं समझ पा रहा था। महक और विराट डांस कम्पीटीशन के कारण ही एक-दूसरे के नज़दीक आये थे और जिस कारण से उसने डांस को चुना था अब वह कारण ही नहीं था। काव्या को इस बात का यकीन नहीं हो रहा था कि महक इतने महत्त्वपूर्ण कम्पीटीशन के लिए आयी ही नहीं, इसमें चुना जाना महक का सपना था और वह आयी ही नहीं। वह इस बात को समझ नहीं पा रही थी। विराट खुद को दोषी समझ रहा था क्योंकि उसको लग रहा था जिस लड़के से उसने पंगा लिया था उसी ने कुछ किया होगा। उसके एक गलत फ़ैसले के कारण उसकी खुशी बर्बाद हो गयी।

कई बार ऐसा भी होता है कि जब आपको ऐसा लगता है कि आपके साथ कुछ भी अच्छा नहीं होने वाला, जब आपके सपने टूट जाते हैं और आपको अपने अन्दर से खालीपन महसूस होता है, आप खाली और नाउम्मीद लगने लगते हैं। आप बहुत कोशिश करते हैं, उस खालीपन को दूर करने के लिए जो आपकी आत्मा के अन्दर बैठ चुका होता है और उससे निकलने का कोई रास्ता नहीं होता। यह कहा गया है कि किसी को अपने दिल की ही सुननी चाहिए। लेकिन अगर वह आपको बन्द रास्ते की तरफ़ ले जाये तो?

तुम्हारी कमियाँ भी मुझे कबूल हैं

'ओह चेपू! क्या हुआ तुम्हारी प्रेमिका का? जब उसको यह पता चला कि कल रात तुमने कितनी बड़ी बदमाशी की थी तो उसने तुमको छोड़ दिया क्या?' उसी ग्रुप की लड़की ने चिढ़ाते हुए कहा जब विराट और काव्या गलियारे में से गुज़र रहे थे।

'नहीं। बहुत अधिक अभ्यास करने के कारण वह ज़रूर बहुत थक गयी होगी शायद।'

वह लड़की और उसके दोस्त उस पर तब तक फब्तियाँ कसते रहे जब तक कि विराट कैम्पस से चला नहीं गया। विराट सबसे आँखें चुराने की कोशिश कर रहा था। वह कल रात की घटना से अभी तक उबर नहीं पाया था।

काव्या को गुस्सा आ रहा था लेकिन उसने एक भी शब्द नहीं कहा क्योंकि उसको यह पता था कि विराट कुछ छिपा रहा था। उस समय उसको अगर किसी की चिंता हो रही थी तो वह महक थी। उसका मोबाइल फ़ोन अभी भी बन्द था। काव्या विराट के साथ चल रही थी जो अपने खयालों में पूरी तरह से खोया हुआ था। उसने अपना फ़ोन उठाया और महक को मैसेज किया :

'इस मैसेज के मिलते ही फ़ोन करना।'

एक मील चलने के बाद विराट सड़क के किनारे एक बेंच पर बैठ गया। काव्या ने उसको देखा तो पाया कि उसकी आँखों से आँसू बहे जा रहे थे।

'क्या हुआ विराट? सब ठीक तो है?' उसने पूछा।

विराट ने उसकी तरफ़ ऐसे देखा जैसे वह कोई अपराधी हो और उसको बताया कि पिछली रात क्या हुआ था। उसके साथ जो कुछ हुआ था उसने वह सब बता दिया और यह भी बताया कि वैसे उससे यह गलती हुई थी लेकिन

उसने किसी को उसके बारे में बताया नहीं था। उसको कुछ नहीं पता था कि वह कहाँ थी और आखिरी बार महक से उसकी बात कल शाम ही हुई थी। उसने सोने से पहले उसको मैसेज किया था लेकिन उसने कोई जवाब नहीं दिया। काव्या यह सुनकर सदमे में थी और हताशा के मारे वह अपने बाल नोचने की स्थिति में आ गयी थी। उसको यह समझ में नहीं आ रहा था कि विराट ने इतना बड़ा कदम क्यों उठाया, जिसकी वजह से सब कुछ बिखर गया।

'मुझे सच में नहीं पता है कि महक कहाँ है और मेरी बात का यकीन करो, आज मैं अपने जीवन का सबसे अच्छा प्रदर्शन करने वाला था। मुझे इस बात का डर है कि या तो उन्होंने कुछ बुरा किया है या महक को सब कुछ बता दिया है,' विराट ने रोते हुए कहा।

'तुम ऐसी बेवकूफ़ी कैसे कर सकते थे विराट? तुम्हारे दिमाग में क्या चल रहा था? तुमने इतनी मेहनत से अभ्यास किया था और इसको जीतना महक का सपना था। तुमने सब कुछ बर्बाद कर लिया। वह हमारी दोस्त थी,' काव्या ने बहुत दुखी भाव से कहा।

'उफ़! मेरे लिए वह दोस्त से भी अधिक थी। तुमको यह पता है। तुम जानती हो कि मैंने उसको कितना प्यार किया था। और मैं यह भी चाहता था कि वह जीते...। जाने दो अब। मुझे पता है कि गलती मेरी है। मुझे सच में माफ़ कर दो।'

विराट ने अपना सिर उसके कन्धे पर टिका दिया और ज़ार-ज़ार रोने लगा। किसी लड़की का दिल तोड़ना उससे भी बुरा होता है जितना कि हम सोचते हैं। यह सब कुछ बर्बाद कर देता है—भविष्य के उसके रिश्ते, प्यार करने की उसकी क्षमता और किसी के ऊपर विश्वास और उसके अन्दर का सुख-चैन। विराट को ऐसा लग रहा था कि उसने महक का दिल तोड़ दिया था जो उसके लिए धड़कने वाला था। उसने एक बार फिर से महक को फ़ोन किया लेकिन वही जवाब मिला। वह अपने मोबाइल को फेंक देना चाहता था। वह इस बात को समझ नहीं पा रहा था कि महक के लिए उसकी भावनाओं का क्या मतलब था। कई बार वे दोस्त होते थे, कई बार वे ऐसे व्यवहार करते थे मानो वे दोस्त से अधिक हों, और अब वह ऐसे जता रही थी मानो वह पूरी तरह अजनबी हों इसीलिए वह उसको यह भी नहीं बता रही थी कि वह कहाँ थी।

काव्या को महक की चिंता हो रही थी और उसने यह तय किया कि वह महक के घर जायेगी। उसने विराट से घर वापस जाने के लिए कहा क्योंकि वह नहीं चाहती थी कि महक के घर पर किसी तरह का माहौल बने। विराट ने उसको जाने दिया क्योंकि वह फिर से कोई गड़बड़ी नहीं करना चाहता था। काव्या ने विराट को इस बात का भरोसा दिलाया कि वह महक से बातचीत करने के बाद उसके घर आयेगी। जीवन में सबसे बुरी बात उसे खो देना नहीं होता है जिसको आप बेहद प्यार करते हैं, बल्कि किसी को बहुत प्यार करने के क्रम में खुद को खो देना होता है। विराट को ऐसा महसूस हो रहा था कि उसको महक की आदत पड़ चुकी थी और वह एक ऐसी दवा थी जिससे उसको राहत मिलती थी।

विराट घर पहुँचा और जब वह अपने बेडरूम के भीतर पहुँचा तो उसको वे पल याद आये जो उसने महक के साथ बिताए थे। उसने अपना लैपटॉप खोला और उन तस्वीरों को देखने लगा जो काव्या ने उस दौरान ली थीं जब वे डांस का अभ्यास कर रहे थे। उसकी गैर मौजूदगी को और अधिक न झेल पाने के कारण उसने अपना लैपटॉप बन्द किया और सोने ही वाला था कि उसने अपनी मेज़ पर एक किताब देखी। वह महक की निजी डायरी थी। डांस के अभ्यास के दौरान वह उसे वहाँ भूल गयी थी। विराट डायरी को खोलकर उसको पलटने लगा तो उसने देखा कि एक पन्ने पर उसका नाम लिखा हुआ था। वह एक पल के लिए जैसे जम गया और उसके दिल की धड़कन ही जैसे रुक गयी। इसका क्या मतलब था ? क्या उसके दिल में भी उसके लिए भावनाएँ थीं ? उसने अपनी आँखों को बन्द किया और महक की खुशी के लिए दुआ करने लगा। हालाँकि वह जानता था कि अब वह उसकी खुशी का कारण नहीं रह गया था। वह भी खुश नहीं था, लेकिन उसने अपनी जेब से मोबाइल निकाला और उसको एक मैसेज भेज दिया :

मैंने अभी वह डायरी देखी जिसमें तुमने मेरा नाम लिखा हुआ था। तुमने उसको जान-बूझकर छोड़ा था, नहीं ? क्या यह तुम्हारा यह बताने का तरीका था कि तुम मेरे बारे में क्या सोचती थीं, कम्पीटीशन के बाद मुझे इस बात का पता चल जाये। यह इस बात को बताता है कि हम

दोस्त से अधिक हैं। मैं जानता हूँ कि मैंने तुम्हारा दिल दुखाया है लेकिन मेरा यकीन करो मैंने योजना बनाकर ऐसा नहीं किया था। मैं इस बात के लिए दुआ किया करता था कि हम अकेले में साथ हों, क्योंकि मैं यह जानता हूँ कि हमारे बीच बातें कभी कम पड़ने वाली नहीं थीं। हम दोनों कितनी मौज-मस्ती करने वाले हैं—हम बेवकूफ़ी करना छोड़ नहीं सकते। लेकिन तुम चली गयीं। तुमने तो अपनी भावनाओं को बताना भी ज़रूरी नहीं समझा? एक बार भी नहीं? तुमको इस तरह गायब होने से पहले मुझसे बात करनी चाहिए थी। हम सब सुलझा लेते। मुझे याद है कि तुम्हारे बगल में बैठकर मैं कभी-कभी तुम्हारी आँखों में देखा करता था। वह अलग था। उस पल की जो चुप्पी होती थी वह मुझे बेहद खुशी से भर देती थी, मानो मैंने कुछ गरम बहुत जल्दी-जल्दी निगल लिया हो। महक, क्या तुम मुझे माफ़ नहीं कर सकतीं? सच में मुझे लगता है कि तुम मेरी ज़िन्दगी का पासवर्ड हो। तुम्हारे न होने से, हर चीज़ मेरी पहुँच से दूर हो गयी है। मैं न तो खा सकता हूँ न पी सकता हूँ।

वह मैसेज उस तक नहीं पहुँचा क्योंकि उसका फ़ोन स्विच ऑफ़ था। उसने काव्या को यह जानने के लिए फ़ोन किया कि महक कैसी है।

'क्या वह घर में है?' काव्या ने जैसे ही फ़ोन उठाया तो विराट ने पूछा।

'हाँ। वह घर में है लेकिन वह तुमसे बात नहीं करना चाहती। वह थोड़ी दुखी है,' काव्या ने कहा।

'ओह भगवान का शुक्र है कि वह ठीक है। क्या हुआ?'

'मैं जब तुम्हारे पास आऊँगी तो तुमको सब कुछ बता दूँगी। बहुत तनाव मत लो,' काव्या ने आगे कहा।

विराट ने जब यह सुना कि महक ठीक है और उसको कुछ भी नहीं हुआ था तो उसने राहत की साँस ली। उसको यह सुनकर बहुत धक्का लगा कि वह जानबूझकर उससे बात नहीं करना चाहती। उसने अपनी याद से पिछले कुछ घंटे मिटा देने की कोशिश की और सोने की थोड़ी कोशिश की। यह कहा जाता है कि अगर आप उस बात को सोचना छोड़ दें जिससे आपको परेशानी हो रही हो

तो आप अच्छा महसूस करते हैं। लेकिन जब आप बहुत अधिक परवाह करते हैं तो आपको हर चीज़ से उसी की याद आती है। उसको अपने घर के हर कोने से महक की याद आ रही थी और उसको ऐसा लग रहा था मानो उसका दम घुट रहा हो। जिस तरह से उसने उस पर पानी गिराया था, जिस तरह से वे डांस करते थे, जिस तरह से उन्होंने अपने-अपने असाइनमेंट को पूरा किया था और इसी तरह की बातें। कई बार हम प्यार के साथ खेलते हैं, लेकिन जब आपको अन्ततः यह समझ में आता है कि आप गम्भीर हो रहे हैं तो प्यार आपके साथ खेलने लगता है।

महक का घर

'क्या तुमको पता है कि हमने तुमको कितनी दफा फ़ोन करने की कोशिश की? तुम इतनी गैरज़िम्मेदार किस तरह से हो सकती हो? क्या तुम इसी का इन्तज़ार कर रही थीं—अपने इस सपने का! और तुमने सब छोड़ दिया। किस बात के लिए?' काव्या ने एक के बाद एक सवाल महक पर दाग दिए।

काव्या उसको बिना बताये उससे मिलने के लिए चली गयी थीं और उसने पाया कि वह बिस्तर पर बैठी हुई थी, उदास और अकेली। महक चेहरे पर खोया-खोया सा भाव लिये बैठी थी, उसने काव्या के किसी सवाल का जवाब नहीं दिया।

'भगवान के लिए कुछ बोलोगी भी?' काव्या ने तेज़ आवाज़ में पूछा। महक ने आखिरकार अपनी चुप्पी तोड़ दी।

'आज मेरा भाग लेने का मन नहीं हो रहा था। मुझे यह समझ में आ गया था कि उस कम्पीटीशन को जीतने का कोई मतलब नहीं है अगर आपने उससे पहले ही कुछ महत्त्वपूर्ण खो दिया हो।'

'क्या तुम सीधे-सीधे मुद्दे पर आओगी?' काव्या ने आग्रह किया। वह इस सब रहस्य को और सहन नहीं कर सकती थी।

'हाँ। कल रात मैं इसके बारे में सोचने से खुद को रोक नहीं पायी क्योंकि इस बात के बारे में मुझे कभी पता नहीं चल पाता कि मैं अपने हुनर और अपने जुनून के कारण जीती या विराट की किसी चाल के कारण, बस यह कारण काफ़ी था कि मैंने भाग नहीं लेने का फ़ैसला किया।'

'क्या मतलब है तुम्हारा?' काव्या ने उत्सुकता के साथ पूछा।

'कल रात मैं कॉलेज गयी थी और मैंने गलियारे में विराट को देखा। मैं उसको फ़ोन करने ही वाली थी कि वह ऑडिटोरियम में चला गया। जब मैं ऑडिटोरियम की तरफ़ गयी तो मैंने देखा कि विराट सीनियर्स से किसी बारे में बात कर रहा था। उसके बाद मैंने ध्यान से सुना तो पाया कि वह उनसे मिन्नतें कर रहा था, वह उनसे इस बात की भीख माँग रहा था कि वे हमें जीतने दें क्योंकि वह मेरा प्यार पाना चाहता था और इसके लिए कुछ भी कर सकता था। मैं तत्काल वहाँ से निकल गयी और रोती हुई घर आयी। मुझे बुरा लग रहा था... मुझे ऐसा लग रहा था जैसे मुझसे कोई गलती हो गयी हो। मुझे ऐसा लग रहा था जैसे मुझे धोखा दिया गया हो।'

'क्या तुमको यह पता है कि उसके बाद क्या हुआ?' काव्या ने पूछा।

महक ने उससे कहा कि वह उसी समय वापस आ गयी थी और उसको नहीं पता है कि उसके बाद क्या हुआ था। काव्या ने उसको वह सब बता दिया जो उसके बाद हुआ था और विराट को कितनी बुरी तरह से मारा गया था। उसने उसको यह भी बताया कि विराट उनके डांस का पूरी-पूरी रात अकेले ही अभ्यास करता था क्योंकि उसके लिए जीत उससे भी अधिक मायने रखती थी।

'वह तुमको प्यार करता है। मैं उसको बहुत दिनों से जानती हूँ और मैंने उसको इस तरह से करते पहले कभी नहीं देखा। तुमसे मिलने के बाद वह और बेहतर इन्सान में बदल चुका है। वह इस बात को जानता था कि इस कम्पीटीशन को जीतना तुम्हारे लिए कितना मायने रखता था। उसने उन लोगों से किसी तरह का गलत सौदा नहीं किया था और अगर आज तुम लोग जीतते भी तो अपनी प्रतिभा के कारण न कि किसी और कारण से। तुमने भाग क्यों नहीं लिया? क्यों? क्या यह तुम्हारे लिए इतना आसान था महक? हमने इसे साथ-साथ जीतने का सपना देखा था,' काव्या ने चिल्लाते हुए कहा।

'नहीं, यह आसान नहीं था। और मुझे इस बारे में भी नहीं पता था कि उन्होंने विराट को मारा था। विराट द्वारा अपने आत्मसम्मान को छोड़ देने से मैं इस कम्पीटीशन को जीतना नहीं चाहती थी। मुझे ऐसा लगा कि इस कम्पीटीशन को जीतने से विराट उन सीनियर्स के सामने कमज़ोर पड़ जाता : उसका आत्मसम्मान दाँव पर था। मैं यह नहीं देख सकती कि वह मेरे कारण अपनी

इज़्ज़त को किसी के सामने गिरवी रखे। मैं जानती हूँ कि वह बहुत मज़बूत है, दिमागी तौर पर। लेकिन मुझे यह लगने लगा कि मैंने उसके ऊपर इतना दबाव बना दिया कि वह उसके लिए बहुत मुश्किल हो गया। मैं उससे बार-बार यह पूछती थी कि वह बहुत अच्छी तरह से प्रदर्शन कर सकता है या नहीं। नहीं काव्या, मैं ज़िन्दगी में रास्ता भटककर जीतना नहीं चाहती थी। उसका आत्म-सम्मान उसकी इज़्ज़त मेरे लिए अपने सपनों से अधिक मायने रखती है।'

काव्या अवाक् थी और वह बिना पलक झपकाए देखे जा रही थी।

'क्या तुम्हारा मतलब यह है कि...तुम...प्यार...' वह हकला रही थी।

'हाँ, मैं करती हूँ। मैं तो उसको उसी दिन से प्यार करती हूँ जिस दिन मैं उससे पहली बार मिली थी।'

'तुमने मुझे इसके बारे में बताया क्यों नहीं ?' काव्या ने उत्सुकता से पूछा।

'क्योंकि पहले मुझे यह लगता था कि तुम दोनों एक-दूसरे से प्यार करते हो। तुम हर दम उसके साथ रहती थीं और मुझे ऐसा लगता था कि कहीं मेरी वजह से तुम दोनों का रिश्ता न बिगड़ जाये। इसलिए मैंने कभी भी उसके प्रति अपने प्यार को ज़ाहिर नहीं किया। मुझे बाद में यह बात समझ में आयी जब मेरी तुमसे दोस्ती हो गयी, और मैंने आज सब कुछ कह देने की योजना बनाई थी। लेकिन सब कुछ योजना के मुताबिक नहीं हुआ।'

'सब कुछ ठीक हो जायेगा। सब मुझ पर छोड़ दो।' काव्या के चेहरे पर बड़ी-सी मुस्कान आ गयी और उसने उसको गले से लगा लिया।

वह महक के घर से निकली और उसने विराट को फ़ोन करके 'अरोमा' में आकर मिलने के लिए कहा। विराट ने उससे कारण पूछा, लेकिन काव्या ने कुछ नहीं बताया और उससे कहा कि वह अगले कुछ घंटों में 'अरोमा' पहुँच जाये। महक के घर से निकलने से पहले काव्या ने उसके साथ कुछ योजना बनाई थी और विराट के लिए कुछ हैरान करने वाली बात होने वाली थी क्योंकि वह महक के बारे में जानने को बेचैन था। उसने सारी उम्मीदें छोड़ दी थीं लेकिन वह अभी भी उसको प्यार करता था। उसको इस बारे में पता ही नहीं था कि महक भी उसको प्यार करती थी।

आप दोस्त का चुनाव तो कर सकते हैं, लेकिन आप जिससे प्यार करते हैं उसका चुनाव नहीं कर सकते। इन चीज़ों के ऊपर किसी का नियन्त्रण नहीं

होता है। महक कम्पीटीशन तो हार गयी थी लेकिन वह अपने प्रेमी का प्यार जीतने वाली थी। दोनों एक-दूसरे को प्यार करते थे लेकिन दोनों में से किसी ने भी अपनी भावनाओं को अभिव्यक्त नहीं किया था। प्यार का मतलब इच्छा का होना या उस आदमी की चाह का होना नहीं होता जिसे आप प्यार करते हैं, बल्कि इसका मतलब उस आदमी को पा लेना होता है जिसके बिना आप रह न सकें।

'तुम कहाँ हो काव्या? मैं यहाँ एक घंटे से तुम्हारा इन्तज़ार कर रहा हूँ। क्या मुझे बताओगी कि क्या चल रहा है?' विराट ने चिल्लाते हुए कहा।

विराट पिछले एक घंटे से 'अरोमा' कैफ़े में काव्या का इन्तज़ार कर रहा था लेकिन काव्या उसके फ़ोन को काट रही थी और उसके मैसेज का जवाब नहीं दे रही थी। आखिरकार उसने उसको फ़ोन किया।

'मैं नहीं आ रही हूँ। घर वापस जाओ। मैं तुमसे बाद में मिलूँगी,' काव्या बोली।

'इस बात से तुम्हारा मतलब क्या है? क्या पागल हो गयी हो?' विराट ने चिल्लाते हुए कहा।

कैफ़े में बैठे सारे लोग उसको घूरकर देखने लगे। उसने फ़ोन काटा और वापस घर की तरफ़ चल पड़ा। उसने कोशिश की कि महक के बारे में अधिक न सोचे; उसने उसको भुलाने की कोशिश की। लेकिन यह कहना आसान था, कर पाना नहीं। वह उसके दिमाग में चौबीसों घंटे रहती थी। बुझे दिल से वह अपने घर पहुँचा। उसने अपनी जेब से चाभी निकाली और दरवाज़ा खोला। उसको बिलकुल नहीं पता था कि उसके जीवन की सबसे बड़ी हैरानी दरवाज़े के पीछे उसका इन्तज़ार कर रही थी।

बत्तियाँ हल्की करके जलाई गयी थीं और परदे चढ़े हुए थे। दीवारों से रिबन लटक रहे थे और कमरे में लाल तथा चाँदनी रंग के दिल के आकार के बैलून लटके हुए थे। विराट ने जब गहरी साँस ली तो उसकी साँसों में खुशबूदार मोमबत्तियों की खुशबू भर गयी जो कमरे में अलग-अलग स्थानों पर जल रही थीं। फ़र्श पर गुलाब की पत्तियाँ बिखरी पड़ी थीं। चूँकि अँधेरा बहुत था इसलिए

यह पता नहीं चल पा रहा था कि कमरे में कोई और था या नहीं। उसके फ़ोन से बीप की आवाज़ आयी और उसने देखा कि काव्या का मैसेज था :

'आज तुम्हारा दिन है डार्लिंग। तुम हमेशा से यही चाहते थे और ये रहा। इस पल को जी भर कर जियो। उम्मीद करती हूँ कि साज-सजावट और इन्तज़ाम तुमको पसन्द आया होगा। उम्मीद करती हूँ कि तुम्हें यह बात भी समझ में आ गयी होगी कि मैंने तुमसे कॉफ़ी शॉप में मिलने के लिए क्यों कहा था। तुम्हारे घर की एक चाभी मेरे पास होने का यही फ़ायदा है। मेरी पार्टी बाकी रही। मैं तुमको छोड़ने वाली नहीं हूँ। मैं तुमसे कल मिलूँगी; आज तुम अपने प्यार पर ध्यान लगाओ। तुमको वैलेंटाइन डे मुबारक हो। मुझे पता है कि वैलेंटाइन डे नहीं है, लेकिन तुम्हारे लिए हो सकता है कि हो जाये। लव यू मेरे गुम्मे सुम्मे। उसको किस करना मत भूलना। बाय-बाय।

विराट ने इधर-उधर देखा कि कहीं कोई दिख जाये। दीवार पर एक फ़ोटो फ्रेम टँगा हुआ था। वह फ्रेम को देखने के लिए उसके पास गया। वह महक की तस्वीर थी जिसमें उसने उसको बाँहों में घेर रखा था, जो उनके डांस की तस्वीर थी। वे एक-दूसरे की आँखों में देख रहे थे, मानो बहुत गहरे प्यार में डूबे हुए हों। उन दोनों की कुछ और तस्वीरें दीवार से टँगी हुई थीं। फ़ोटो फ्रेम की बगल में कुछ लिखा हुआ था।

उसकी एक झलक देखकर ही उसको समझ में आ गया कि वह लिखावट महक की थी।

जीवन उस दम रोमांटिक हो जाता है जिस दम हमारी आँखें किसी को चुपचाप देखने लगती हैं, लेकिन वह और भी रोमांटिक उस दम हो जाती हैं जब कोई उन आँखों को चुपचाप पढ़ने लगता है।

विराट जब धीरे-धीरे अपने बेडरूम की तरफ़ बढ़ने लगा तो उसके दिल की धड़कन तेज़ हो गयी। उसको जो दिखाई दे रहा था उस पर यकीन नहीं हो रहा था। उसको ऐसा लग रहा था मानो वह कोई सपना देख रहा हो और कोई जल्दी ही उसके ऊपर पानी डालकर उसको नींद से जगा देगा। लेकिन वह सब

सच था। कुछ मिनट पहले ही उसने यह सोचा था कि उसने अपने प्रेम को सदा के लिए खो दिया था, लेकिन वह उसके सामने थी, कमरे में उसका इन्तज़ार कर रही थी। विराट ने दरवाज़ा खोला तो उसने पाया कि उसके कमरे को भी उसी तरह सजाया गया था। वहाँ हर तरफ़ मोमबत्तियाँ थीं और लाल-चाँदनी के रंग के गुब्बारे। जैसे ही उसने दरवाज़ा खोला तो एक गाना बजने लगा :

'साथिया... ये तूने क्या किया... बेलिया ये तूने क्या किया...
मैंने किया तेरा इन्तज़ार... मैंने किया है तुमसे प्यार...'

और वह वहाँ खड़ी थी स्टीरियो के बगल में अपनी छोटी नीली ड्रेस पहने, जब वह कमरे में घुसा तो महक उसको देखकर शर्माते हुए मुस्कुराई। विराट मंत्रमुग्ध था और उसकी आँखें उस तरह से झिलमिला रही थीं जिस तरह से हास्य फ़िल्मों में दिखाते हैं। महक बहुत सुन्दर लग रही थी—उसके शरीर पर ड्रेस चिपकी हुई लग रही थी और हवा में उसके बाल हल्के-हल्के उड़ रहे थे। जब उसने उसकी तरफ़ देखा तो उसकी आँखों से मासूमियत झलक रही थी। वह मजबूर होकर एक बार फिर उसके प्यार में पड़ गया। उसके मादक होंठ ऐसे चमक रहे थे मानो रात के आकाश में तारे। इससे पहले कि विराट कुछ कहता उसने सम्मोहित कर देने वाली आवाज़ में कहा :

'क्या मैं तुम्हारे साथ डांस कर सकती हूँ?' विराट आँखें फाड़े उसको देखे जा रहा था। वह इस मौके को किसी भी तरह से छोड़ नहीं सकता था। उसने उसका हाथ अपने हाथ में ले लिया और नाचने लगा।

'इतनी मोहब्बत सह न सकूँगा, सच मानो ज़िन्दा रह न सकूँगा
तुझको सँभालूँ ये मेरा ज़िम्मा, मैं हूँ तो क्या है जाने तमन्ना,
अब जीना, मरना मेरा जानम तेरे हाथ है,
तो फिर सँभल... ले मैं चला...
जाना कहाँ... आ दिल में आ...'

हाथ में हाथ डाले दोनों के पैर संगीत की धुन पर झूम रहे थे जबकि विराट ने मज़बूती से उसको कमर से थाम रखा था। वे एक-दूसरे के इतने करीब खड़े थे कि एक-दूसरे की साँस को महसूस कर सकते थे। बिना एक भी शब्द कहे वे अगले कुछ पल तक डांस करते रहे।

'विराट, मैं तुमसे कुछ कहना चाहती हूँ,' महक ने चुप्पी तोड़ते हुए कहा।

'हाँ?'

'सही में?'

'क्या?' वह समझ गया था कि वह समय अब आ गया था।

महक पास आयी और उसने उसके कानों में फुसफुसाकर कुछ कहा।

'विराट... मैं तुमको यह कहना चाहती हूँ...। मैं... प्यार... हम जिस तरह से एक-दूसरे को देखकर मुस्कुराते हैं मैं उसको प्यार करती हूँ।'

'बस यही,' विराट ने पूछा।

'और... मैं तुमको प्यार करती हूँ।'

विराट ने उसकी दोनों आँखों को चूमा और उसके बालों की जो लट माथे पर आ गयी थी उसको धीरे से उसके कानों के पीछे कर दिया। आखिरकार वह बोला, 'जब मैं तुमसे मिला था तब तुम मुझे बहुत प्यारी लगी थीं। लेकिन तुम उससे अधिक हो। जब शुरू-शुरू में मैंने तुमसे बातचीत शुरू की थी तो तुम मुझे बहुत प्यारी लगी थीं। जब मैंने तुमसे अपनी मुश्किलों के बारे में बात करना शुरू किया तो तुम मुझे और अच्छी लगने लगीं। लेकिन तुम उससे भी बहुत अधिक हो, मैंने तुम्हारे बारे में जो कुछ भी सोचा था सब गलत था। लेकिन एक बात सही थी... तुम मेरी प्यारी बेबी हो और तुम जो हो मैं उसी को प्यार करूँगा। तुम्हारे आने से मेरी ज़िन्दगी में कद्र बढ़ गयी है और उम्मीद करता हूँ कि यह इसी तरह से बना रहे। मैं भी तुमको प्यार करता हूँ।'

वह दोनों के लिए ही खास दिन था। वह वैसे दिनों की तरह था जो आपकी स्मृति में सदा के लिए बसे रह जाते हैं। एक-दूसरे की आँखों में उन्होंने एक बार और देखा और फिर उनके होंठ जुड़ गये। विराट ने उसको अपनी बाँहों में भर लिया। अगर महक को किसी चीज़ से सबसे अधिक सुरक्षा महसूस होती थी तो वह विराट की बाँहें थीं। महक ने 'किस' जल्दी ही खत्म कर दिया। विराट एक बार फिर आगे की तरफ़ झुका मानो वह महक से अनुमति माँग रहा हो और इस बार वह भी उसके पास आ गयी और उसने उसको भरपूर किस किया। उस समय बाकी हर बात बेमानी लग रही थी। वह पल था जिसे वे जीवन भर संजो कर रखने वाले थे। वह चुम्बन एक सुन्दर रिश्ते की शुरुआत थी।

क्या हम एक-दूसरे के लिए नहीं बने?

रिश्ते अजीब होते हैं और उनको परिभाषित नहीं किया जा सकता। आप चाहे उसको जो भी नाम दे दें, वे एक बात पर ही टिके होते हैं : विश्वास। लेकिन मज़ेदार बात यह होती है कि चाहे आप एक-दूसरे पर खूब भरोसा करें, लेकिन अगर एक-दूसरे का साथ नहीं होना होगा तो नहीं ही होगा। वैसे तो विराट और महक एक ही कॉलेज में एक साल से अधिक समय से जा रहे थे लेकिन उससे पहले उन्होंने एक-दूसरे की तरफ़ ध्यान भी नहीं दिया था, जबकि उनके रास्ते बार-बार टकराते रहे। अब ज़रा दोनों को देखिये—साथ-साथ, प्यार के रिश्ते में।

कई बार हम दिल से जानते हैं कि क्या सही है और क्या नहीं है। लेकिन कुछ लोगों के लिए जब यह सच बोला जाता है तो उनके जीवन में खुशियाँ आती हैं, लेकिन कुछ के लिए इस सच को पचा पाना मुश्किल होता है। जब महक ने विराट से कहा कि वह उसको प्यार करती है, तो वह बहुत खुश हो गया। जबकि दूसरी तरफ़, ज़ोया ने सच बताया तो रोहन उससे टूट गया।

'तुम जानती हो कि इस फ़ैसले से तुम खुश नहीं रह पाओगी, फिर तुम अपने साथ ऐसा क्यों कर रही हो?' रोहन ने ज़ोया को समझाने की कोशिश करते हुए कहा, लेकिन कुछ भी काम नहीं आया।

ज़ोया ने अलग होने से पहले आखिरी बार मिलने के लिए उसको बुलाया था। उन्होंने जो समय साथ-साथ बिताया था वह उनके जीवन को भरपूर सुख देने वाला अनुभव था और वह उसका सुखद अन्त चाहती थी। वह उसकी इज़्ज़त करती थी और यह नहीं चाहती थी कि उसका दिल दुखे।

'रोहन, प्लीज़ इस बात को समझो कि हम साथ नहीं रह सकते। इस बात

को हमेशा याद रखना कि कहीं कोई है जो इस बात से खुश होता है कि तुम खुश हो। इसलिए कुछ बेहतर तुम्हारे इन्तज़ार में है। कोई ऐसा जो उससे कहीं अधिक प्यार दे जितना मैं कभी दे सकती थी। इसलिए हमेशा मुस्कुराते रहना और मैं भगवान से दुआ करूँगी कि तुम्हारे सारे सपने पूरे हों,' ज़ोया ने उसके हाथों को ज़ोर से थामते हुए कहा।

'मैं तुम्हारे बिना खुश कैसे रह सकता हूँ? मैं तुमसे प्यार करता हूँ,' उसने चिल्लाते हुए कहा।

'तुमको खुश रहना है। अगर तुम चाहते हो कि मैं खुश रहूँ तो तुमको मेरे लिए यह करना होगा।'

रोहन ने कुछ भी नहीं कहा और उसकी तरफ़ देखता रहा। ज़ोया को भी बहुत बुरा लग रहा था लेकिन उसके पास कोई और विकल्प नहीं था। उसको अपनी खुशियों की बलि चढ़ानी थी, नहीं तो रोहन की खुशी बर्बाद हो जाती। उसने आखिरी बार उसके गालों को चूमा और किसी तरह उसको मुस्कुराने को मजबूर कर दिया।

'एक वादा करो मुझसे,' उसने कहा।

रोहन ने उसको सवालिया निगाहों से देखा।

'मुझसे यह वादा करो कि तुम मुझसे कभी कुछ छिपाओगे नहीं—जैसे तुमको किसी और लड़की से प्यार हो जाये तो।'

'चुप रहो,' उसने चिढ़ते हुए जवाब दिया। 'मुझे नहीं लगता है कि मैं तुम्हारे अलावा किसी और को प्यार कर पाऊँगा।'

'अच्छा, ठीक है। क्या मैं तुम्हारे लिए कोई लड़की देखूँ? तुमको किस तरह की लड़की चाहिए?'

'जैसे तुमको नहीं पता है।'

'सुनो, कोई ऐसी लड़की तलाश करो जो तुमको प्यार करे, न कि ऐसी जो बस देखने में अच्छी हो। रूप समय के साथ पुराना पड़ जाता है। वह ऐसी होनी चाहिए जो मुश्किल वक्त में तुम्हारा ध्यान रखे और तुम्हारी ज़रूरतों को समझे। समझ गये?'

ज़ोया ने बहुत कोशिश की कि ब्रेकअप से उसका ध्यान हटा दे, लेकिन सच्चाई यह थी कि उसने जो कुछ भी कहा था उसका अपना मतलब था। वैसे

रोहन का होशियार दिमाग इस बात को समझ रहा था मगर उसका दिल इस सच को समझने के लिए तैयार नहीं था। वे आखिरी बार गले मिले, मुस्कुराये और अपने रास्ते निकल गये। कई बातें ऐसी होती हैं जिनको हम कुबूल नहीं करना चाहते हैं लेकिन हमको उन्हें ऐसे भी स्वीकार करना होता है। कुछ लोग ऐसे होते हैं जिनके बिना हम जी नहीं सकते लेकिन हमें उनको जाने देना पड़ता है।

♡♡

लोगों का कहना है कि शब्दों से कहीं अधिक, हमारे कर्म सही बयान करते हैं, लेकिन कई बार शब्दों से ही सबसे अधिक चोट पहुँचती है। ज़ोया के शब्दों से रोहन बहुत बुरी तरह से परेशान हो चुका था और उस पर एक तरह की नाउम्मीदी छायी हुई थीं। हर गुज़रते दिन के साथ वह अकेला-सा होता जा रहा था, किसी के भी साथ अपनी भावनाओं को साझा नहीं कर पा रहा था। उन बुरे दिनों में रिद्धिमा ने ही उसको दिलासा दी और उसके साथ खड़ी रही। उसके लिए उसके मन में जो भावनाएँ थीं उनको एक तरफ़ करके रिद्धिमा ने रोहन को ब्रेकअप के सदमे से उबरने में मदद की। कई बार वह भी अपनी तकलीफ़ को मुझसे साझा किया करता था।

'ऐसा क्यों होता है कि जो लोग आपकी परवाह सबसे अधिक करते हैं वही आपको ऐसा महसूस करने के लिए मजबूर कर देते हैं कि आप कुछ भी नहीं हैं?' रोहन ने एक बार आधी रात को फ़ोन पर बात करते हुए मुझसे पूछा था।

'रोहन इस सबसे निकलो अब, अतीत में जीने का कोई मतलब नहीं होता है। ज़ोया तुम्हारा बीता हुआ कल है। तुमको यह बात समझने की ज़रूरत है कि वह तुम्हारे जीवन में अब नहीं आ सकती है। बजाय इस बात को याद रखने के कि उसने कितने दर्द तुमको दिए, तुमको इस बात के लिए खुश होना चाहिए कि उसने तुम्हें इतनी सुन्दर यादें दीं,' मैंने उसको समझाने की कोशिश करते हुए कहा।

'मैं जानता हूँ आदी, मैं तुमसे सहमत हूँ। लेकिन कई बार मुझे ऐसा महसूस होता है कि मैं ज़िन्दगी में सच्चा प्यार पाने के लायक नहीं हूँ। मैं दूसरे

लोगों की तरह से खुशियाँ पाने के लायक नहीं हूँ। हर बार मेरे साथ बुरा ही क्यों होता है? क्यों?'

'प्यार कभी गलत नहीं होता है। लेकिन आपका चुनाव गलत हो सकता है। रोहन, तुमको अपना दिल उसके सामने खोलना चाहिए जो उसके लायक हो।'

यह कहते हुए मैंने फ़ोन रख दिया। मैं इस बात को जानता था कि सबसे मुश्किल इस बात को स्वीकार कर पाना होता है कि आप जिसको प्यार करते हैं वह आपको उतना प्यार नहीं करता। यह और भी मुश्किल तब हो जाता है जब आपको जीवन में उस आदमी के बिना आगे बढ़ना होता है जिसके बारे में आपने हमेशा यही सोचा था कि वह आपके साथ-साथ चलेगा। ज़ोया ने जितने मैसेज भेजे थे रोहन ने उनको दुबारा पढ़ा, उसने उन मैसेज को एक फ़ोल्डर में सँभाल कर रखा हुआ था और उनको उसने गुस्से में डिलीट करने की कोशिश की।

उसने ज़ोया को एक बार फिर मैसेज भेजा :

मुझे तुम्हारी बहुत याद आ रही है। तुम मुझसे दूर क्यों चली गयीं? तुम्हारा सब कुछ मेरे अन्दर है। तुम्हारी आवाज़ की गूँज मेरी आत्मा को जगा देती है। मैं यहाँ बैठकर दिन भर यह लिखता रह सकता हूँ कि तुममें ऐसा क्या है जो मुझे पसन्द है और तब भी वह पूरी तरह नहीं लिखा जा सकता। मुझे अभी भी ऐसा लगता है जैसे हम साथ हैं। तुम मेरे मन से नहीं गयीं। कभी नहीं। एक बार भी नहीं। साफ़-साफ़ कहूँ तो मुझे तुम्हारी याद आ रही है। मुझे याद आ रहा है कि किस तरह से तुम मुझसे लिपट जाती थीं। मुझे उन कहानियों की याद आती है जो तुमने सुनाई थीं, तुम्हारी मुस्कान। मैं हर उस पल को याद करता हूँ जो मैंने तुम्हारे साथ बिताया था। मुझे हर पल तुम्हारे बिना बुरा लगता है, मैं घंटों खुद को समझाता रह जाता हूँ कि क्यों तकलीफ़ होती है लेकिन मैं बस यही कहना चाहता हूँ कि मुझे तुम्हारी याद आती है। जबकि, मुझे इस बात का पता नहीं है कि तुमको मेरी याद आती है या नहीं। मैं तुम्हारे लिए लड़ जाता लेकिन तुमने कभी ऐसा जताया ही नहीं जिसके लिए लड़ाई की जाये।

हमेशा की तरह ज़ोया ने जवाब नहीं दिया। जब आप किसी के साथ इतना वक्त बिताते हैं कि आपको अपने आस-पास उसकी आदत इतनी पड़ जाती है तो उनका न होना आपको तकलीफ़ देता है। यहाँ तक कि आपकी पसन्द या नापसन्द उसके मुताबिक बदलती रहती है। यह बहुत सामान्य-सी बात है कि आपको उन पलों की याद आती है जब कोई आपसे दूर चला जाता है। आपका दिल तब तक टूटा, बिखरा लगता रहता है जब तक कि कोई और न आकर उसको संवार दे।

♡♡

हम सच में उस व्यक्ति से कभी मुक्त नहीं हो पाते जिसको हमने कभी प्यार किया हो; हम बस खुद को भाग्य के सहारे छोड़कर आगे बढ़ते चले जाते हैं। समय के साथ। रोहन ने भी अपने अतीत के साथ जीना सीख लिया, लेकिन कई बार उसको अभी भी ज़ोया की याद आती थी। समय के साथ वह समझ गया कि उसकी प्राथमिकताएँ क्या थीं और उसने उन पर ध्यान लगाने का फ़ैसला किया जो सामने था न कि उन पर जो वह पीछे छोड़ आया था। वह अपने जीवन को एक बार फिर से बनाना चाहता था। उसने जितना हो सके खुद को व्यस्त रखने की कोशिश की, इसलिए नहीं कि वह कुछ बड़ा हासिल करना चाहता था, बल्कि वह अपने अतीत को भूल जाने का कोई कारण चाहता था। रिद्धिमा के होने ने उसको सुकून दिया और उसके होने से उसको चैन मिलता था। चुटकुले सुनाकर और अपने ध्यान रखने वाले स्वभाव के कारण वह उसको हँसा पाने में सफल हो जाती थी।

'रोहन, तुम रो क्यों रहे हो? मैंने तुमसे कहा था न कि मैं तुम्हारी आँखों में आँसू नहीं देख सकती,' जब रोहन रसोई से आया तो रिद्धिमा ने उससे कहा।

चूँकि वीकेंड में रोहन की छुट्टी रहती थी इसलिए वह रोज़मर्रा के कामों में मदद करने के लिए रिद्धिमा के घर जाता था।

'मैं रो नहीं रहा, यह प्याज...' रोहन ने कहा और अपनी आँखों से आँसू पोंछ लिये।

'तुम प्याज से क्या कर रहे हो? उनको रहने दो और वापस आ जाओ,' रिद्धिमा ने शोकेस को साफ़ करते हुए कहा।

'यह प्याज तो मेरी जान के पीछे ही पड़ गया है, यह मुझे रुलाये जा रहा है।'

'वैसे तुम इस रूप में किसी आदर्श नौकरानी की तरह लग रहे हो' रिद्धिमा ने उसको किचन ऐप्रन दिखाते हुए कहा जो उसने अपने कपड़ों के ऊपर पहन रखा था।

'बदमाश, मैं तुमको मार डालूँगा। क्या मैं तुमको नौकरानी जैसा लगता हूँ? लेकिन नौकरानियाँ मेरी तरह सेक्सी नहीं होतीं।'

'वे होती हैं। अगर तुम चाहो तो मैं तुमको दो-एक दिखा भी दूँगी।'

रिद्धिमा ने उसकी बाँह में चिकोटी काटी और भाग गयी। रोहन उसके पीछे-पीछे भागा, उसको रोकने के लिए उसकी तरफ़ कुशन फेंकता हुआ। रोहन ने उसको पकड़ लिया और उसको सोफ़े पर गिरा दिया। दोनों ने एक-दूसरे को देखा और हँसने लगे।

'मुझे बहुत खुशी हो रही है यह देखकर कि तुम फिर से मुस्कुरा रहे हो। मुझे लगता था कि मैंने तुमको और तुम्हारी हँसी को खो दिया, तुम जिस तरह से ब्रेकअप के बाद से व्यवहार कर रहे थे उसको देखते हुए मैंने उम्मीद ही छोड़ दी थी,' रिद्धिमा बोली।

रोहन ने जैसे ही ब्रेकअप शब्द सुना उसके होंठों से हँसी गायब हो गयी।

कुछ देर की खामोशी के बाद रिद्धिमा रसोई में कॉफ़ी बनाने के लिए चली गयी ताकि उसका मूड ठीक किया जा सके। रोहन बैठकर यही सोच रहा था कि पिछले कुछ महीनों में उसकी ज़िन्दगी कितनी बदल गयी थी। कई बार कॉफ़ी का एक प्याला या एक अच्छा दोस्त आपके जीवन को बेहतर बना देता है। उस आदमी के सामने जिसको आप प्यार करते हैं और जिसके साथ आप अपना जीवन बिताना चाहते हैं, अपने आपको बहुत दिनों तक दोस्त के रूप में रख पाना आसान नहीं होता। रिद्धिमा उसको प्यार करती थी, तो भी वह उसके सामने दोस्त की तरह बर्ताव करती थी और उसने वह सब किया जिससे कि उसको खुश किया जा सके।

तुम्हारे सपनों में खोया हुआ

22 दिसम्बर 2009

यह एक गलत धारणा है कि लोग और रिश्ते कभी बदलते नहीं। असल में दोनों समय के साथ बदलते रहते हैं। जैसे-जैसे समय बीतता जाता है। कभी हम में इतना बदलाव आता है कि हम एक अलग ही इन्सान बन जाते हैं जिसकी वजह से हमारे रिश्ते का रूप बदल भी जाता है। पिछले कुछ महीनों में रोहन ने जो कुछ देखा उसका अनुभव उसने जीवन में पहले नहीं किया था। कुछ लोगों ने सलाह दी कि वह उस चीज़ को दूर न होने दे जिसके बिना वह रह नहीं सकता, लेकिन असल में उसी चीज़ को नहीं छोड़ पा रहा था और यही उसे अन्दर से तोड़े जा रही थी। वह इस बात को समझ और मान चुका था कि ज़ोया अब उसके जीवन का हिस्सा नहीं रह गयी थी। उसने उसके सारे मैसेज डिलीट कर दिए और उसके साथ अब उसका कोई सम्पर्क नहीं रह गया था। न ही ज़ोया की तरफ़ से किसी तरह का सम्पर्क था। कभी-कभी उसके शब्द रोहन के कानों में गूँजते थे। 'कहीं कोई यह जानकर खुश है कि तुम खुश हो।' रोहन उससे नफ़रत नहीं करता था, लेकिन उसको प्यार करने के सभी कारण वह खो चुका था। कई बार आप प्यार करते हैं, सीखते हैं और आगे बढ़ जाते हैं, जो ठीक भी है क्योंकि हर चीज़ सदा के लिए नहीं बनी होती है।

ब्रेकअप के बाद वह अधिक-से-अधिक समय रिद्धिमा के साथ बिताने लगा। वह उसकी ताकत का केन्द्र थी जिसने उसको आगे बढ़ने में मदद की थी और रोहन को उसके साथ रहना पसन्द भी था। हालाँकि, वह अभी उसकी दोस्त और फ्रेंच टीचर ही थी, इससे अधिक नहीं। किसी ऐसे इन्सान के साथ

बिताया आपका हर एक पल आपका वह वक्त ले लेता है जो आप उस इन्सान के साथ बिता सकते थे जो आपके लिए सही इन्सान होता है और जिसके साथ आपको होना चाहिए था। रिद्धिमा के लिए, रोहन वही इन्सान था। रोहन के मन में भी उसके लिए भावनाएँ थीं लेकिन बात को आगे बढ़ाने से वह डरता था।

विराट ने भी ब्रेकअप के बाद रोहन की मदद की थी, उसको यह समझाया था कि क्यों ज़िन्दगी में आगे बढ़ना ज़रूरी है और जो हो गया उस बात पर वह ध्यान न दे। उसके जीवन का मंत्र था 'जो बीत गयी सो बात गयी'। उसने रोहन को यह समझाने की कोशिश की कि रिद्धिमा कितनी सुन्दर लड़की है। उसका तो साफ़ तौर पर यह मानना था कि रोहन को कोई और लड़की नहीं मिल सकती थी, कोई ऐसी जो निःस्वार्थ भाव से उसके साथ उन उतार-चढ़ाव के दौरान भी बनी रही जब वह ज़ोया के साथ रिश्ते में था। उसने उससे कहा कि वह रिद्धिमा को एक मौका देकर देखे कि वह सही में उसके लायक है या नहीं। वह यह नहीं चाहता था कि रोहन को बाद में इस बात का अफ़सोस हो कि उसने उसके साथ अपनी किस्मत नहीं आज़माई।

'कहाँ हो? मैं कैंटीन के पास इन्तज़ार कर रही हूँ,' काव्या ने विराट से फ़ोन पर कहा।

'मैं गेट पर हूँ। पाँच मिनट में आ रहा हूँ।'

अब जबकि विराट महक के साथ रिश्ते में था तब भी उसके और काव्या के बीच कुछ नहीं बदला था। वे अभी भी सबसे अच्छे दोस्त थे जो एक साथ मिलकर बेवकूफ़ियाँ किया करते थे, चाहे एक-दूसरे के साथ छेड़छाड़ हो, चिढ़ाना हो या एक-दूसरे को नीचा दिखाना। सच बात यह है कि आप तब तक सबसे अच्छे दोस्त नहीं हैं जब तक कि आप एक-दूसरे को नियमित रूप से नीचा न दिखाएँ। विराट ऐसा इन्सान था जो अपने अच्छे दोस्त के लिए कुछ भी कर सकता था और काव्या उसके दोस्तों की सूची में सबसे ऊपर थी। जब भी वह किसी चीज़ में फँस जाती तो उसको उबारने के लिए विराट आगे आता, सब कुछ पीछे छोड़ता हुआ।

अपनी कार को पार्क करने के बाद विराट ने महक को मैसेज भेजा और कैंटीन की तरफ़ बढ़ गया।

कैंटीन में तुम्हारा इन्तज़ार कर रहा हूँ, जल्दी आओ। मैं तुम्हारी छुअन को महसूस करना चाहता हूँ। लव यू महक।

तुरन्त महक का जवाब भी आ गया :

मैं सिर्फ़ तुम्हारी छुअन ही नहीं बल्कि बहुत कुछ महसूस करना चाहती हूँ। तुम्हार इन्तज़ार कर रही हूँ। तुमको बहुत सारा प्यार।

कोई लड़की आपकी सबसे अच्छी दोस्त हो सकती है, आपकी प्रेमिका, आपकी सबसे बुरी दुश्मन या आपका सबसे बड़ा दुःस्वप्न। यह सब इस बात पर निर्भर करता है कि आप उसके साथ किस तरह से व्यवहार करते हैं। विराट दोनों लड़कियों से बहुत लाड़ रखता था जो उसके जीवन में अपने-अपने तरीके से खास थीं। महक ने कभी भी विराट को काव्या से दूर रखने की कोशिश नहीं की; वह कभी भी असुरक्षित महसूस नहीं करती थी। विराट पर उसको पूरा भरोसा था जो हर दिन बढ़ता जा रहा था। उसने अपने परिवार से अपने इस रिश्ते को छुपाकर रखा था क्योंकि वह किसी तरह की उलझन नहीं चाहती थी। परिवार को शामिल करने का मतलब था देर से दोस्तों के साथ जाने पर बंदिश और वह अपनी आज़ादी को खोना नहीं चाहती थी। इसके अलावा उसका परिवार रूढ़िवादी था। और विराट को आसानी से नहीं स्वीकारेगा। यह जानकर कि विराट ने अपने जीवन में काफ़ी पहले अपने माता-पिता को खो दिया था और उसका अभी कैरियर भी सैट नहीं है।

'महक कहाँ है?' काव्या ने विराट के पहुँचते ही पूछा।

'आती ही होगी। मैंने उसको बता दिया था कि हम यहाँ हैं।'

'कुछ ऑर्डर कर दो जब तक हम उसका इन्तज़ार करते हैं। मैं बहुत थक गयी हूँ।'

जब विराट काउंटर पर ऑर्डर कर रहा था तो महक ने पीछे से गले

लगाकर उसको चौंका दिया। कुछ सेकेंड के लिए वे इस बात को भूल गये कि वे कैंटीन में थे न कि बेडरूम में, लेकिन इस बात से उनको शायद ही किसी तरह की परेशानी थी। विराट ने पीछे घूमते हुए उसके गालों को खींच दिया। उसने उसके लिए मिसल-पाव का ऑर्डर दिया जो महक को बेहद पसन्द था। उधर मेज़ पर तीनों इस बात को लेकर गप्प मार रहे थे कि उनका कॉलेज कितना बुरा है और उनके प्रोफ़ेसर दिमागी तौर पर बीमार लग रहे थे। इससे फ़र्क नहीं पड़ता कि हमारा कॉलेज कितना प्रतिष्ठित है, हम उसकी बुराई करते रहते हैं और चाहे वहाँ पढ़ाने वाले प्रोफ़ेसर बहुत अच्छे हों; हम उनकी टाँग खींचते रहते हैं।

'तुमको देखना चाहिए हमारे ऑर्गनाइजेशनल बिहेवियर के प्रोफ़ेसर को जैसे ही यह पता चलता है कि क्लास में कोई महिला टीचर पढ़ा रही हैं तो वह अन्दर झाँकने लगता है। उसकी रफ़्तार अपने आप धीमी पड़ जाती है और वह उनको पीछे से आँखें फाड़-फाड़ कर देखता है,' काव्या ने कहा।

'हमें उसका एमएमएस बनाना चाहिए। क्या कहते हो?' महक ने कहा।

'अरे नहीं, प्लीज़। मैं नहीं चाहता कि मुझे कॉलेज से निकाल दिया जाये,' विराट ने मज़ाक में कहा।

'वैसे भी हमने कौन-सी क्लास अटैंड की हैं? हम या तो कैंटीन में खाते रहते हैं या कैम्पस में घूमते रहते हैं,' कहकर काव्या हँसने लगी और उसके साथ सभी हँसने लगे।

जब वे बातें करने में लगे हुए थे तो विराट ने महसूस किया कि टेबल के नीचे एक हाथ उसकी जाँघ पर रेंग रहा था। वह एक पल के लिए जम-सा गया और फिर उसने धीरे से कमरे में देखा कि कहीं कोई देख तो नहीं रहा था।

'आउच!' विराट ने चीखकर कहा।

'क्या हुआ? तुम चिल्लाये क्यों?' काव्या ने पूछा, उसको बिलकुल नहीं पता था कि क्या चल रहा था।

'कुछ नहीं। मैं बिलकुल ठीक हूँ।'

महक हँसने लगी और उसने उसकी जाँघ पर चिऊंटी काटना जारी रखा। विराट ने जवाब में अपनी टाँग महक की जाँघ पर रख दी।

वे इसी तरह एक-दूसरे से छेड़छाड़ करते रहे तब महक ने एक मैसेज भेजा :

मैं तुम्हारे साथ अकेली रहना चाहती हूँ। आओ किसी क्लास में चलते हैं।

विराट ने जवाब में कहा :

अगर कोई क्लास में आ गया तो हम मारे जायेंगे।

महक ने चिढ़ते हुए उसको देखा और जवाब दिया :

तुम हमेशा बेवकूफ़ों की तरह जवाब देते हो। हम काव्या से कहेंगे कि वह क्लास के बाहर खड़ी होकर नज़र रखे।

विराट ने अचम्भे से उसे देखा। लेकिन वह जितना ही उसके बारे में सोचता था उसको वह विचार उतना ही मज़ेदार लग रहा था। आखिरकार काव्या उनकी दोस्त थी जो उनके बारे में सब कुछ जानती थी। और उनको उसके सामने सब बताने की ज़रूरत भी नहीं थी। वे काव्या को बस यह कह सकते थे कि उनको क्लासरूम के एकांत में कुछ खास बात करनी है। उसकी मादक आँखों को देखकर उसके मन में यह इच्छा जागी कि वह उसको कक्षा की ठंडी सख्त दीवार से चिपका दे। उसने दोनों लड़कियों को पीछे-पीछे आने के लिए कहा।

'कहाँ?' काव्या ने सवाल किया।

'मैं बताऊँगा। पहले यहाँ से चलते हैं।'

काव्या और महक विराट के पीछे-पीछे कैंटीन से बाहर निकल गयीं। विराट ने मुड़कर महक को देखा जो अभी भी मुस्कुरा रही थी। काव्या ने एक बार फिर से उत्सुकता से पूछा कि वे कहाँ जा रहे हैं।

'काव्या, हमें कुछ ज़रूरी बात करनी है और मैं चाहता हूँ कि तुम इसमें हमारी मदद करो,' विराट ने कहा।

महक उसके पीछे चल रही थी और वह अपनी हँसी को रोक नहीं पायी, लेकिन जहाँ भी काव्या मुड़ती थी तो वह चेहरे पर गम्भीर भाव बना लेती थी।

'असल में महक और मेरे बीच कल बहुत लड़ाई हुई थी और हम उसके

बारे में बात करना चाहते हैं। इसलिए हम चाहते हैं कि किसी क्लासरूम में हमको बात करने के लिए छोड़ दिया जाये...'

इससे पहले कि वह कुछ कहता काव्या बीच में बोल पड़ी,

'क्लासरूम में अकेले क्यों?'

'फिर हम कहाँ जायें? क्या हम सबके सामने तमाशा खड़ा करें? तुम इस बात को अच्छी तरह से जानती हो कि जब कोई लड़की खराब मूड में होती है तो वह बहुत ही खतरनाक होती है। इसलिए मैं कुछ सुरक्षा चाहता हूँ,' विराट ने आगे कहा।

जब उसने काव्या से आगे यह कहा कि उसको बाहर रहकर ध्यान रखना होगा तो काव्या ने एक तरह से विराट को मार ही दिया होता।

'अब तुम यह चाहते हो कि मैं तुम्हारी सुरक्षा गार्ड बन जाऊँ? कितने घटिया हो, महक देखो तुम्हारा बॉयफ्रेंड कितना घटिया है। अपने लिए किसी बेहतर इन्सान की तलाश करो। कोई ऐसा जो सच में हॉट हो और इसकी तरह से घटिया न हो।'

'क्या चुतियापा है...' वह चिल्लाया लेकिन फिर यह सोचकर चुप रह गया कि काव्या के साथ किसी भी तरह की बहस करने से और भी देर हो जायेगी।

आखिरकार काव्या तैयार हो गयी और वे पहली मंज़िल के एक खाली क्लासरूम में घुस गये। विराट ने काव्या से यह वादा किया कि अगर उसने मदद की तो वह उसके लिए ड्रिंक खरीद देगा। काव्या ने उसको पीछे से ज़ोर से मारा और गुस्से से देखा भी। विराट ने उसको फ़्लाइंग किस दिया और उससे कहा कि वह बाहर से दरवाज़े को बन्द कर ले ताकि वहाँ से गुज़रने वाले लोग किसी तरह का शक न कर पायें। काव्या दरवाज़े के बाहर इस तरह से खड़ी थी मानो वह किसी का इन्तज़ार कर रही हो।

'सबसे बढ़कर मुझे इस बात का डर है कि कहीं काव्या ही न दरवाज़ा खोल दे,' विराट ने महक को अपने करीब खींचते हुए कहा।

महक ने मुस्कुराते हुए प्यार से विराट के गालों को खींचा। विराट ने महक को दीवार से टिका दिया और उसको चूमने के लिए उसके ऊपर झुक गया, महक ने शर्माते हुए अपना चेहरा हटा लिया। विराट ने आगे बढ़कर उसकी

गर्दन को चूमा, फिर कानों को और फिर आँखों को। महक को अपने शरीर में झुरझुरी–सी महसूस हो रही थी। एक सार्वजनिक जगह पर इस तरह से नज़दीक आने से उसको और भी मज़ा आ रहा था। वे घबराए हुए थे लेकिन उनको बहुत मज़ा भी आ रहा था, उनको डर लग रहा था कि कहीं कोई दरवाज़ा न खटखटा दे। विराट ने उसकी टी–शर्ट के भीतर अपनी उँगली फिरानी शुरू कर दी और उसको खूब प्यार के साथ चूमने लगा। वह भी जोश में आकर उसको चूमे जा रही थी।

गले मिलने के बाद वे एक बेंच पर बैठ गये और महक ने अपना लंच बॉक्स खोल लिया। उसने विराट के लिए खास तौर पर मटरवाले चावल दही के साथ बनाये थे। असल में विराट के साथ वह इसलिए भी अकेली रहना चाहती थी क्योंकि वह विराट को अपने हाथ से खिलाना चाहती थी। जब आपका दिल काम करना शुरू कर देता है तो आपका दिमाग गड़बड़ हो जाता है।

'तुम मुझे इतना प्यार क्यों करती हो?' विराट ने पूछा।

'मुझे पता नहीं, लेकिन मैं तुम्हारे बिना रह नहीं सकती। तुम्हारे साथ खुद को महफ़ूज़ महसूस करती हूँ,' महक ने उसको चावल खिलाते हुए जवाब दिया।

'मैं कितना खुशकिस्मत हूँ कि मुझे तुम मिलीं। तुम मेरी ज़िन्दगी नहीं हो, बल्कि मैं तुम्हारे साथ ज़िन्दगी बिताना चाहता हूँ। तुम मेरी दुनिया नहीं हो, मेरी दुनिया की सबसे अच्छी चीज़ हो,' विराट ने कहा।

खाना खत्म करने के बाद विराट ने शुक्रिया के तौर पर उसके गालों को छुआ।

'बस यही? इतना स्वादिष्ट खाना बनाने के बदले में इतना ही?' महक की आँखों की चमक और उसके मादक रूप–रंग से विराट के मन में कुछ–कुछ होने लगा। उसने उसको कमर से थाम लिया और बेंच पर लिटा दिया। उसने उसकी आँखों में घबराहट को देखा और उसके माथे को चूम लिया।

'मैं तुम्हारे पूरे शरीर को देखना चाहता हूँ,' विराट ने खड़े होते हुए कहा।

वह अपने ऊपर काबू नहीं रख पाया और उस पर किसी जानवर की तरह झपट पड़ा। वह उसको पागलों की तरह चूमे जा रहा था, मानो कल आने वाला न ही हो। उस ज़बर्दस्त प्यार के जोश में आकर उसने उसकी गर्दन पर धीरे से

काट लिया और जवाब में वह ज़ोर से चिल्लाई। विराट ने उसको एक पल के लिए देखा और उसने उस जगह पर हल्के से सहलाया जहाँ उसने पहले काटा था। महक ने अपने हाथ उसके चारों तरफ़ लपेट लिये और उसकी गर्दन पर चूम लिया। विराट ने अपने हाथ से उसके शरीर को टटोलना शुरू किया और उसके टॉप को ऊपर उठाया ही था कि तभी उसने दरवाज़े के खुलने की आवाज़ सुनी। वे तुरन्त उठ गये और ऐसे जताने लगे मानो कुछ हुआ ही न हो। लेकिन उनको इससे निराशा हुई कि काव्या ने उससे कहीं अधिक देख लिया था जितना उसने सोचा था। वह उन दोनों को देखकर हँसने लगी।

विराट उसको शर्माते हुए देख रहा था, जबकि महक अपनी टी-शर्ट को नीचे करने में लग गयी।

'ओह, यह तो बहुत मज़ेदार है। मुझे बाहर 'डू नॉट डिस्टर्ब' लिखकर लगा देना चाहिए था, वह तब तक हँसती रही जब तक कि उसके पेट में दर्द न होने लगा।

'काव्या, तुमको पहले दरवाज़ा खटखटाना चाहिए था। उफ़, मेरा दिल ही बैठ गया था,' विराट ने ऐसे कहा मानो उसको दिल का दौरा पड़ने वाला था।

'तुमको क्या लगता है कि मुझे यह नहीं समझ में आ रहा था कि अन्दर तुम लोग क्या कर रहे थे? तुम दोनों बिलकुल गधे हो। जैसे ही तुम लोगों ने कैंटीन में एक-दूसरे को मैसेज करना शुरू किया उसी समय मुझे समझ में आ गया था कि तुम रेलगाड़ी में चढ़ना चाहते थे।'

'क्या, रेलगाड़ी?' महक ने उसको कुछ न समझ में आने वाले भाव से देखा।

'सेक्स, फोरप्ले...। तुम जो भी चाहे इसको कह लो,' काव्या ने आँख मारते हुए कहा।

महक शर्म के मारे लाल हो गयी थी। काव्या चिल्लाने लगी क्योंकि विराट उसका कान ऐसे खींच रहा था मानो वह किसी बच्ची को सज़ा दे रहा हो। विराट ऐसे बल्लेबाज़ की तरह से महसूस कर रहा था जो रन आउट हो गया हो, और जैसे कि वह सोच रहा हो कि उसका टाइम पूरा हो गया कि तभी अम्पायर ने बैट्समैन को राहत देने के खयाल से नो बॉल करार दे दिया हो। काव्या ने उनको यह बताया कि उसने अपने आप मज़े के लिए दरवाज़ा नहीं खोला था, बल्कि

उसने देखा कि उनके डिपार्टमेंट के हेड राउंड पर निकले हुए थे। वे सब तुरन्त क्लासरूम से निकल गये। जब वे बाहर निकले तो एक-दूसरे को देखकर व उस बात को याद करके हँसने लगे जो उस समय हुई थी। इससे अधिक राहत देने वाली बात और कुछ नहीं हो सकती है कि आपको इस बात का पता चले कि आप उस इन्सान के साथ हैं जिसको आप प्यार करते हैं। ऐसे रिश्ते बहुत कम होते हैं जिनमें शिकवे, शिकायत नहीं होते, असुरक्षा नहीं होती।

'बजाय किसी फ़िल्म के लिए जाने के यह कितना अच्छा रहेगा कि तुम्हारे घर चलकर कुछ मस्ती की जाये,' महक ने पूछा।

विराट काव्या को घर छोड़कर महक के साथ फ़िल्म देखने के लिए जा रहा था। सिनेमा हॉल के रास्ते में महक ने यह सुझाव दिया कि वे उसके घर चलें। जैसे ही महक ने उससे उसके घर चलने के लिए कहा कैमिस्ट शॉप की तस्वीर उसके सामने कौंध गयी। उसने तत्काल गाड़ी वापस मोड़ ली और महक को देखकर शरारत से मुस्कुराया। उसने एक दवा की दुकान के बाहर कार रोक दी। उस दुकान पर वह कभी नहीं गया था। उसने ऐसा जानबूझकर किया था ताकि कंडोम माँगते हुए उसको शर्म न आये। अनजान दवा की दुकान में उसके जाने के पीछे एक कारण यह था कि उसने इससे पहले कभी कंडोम नहीं खरीदा था। वह पहली बार खरीद रहा था इसलिए उसको काउंटर पर कंडोम बोलते हुए अजीब लग रहा था। वह अपनी असहजता के बारे में महक को बता नहीं सका क्योंकि वह उसका मज़ाक उड़ाती, जिससे उसके अहम् को ठेस पहुँचती। वह विज्ञापन के कारण सभी ब्रांड्स और उसके रूपों के बारे में जानता था, लेकिन जब समय आया तो उसको यह नहीं समझ में आ रहा था कि किस ब्रांड का ऑर्डर दिया जाये। *'शायद मुझे महक से पूछना चाहिए था,'* उसने सोचा। *'आखिरकार उसे ही तो...'* उसने अपने मन के खयाल को एक तरफ़ झटका और साहस जुटाकर वह काउंटर की तरफ़ बढ़ा। काउंटर पर कुछ ग्राहक थे और विराट उनके जाने का इन्तज़ार करने लगा।

'बताइये आपको क्या चाहिए?' काउंटर पर खड़े एक आदमी ने विराट से पूछा।

'आप पहले इन लोगों को सामान दे दो। मुझे कोई जल्दी नहीं है। तब तक मैं अपने दोस्त से बात कर लेता हूँ,' उसने कहा।

उसने शीशे के दरवाज़े से बाहर की तरफ़ देखा और पाया कि महक उसके आने का इन्तज़ार कर रही थी। उसने इशारे से कहा कि वह 2 मिनट में आ रहा है, वह ऐसे जता रहा था, मानो किसी से फ़ोन पर बात कर रहा हो। जबकि सच्चाई यह थी कि उसने कस्टमर केयर में फ़ोन किया था, क्योंकि वह आगे कदम बढ़ाने को लेकर बहुत घबराया हुआ था। इतना तनाव उसने कभी भी महसूस नहीं किया था, यहाँ तक कि परीक्षा के दौरान भी नहीं। अब उसको समझ में आया था कि लोग सम्भोग करने को कला क्यों कहते हैं।

'क्या चाहिए बेटे,' काउंटरवाले आदमी ने विराट से फिर पूछा।

'मुझे चाहिए... मुझे एक क्रोसीन और डीकोल्ड दे दीजिये,' विराट ने अपने अन्दर तनाव को महसूस करते हुए कहा। 'अरे विराट, तुम कर सकते हो। तुमको करना ही होगा। तुम एक मर्द हो,' उसने खुद से कहा।

अचानक, उसकी बगल में खड़े एक आदमी ने मूड्स कंडोम के लिए ऑर्डर किया।

'एक मुझे भी दीजिये अंकल। और मेरे ऑर्डर में एक फाइव स्टार भी जोड़ दीजिये। कितना हुआ अंकल?'

कंडोम के ऑर्डर को ढकने के लिए उसने फाइव स्टार चॉकलेट का भी ऑर्डर कर दिया। काउंटर पर जो आदमी था वह विराट की इस असहजता का कारण समझ गया और उसका हौसला बढ़ाने के लिए मुस्कुरा दिया। आखिरकार, पहली लड़ाई जीती जा चुकी थी। बिल चुकाने के बाद विराट काउंटर से हट गया। उसने कार का दरवाज़ा खोला और महक को देखकर मुस्कुराया। सम्भोग करना सिर्फ़ सेक्स नहीं होता, यह हारमोंस का संघर्ष होता है जिसकी शुरुआत दवा की दुकान में कंडोम माँगने से होती है।

'मिला?' महक ने पूछा।

'हाँ, यह आसान था। एक ज़रूरी फ़ोन आया था जिसके कारण थोड़ा समय लग गया। यह लो—यह तुम्हारे लिए है जानेमन।' विराट ने बड़े गर्व के साथ घोषणा की, उसने शर्म से बचने के लिए कंडोम और फाइव स्टार दोनों ही दे दिए।

महक ने उसके गालों पर किस किया और दोनों विराट के घर के लिए चल पड़े। विराट ने कार को पार्क किया, उसको अपनी बाँहों में उठाया और उठाकर घर के अन्दर ले गया।

विराट ने जैसे ही दरवाज़ा बन्द किया महक ने उसको प्यार से गले लगा लिया। उसने अपना चेहरा विराट के कन्धे में छिपा लिया, जबकि विराट ने उसको अपने आगोश में ले लिया, जो उसके आलिंगन का जवाब था। महक ने भागने की कोशिश की लेकिन विराट ने उसको कसकर पकड़ लिया और भूखों की तरह से उसको चूमने लगा। आखिरकार उसने खुद को उसकी बाँहों से आज़ाद किया और रसोई की तरफ़ भागी। विराट उसके पीछे भागा, उसकी कमर के इर्द-गिर्द हाथ डालकर उसने उसको हवा में उठा लिया : जब उसने उसको ज़मीन पर वापस रखा तो वह उसकी तरफ़ हैरानी से देखने के लिए मुड़ी।

'जाओ, पहले नहा लो,' उसने उसको चिढ़ाया और उसके चंगुल से निकल भागी, विराट बेचारा निराश हो गया। वह नहाने के लिए चला गया और जाते-जाते उसने महक से कहा कि वह सहज हो जाये।

जब विराट नहा रहा था तो महक ने अपने बैग से एक नोट निकाला और वह जानती थी कि विराट नहाने के बाद सीधे वार्डरोब के पास जायेगा। इसलिए उसने नोट को उसके कपड़ों के ऊपर डाल दिया और बिना अपनी चप्पल उतारे शॉर्ट्स पहन ली। नहाने के बाद विराट बाथरूम से कमर में बस एक तौलिया लपेटे हुए निकला। उसका खुला शरीर बहुत मादक लग रहा था, उसकी छाती पर पानी चू रहा था। वह तारीफ़ के भाव से उसको देखे जा रही थी। विराट वार्डरोब से अपनी टी-शर्ट निकालने ही वाला था कि उसकी नज़र नोट पर पड़ी। उसने नोट को उठाया, उसमें लिखा हुआ था,

रिक्त स्थानों की पूर्ति करें:

मुझे तुम्हारी..........की चाह है। मैं यह चाहती हूँ कि तुम मेरे..........को चाटो और..........बार-बार करो। मैं तो तुम्हारे..........को भी महसूस करना चाहती हूँ, मेरे..........में।

विराट ने महक को देखा और बोला, 'तो यह है तुम्हारी योजना?'

महक ने बड़े नशीले ढंग से अपने होंठों को काट लिया और कहा, 'क्या तुम वहीं खड़े होकर मेरे बारे में सोचते रहोगे या कुछ करोगे भी?'

वह इतने सेक्सी अन्दाज़ में बोल रही थी कि विराट उसके ऊपर कूदने से खुद को रोक नहीं पाया। उसने आह भरी और कुछ पलों में ही उसने महक को पकड़ कर बिस्तर पर गिरा दिया। महक ने एक-एक करके उसकी उँगलियों को चाट लिया और उसके होंठों को सहलाने लगी। इससे उसका शरीर सख्त होता जा रहा था।

'अगर तुम इस बात को अपने मन में समझ पाओ कि मेरे दिमाग में इस समय क्या चल रहा है तो तुम भी पूरी तरह से उत्तेजित हो जाओगी,' विराट ने उसके कान में फुसफुसाते हुए कहा।

'यह क्या है?' महक ने विराट की छाती में निप्पल्स को गोल-गोल छूते हुए कहा।

कमरे में हल्की-सी रौशनी थी, जिससे सम्भोग के लिए उपयुक्त माहौल था। विराट ने दराज़ से ताश के पत्ते निकाले।

'आओ एक खेल खेलते हैं,' विराट ने कहा। 'ये ताश के पत्ते हैं। हम सेक्स से जुड़ी एक-एक बात एक तरह के पत्ते को देते हैं, जैसे ईंट का पत्ता किस (चुम्बन) के लिए, बदन को सहलाने के लिए हुकुम का पत्ता, उँगलियाँ फिराने के लिए पान का पत्ता, और नये तरीके प्रयोग करने के लिए चिड़ी का पत्ता। इस सबमें पागलपन के लिए एक-एक नम्बर दिए जायें। जितना पागलपन भरा होगा नम्बर उतने ही अधिक होंगे।'

'मैं इसके लिए तैयार हूँ,' महक बोली।

महक ने पहला ताश का पत्ता उठाया और वह ईंट की अट्ठी थी जिसका मतलब था चुम्बन। अगले ही पल वह उसके ऊपर लेटकर उसके पूरे शरीर को चूमने लगी। गर्दन से उसके तलवे तक, उसने उसको सात बार चूमा और अन्त में उसने उसके होंठों पर जोश भरा चुम्बन दिया। विराट ने अगला पत्ता उठाया और वह पान का दस नम्बर था। उसने धीरे-धीरे उसके कपड़े उतारे, पहले उसके शॉर्ट्स उतारे और फिर टी-शर्ट। उसके पैरों में जूतियाँ अभी भी थीं और विराट उनको भी हटाने ही वाला था लेकिन महक ने मना कर दिया।

‘मैं जूतियों में ही करना चाहती हूँ। क्या इससे तुम्हारे अन्दर उत्तेजना नहीं हो रही?’ उसने पूछा।

विराट ने धीरे से सिर हिलाया और उसके शरीर पर उँगलियाँ फिराने लगा। उसने उसकी नाभि को चूम लिया, जिससे उसने ज़ोर से आह भरी। यह खेल कुछ समय तक चलता रहा और फिर महक ने विराट के शॉर्ट्स को किनारे से पकड़कर नीचे खींच दिया। वह उसके शरीर पर अपने नेकलेस को इस तरह से फिरा रही थी कि उससे विराट उत्तेजित हो गया। वह लुढ़कती हुई विराट के शरीर के निचले हिस्से के पास आकर रुकी और उसने ऊपर की तरफ़ देखा। विराट की आँखें बन्द थीं।

‘प्यार करते समय मेरी तरफ़ देखो। यहाँ देखो विराट, मेरी आँखों में देखो,’ महक ने आहें भरते हुए कहा।

विराट ने उसको देखकर एक सेक्सी मुस्कान छोड़ी और उसको गले से लगाकर भींच लिया। यह अब बहुत जल्दी-जल्दी हो रहा था। विराट उसके ऊपर आ गया और महक ज़ोर से चिल्लाई। महक ने अपने पैरों को उसकी कमर के ऊपर लपेट दिया और विराट ने धीरे-धीरे संभोग किया।

‘विराट,’ उसने उसके बालों को सहलाते हुए फुसफुसाकर कहा, ‘तुमने खाने में कुछ मिला दिया था। नहीं?’ उसने चेहरे पर संतोष के भाव को लाते हुए कहा।

‘हाँ...,’ वह हँसते हुए बोला।

‘और विराट...’

‘हाँ... ?’

‘यह सच में बहुत शानदार रहा,’ उसने विराट की छाती के पसीने में दुबकते हुए कहा।

महक ने उसको चूम लिया। विराट ने भी उसी उत्तेजना के साथ उसका साथ दिया और दोनों एक-दूसरे के गले से लग गये।

‘पता है क्या?’ विराट ने उसके बालों को सहलाते हुए कहा।

महक ने उसकी आँखों में देखा और किसी छोटे बच्चे की तरह से विराट के गाल को चूम लिया।

‘उफ़, हम कंडोम का इस्तेमाल करना तो भूल ही गये,’ विराट ने कहा।

उसको याद आया कि कंडोम खरीदने के लिए उसने कितनी मुश्किल उठाई थी।

'कोई बात नहीं। हम सुरक्षित हैं। तुम सही समय पर बाहर निकल गये थे,' महक ने जवाब दिया।

'बात सुरक्षा की नहीं है। यह बात मेरी कोशिश की है। जाने दो, तुम कभी नहीं समझ पाओगी,' विराट ने दुखी भाव से कहा।

केवल वही जानता था कि 'मूड्स' का पैकेट खरीदने के लिए उसने क्या किया था लेकिन अन्त में सब कुछ इतनी जल्दी-जल्दी हुआ कि महक एक पल का इन्तज़ार करने के लिए भी तैयार नहीं थी। न ही विराट। विराट ने अपने मोबाइल पर गाना चला दिया और उसको गले से लगा लिया—

दिल के चमन का हँसना तो देखो
जागी नज़र का सपना तो देखो
ऐसे हुए हम, एक जान एक दिल
तू है कि मैं हूँ, कहना है मुश्किल...
झोंका बसंती है तू...तन है गुलाबी मेरा!!
दो रंग मिलने के बाद, होते नहीं हैं जुदा
साथिया तूने क्या किया...इतना करो न मुझे प्यार!!

विराट और महक एक-दूसरे की बाँहों में खो गये थे, दुनिया से बेपरवाह।

अगली सुबह महक विराट की बाँहों में संतुष्ट होकर उठी। उसने समय देखा और विराट को उठाया क्योंकि देर हो रही थी। वे तैयार हुए और विराट ने महक को उसके घर छोड़ने का निश्चय किया। घर से निकलने से पहले दोनों ने एक-दूसरे को फिर से किस किया और दरवाज़े पर ताला लगाया। सुबह के ट्रैफिक से बचने के लिए विराट ने कार की जगह बाइक निकाल ली। उसने 'औंध' में उसको उसके घर के बाहर छोड़ा, जब वह वापस लौट रहा था तो उसने देखा कि रोहन एक पानवाले के यहाँ सिगरेट पी रहा था। उसने तत्काल अपनी बाइक रोकी और उसका अभिवादन किया। वह उसको देखकर खुश

भी था और उलझन में भी।

'तुम औंध में कैसे?' विराट ने पूछा।

'मैं यहाँ अपनी बुआ से मिलने आया था जो यहीं रहती हैं। मैं वापस घर जा रहा था। और तुम यहाँ कैसे?'

'अपनी गर्लफ्रेंड के लिए पिक एंड ड्रॉप सर्विस, समझे,' विराट ने आँखें झपकाते हुए कहा।

रोहन ने हँसते हुए विराट को सिगरेट पेश की। विराट ने एक सिगरेट निकाली और उससे पूछा कि अब वह पिछले चक्कर से निकल चुका है न। रोहन ने हामी भरी। उसने यह मान लिया कि वह ज़िन्दगी में कुछ फ़ैसलों को लेकर समझ नहीं पा रहा था और उनके बारे में विराट से विस्तार से बात करना चाहता था जिससे उसका तनाव कुछ कम हो सके।

'क्या हम इतवार को मिलें?' रोहन ने अपने फ़ोन में कैलेण्डर देखते हुए कहा।

'हाँ, क्यों नहीं? कुछ गम्भीर बात है?'

'एक तरह से। मेरा भाई आदित्य भी हमारे साथ आना चाहता है, अगर तुमको कोई परेशानी न हो,' रोहन ने कहा।

'हाँ दोस्त, मुझे कोई परेशानी नहीं है।'

दोनों ने एक-दूसरे को बाय कहा और अपने-अपने रास्ते चल पड़े।

हम अक्सर अपने जीवन में कई लोगों से अकारण ही मिलते हैं और हमें यह पता भी नहीं चलता है कि वे एक दिन हमारे शुभचिंतक बन जायेंगे। रोहन ने कभी यह नहीं सोचा था कि वह अपनी चिंताओं को किसी ऐसे आदमी के साथ साझा करेगा जिससे वह महज़ दो-एक बार ही मिला हो। इसके अलावा उसने कभी यह उम्मीद नहीं की थी कि विराट उसके जीवन के बुरे दिनों में उसको रास्ता दिखायेगा।

इससे फ़र्क नहीं पड़ता है कि आप कितने दिनों से एक-दूसरे को जानते हैं या आप कितनी दफ़ा मिलते हैं। अगर आपकी सोच मिलती है तो एक मुलाकात भी काफ़ी होती है।

हाँ, मैंने प्यार किया...

26 दिसम्बर 2009, इतवार

पुणे की सर्दी की एक ठंडी सुबह थी। सुबह की ठंडी हवा रोहन के जीवन में नयी शुरुआत लाने के इन्तज़ार में थी। हमने विराट से कोरेगाँव की जर्मन बेकरी में मिलने का फ़ैसला किया था। इतवार होने के कारण वहाँ बहुत भीड़ थी। वह बहुत लोकप्रिय जगह थी और शायद सबसे पुरानी भी। हमने शुरू में क्लब सैंडविच और जिंजर लेमन टी का ऑर्डर किया। रोहन का अनुमान था कि बातचीत लम्बी चलने वाली थी।

'दोस्तो, मुझे पता है कि आप यह सब इसलिए कह रहे हैं क्योंकि आप मेरी बेहतरी चाहते हैं। लेकिन मैं फिर से किसी रिश्ते में पड़ने से डरता हूँ। अगर कोई आपका दिल दुखाता है तो उस सदमे से उबर पाना मुश्किल होता है, चाहे आप कितनी ही कोशिश कर लें। आपके अनुभव प्यार को लेकर आपको निराशावादी बना देते हैं,' रोहन ने सुबकते हुए कहा।

'रोहन इतने ज़िद्दी भी मत बनो। सबका अपना अतीत होता है, लेकिन सब उसको लेकर रोते ही नहीं रहते...अगर इसी तरह से चलते रहे तो ज़िन्दगी में कभी भी खुश नहीं रह पाओगे। और तुम इतने स्वार्थी होकर सिर्फ़ अपने बारे में ही क्यों सोच रहे हो? रिद्धिमा के बारे में भी सोचो, जब तुमको मदद की ज़रूरत थी तो उसने तुम्हारे लिए कितना कुछ किया था। ऐसी लड़की का साथ मत छोड़ो। इसके लिए तुम बाद में बहुत पछताओगे,' विराट ने आगे कहा।

'तुम बिला वजह चीज़ों को उलझा रहे हो। अगर कोई किसी कारण से तुम्हारे साथ नहीं रहता है तो कोई बात नहीं है। कोई ज़िन्दगी में आ जाता है तो

कोई नहीं आता। ज़िन्दगी में यह सब चलता रहता है। सिर्फ़ इसलिए कि एक आदमी चला जाता है तो इसका मतलब यह नहीं है कि तुमको उन लोगों को भूल जाना चाहिए जो तुम्हारे साथ खड़े रहे। सच में रिद्धिमा ने इसके बावजूद कि वह तुमसे प्यार करती थी एक दोस्त की तरह से तुम्हारा साथ दिया। ज़रा यह सोचो कि उसके बिना ज़िन्दगी कैसी होगी।' मैंने उसे यह बात समझाने के लिए कहा कि वह रिद्धिमा के प्यार को स्वीकार कर ले और ज़िन्दगी में आगे बढ़े।

रोहन कुछ कहने ही वाला था कि वेटर सैंडविच और लेमन जिंजर टी लेकर आ गया। इतना स्वादिष्ट सैंडविच मैंने बहुत कम खाया था।

रोहन ने चाय का एक घूँट भरा और आगे कहा, 'मैं इस बात से इनकार नहीं कर सकता कि मेरे बुरे दिनों में रिद्धिमा ही मेरा सबसे बड़ा सहारा थी, लेकिन मुझे बस इस बात से ही डर लगता है कि फिर से कुछ गड़बड़ न हो जाये। वह मुझसे कुछ साल बड़ी भी है।'

'बुद्धू मत बनो। मैं तुम्हारे मम्मी-पापा को अच्छी तरह से जानता हूँ और मुझे पक्के तौर पर यह लगता है कि उनको इससे कोई परेशानी नहीं होगी। ऐसा नहीं होता तो मैंने तुमको बहुत पहले ही चेता दिया होता। जब तुम ज़ोया के साथ रिश्ते में थे तब तुमने इसके बारे में क्यों नहीं सोचा ? क्या तब परेशानियाँ अधिक नहीं थीं ? इसके अलावा, तुमने मुझे बताया कि उसके मम्मी-पापा बहुत अच्छे हैं। इसलिए तुम इतनी अधिक चिंता क्यों कर रहे हो ? इसके बारे में ज़्यादा मत सोचो और आगे बढ़ो। मैं तुम्हारे साथ हूँ भाई,' मैंने सैंडविच का टुकड़ा मुँह में डालते हुए कहा।

'बिलकुल। अब आगे बढ़ो,' विराट ने भी हामी भरी।

'आदित्य और विराट, तुम लोगों को यह लग रहा होगा कि मैं कितना भावनाहीन हूँ और इसी कारण से मैं रिद्धिमा के प्यार को नज़रअन्दाज़ कर रहा हूँ, लेकिन ऐसा नहीं है। मैंने उसके साथ कभी बुरा बर्ताव नहीं किया। मैंने उसके प्यार की हमेशा इज़्ज़त की है और उसके साथ अपनी भावनाओं को भी साझा किया है। तुमको यह लग सकता है कि अगर मैंने आगे बढ़ने का फ़ैसला लिया तो इसका मतलब यह हुआ कि मैंने ज़ोया को प्यार नहीं किया था। लेकिन यह बात सही नहीं है। मैंने उसको सच में प्यार किया था और मैं अपने प्यार के लिए लड़ने को भी तैयार था, लेकिन उसने ज़िन्दगी में किसी और चीज़ को तवज्जो दी। मैंने उसके

प्यार को भी इज़्ज़त दी। मुझे याद है कि उसने कहा था कि किसी ऐसी लड़की को प्यार करना जो बदले में तुमको प्यार दे और जो तुम्हारा ध्यान रखे। मुझे लगता है कि रिद्धिमा इस अर्थ में सही लड़की है। लेकिन यह कभी मत सोचना कि मैंने ज़ोया से प्यार नहीं किया था,' रोहन ने आँखों में आँसू भरते हुए कहा।

'क्या तुम पागल हो गये हो? हम सब इस बात को जानते हैं कि तुमने ज़ोया को कितना प्यार किया था और तुमने उसको कितना समझाने की कोशिश की थी कि वह तुमसे दूर न जाये। मैंने तुमको हमेशा इससे निकलकर जीवन में आगे बढ़ने के लिए कहा, लेकिन कभी इसके लिए तुम्हारे ऊपर दबाव नहीं डाला। क्योंकि मैं चाहता था कि तुम इसके लिए तैयार हो जाओ। जब कोई अकेला होता है तो यह आसान होता है कि वह किसी के प्यार में पड़ जाये। लेकिन वह पिछले रिश्ते से भागने के सिवा कुछ भी नहीं होता है। मेरा यकीन करो रोहन, सच्चा प्यार हमेशा पहले प्यार से बेहतर होता है। मैं यह बात अपने निजी अनुभव से कह रहा हूँ,' विराट ने जवाब दिया।

विराट और मैंने उसको बहुत प्यार से यह समझाया कि वह एक बार कोशिश करके देखे और अन्त में वह मान गया। उसकी इस नयी पारी की शुरुआत का जश्न मनाने के लिए हमने गाजर के केक का ऑर्डर दिया जो उस मौके के लिए बिलकुल सही था। कुछ समय के बाद, हमने वहाँ से चलने का फ़ैसला किया क्योंकि विराट को कुछ काम करना था। मैंने कुछ कहा नहीं क्योंकि रोहन ने मुझे बता रखा था कि विराट अपने निजी कामों को निजी ही रखता है।

'मुझे अच्छी खबर जल्दी देना,' विराट ने कहा और चला गया।

हम भी एक नयी उम्मीद के साथ घर लौट गये। इस उम्मीद के साथ कि अतीत की दुखभरी यादें मिट जायेंगी और खुशियों की पुरानी यादें फिर से तरोताज़ा हो जायेंगी। और रोहन की ज़िन्दगी में फिर से खुशी आ जायेगी। वह जानता था कि किसी को प्यार करने का क्या मतलब होता है। जो आदमी प्यार में हो उससे यह नहीं पूछना चाहिए कि वह प्यार को परिभाषित करे; बल्कि उनको यह सवाल उनसे पूछना चाहिए जिन्होंने प्यार के नाम पर किसी को खोया हो। रोहन ने अपने जीवन में एक बार प्यार खोया था और वह रिद्धिमा के साथ सब कुछ दुबारा शुरू करने के लिए तैयार था।

किताबों के पन्नों को पलट के सोचता हूँ,
यूँ पलट जाये मेरी ज़िन्दगी तो क्या बात है।
हवा के झोंके को जब-जब मैं देखता हूँ तब सोचता हूँ,
ऐसी ही आगे बढ़ जाये ज़िन्दगी तो क्या बात है।

कलम तो थी ही हाथ में पर लिखना सिखाया है आपने,
ताकत तो थी ही हाथ में पर हौसला दिलाया है आपने।
मंज़िल तो थी ही सामने पर रास्ता दिखाया है आपने,
हम तो सिर्फ़ दोस्त ही थे, पर आशिक बनाया है आपने!

क्या आपको अपने किसी करीबी दोस्त से प्यार हुआ है और आप इस बात को लेकर अनिश्चित रहे हैं कि अब आगे क्या किया जाये? रोहन को धीरे-धीरे रिद्धिमा से सच में प्यार हो गया था। जिस तरह से उसने उसका ध्यान रखा था और जिस तरह से उसने उसकी समस्याओं से कभी भी मुँह नहीं मोड़ा था इससे उसको लगता था कि वह रिद्धिमा के लिए खास था। लेकिन वह इस बात को लेकर पक्का नहीं था कि उसे आगे बढ़कर पहल करनी चाहिए या सही समय का इन्तज़ार करना चाहिए। पर जैसा कि कहा गया है, सच्चे प्यार का न कोई समय होता है न ही कोई स्थान। यह बस हो जाता है, दिल की धड़कनों में, बस एक पल में।

वह इसलिए कुछ समझ नहीं पा रहा था क्योंकि रिद्धिमा के लिए उसको पहले कभी ऐसा महसूस नहीं हुआ था, या हो सकता है उसने उसके लिए अपनी भावनाओं को नज़रअन्दाज़ किया हो। तो किस बात से सबसे अधिक तकलीफ़ होती है? कुछ कहना और यह सोचना कि ऐसा नहीं कहा होता, या कुछ नहीं कहना और यह सोचना कि ऐसा कहा होता। रोहन उलझन में था और उसने सोचा कि आगे की दिशा में कोई कदम उठाने से पहले उसको ज़ोया से एक बार बात कर लेनी चाहिए।

इस बार वह चाहता था कि उससे एक बार बात की जाये, प्यार के लिए आरज़ू-मिन्नत करने के लिए नहीं बल्कि यह बताने के लिए कि उसको जीवन

में कोई इस लायक मिल गयी है जिसको प्यार किया जाये। ज़िन्दगी का मतलब यह नहीं होता है कि किसी ऐसे को ढूँढ लिया जाये जो आपके साथ रह सकता हो बल्कि यह उसकी तलाश है जो आपके बिना न रह पाये। पिछले कई महीनों से ज़ोया को फ़ोन नहीं किया था इसलिए उसको फिर से फ़ोन करने में अजीब लग रहा था। उसने बेचैनी में उसका नम्बर मिला दिया। जैसे ही उसने रिंगटोन सुनी तो उसने फ़ोन तत्काल काट दिया। दोबारा हिम्मत जुटाई और फिर से फ़ोन कर दिया।

'आपने जिस नम्बर को डायल किया है वह दूसरे फ़ोन पर व्यस्त है,' यह सन्देश सुनाई दिया।

उसने फ़ैसला किया कि उसको मैसेज भेजा जाये, लेकिन वह जब मैसेज टाइप कर रहा था तो उसका फ़ोन बज उठा। स्क्रीन पर ज़ोया का नाम देखकर उसकी हड्डियों में सनसनाहट हो गयी।

'हैलो,' रोहन ने काँपती आवाज़ में कहा।

'हैलो, मुझे तुम्हारा फ़ोन आया था।'

'हाँ। कैसी हो?' रोहन ने हकलाते हुए जवाब दिया।

'मैं ठीक हूँ। लेकिन आप कौन हैं? क्या मैं आपको जानती हूँ? माफ़ कीजियेगा आपका नम्बर सेव किया हुआ नहीं है,' ज़ोया ने बहुत औपचारिक अन्दाज़ में कहा।

'रोहन।'

'कौन रोहन?' उसने ऐसे कहा मानो उसने जीवन में यह नाम पहले नहीं सुना हो।'

यह कथन रोहन के लिए सदमे जैसा था और वह नाराज़ हो गया।

'आज तक तुम्हारे जीवन में कितने रोहन रहे हैं, ज़ोया? क्या तुम मेरी आवाज़ भी भूल गयीं? मुझे शक है कि तुमने मुझे कभी प्यार किया भी था,' रोहन ने ज़ोर से चिल्लाकर कहा।

'तुमने मुझे फ़ोन क्यों किया रोहन? मैं ज़िन्दगी में आगे बढ़ चुकी हूँ और मैं तुम्हारे बिना ज़िन्दगी जीने की कोशिश कर रही हूँ,' उसने हल्की आवाज़ में कहा।

'हाँ। मैंने भी तुमको इसी वजह से फ़ोन किया था। मैं भी ज़िन्दगी में आगे बढ़ रहा हूँ। कभी नहीं से देर भली।'

'शुभकामनाएँ, रोहन।'

इससे पहले कि रोहन कुछ कह पाता ज़ोया ने फ़ोन काट दिया। इस बात से वह और भी गुस्से में आ गया और उसने तत्काल उसको कुछ लम्बे-लम्बे मैसेज भेजे :

इस पल तक मैं इस बात को लेकर उलझन में था कि मैं सही कदम उठा रहा हूँ या नहीं, लेकिन अब मुझे किसी तरह की उलझन नहीं है। अब मुझे यह बात समझ में आ गयी है कि जो भी होता है वह किसी कारण से होता है, पता नहीं मुझे क्या हो गया था कि मैंने तुमको फ़ोन किया। तुमने मुझसे पूछा कि मैं कौन हूँ...सही पूछा। मैं कौन हूँ? मैं तुम्हारे लिए कभी कुछ था ही नहीं। मुझे बताओ—मैं तुम्हारा कुछ था या नहीं, तुम मेरी आवाज़ कैसे भूल गयीं? इस बात से मैं हैरान रह गया। अचानक से मैं वह सब देख सकता हूँ जिस बात को मैं बहुत दिनों से नज़रअन्दाज़ करता रहा हूँ, तुम्हारे दिल में मेरे लिए कोई जगह नहीं है। तुम मेरी ज़रा भी इज़्ज़त नहीं करती हो। अगर तुम करती होतीं तो उस तरह से कभी बर्ताव नहीं करतीं जिस तरह से तुमने किया। तुम मुझे इस तरह से नहीं डंसती और मेरी भावनाओं के साथ नहीं खेलतीं। मैं खुद से बार-बार लड़ता हूँ, इस बात के लिए कि मैं कितना बड़ा गधा था कि एक ऐसे रिश्ते में टिका रहा जिसने मुझे दुखी किया। मुझे समझ में नहीं आ रहा है कि मैं क्यों तुम्हारी यादों से चिपका रहा जबकि सब मुझे इससे निकलने के लिए कहते रहे। मैं तुम्हारा बचाव किस तरह से कर सकता हूँ? जब मेरे दोस्त ब्रेकअप का कारण पूछते थे तो मैं हमेशा तुम्हारी तरफ़ से बोलता था। मैं उनसे यही कहता रहा कि तुम अच्छी थीं लेकिन हालात तुम्हारे काबू में नहीं थे। अब यह उम्मीद नहीं करना कि मैं हर साल तुमको जन्मदिन की मुबारकबाद दूँ, जिस तरह मैं तब से देता रहा हूँ जब से तुमसे मिला। अगर तुमको याद हो तो पहली बार जिस दिन मैं तुमसे मिला था वह तुम्हारा जन्मदिन था। जब तुमको ज़रूरत होगी तो मेरी उम्मीद नहीं करना। मैं फिर कभी अपनी उँगलियाँ तुम्हारे बालों में नहीं फिराऊँगा न ही तुम्हारे बगल में उकड़ूँ बैठूँगा। मुझसे अब आगे किसी चीज़

की उम्मीद नहीं करना। और हाँ इस बात को समझना कि मैं यह सब इसलिए नहीं कर रहा हूँ कि मुझे तुम्हें किसी तरह का सबक सिखाना है। मैं यह सब इसलिए कह रहा हूँ क्योंकि अब मैं तुम्हारे प्यार से निकल चुका हूँ। अब मैं ऊब चुका हूँ, और अब मेरा दिल इसको और नहीं झेल सकता। अब मैं इस बात को समझ चुका हूँ कि अब हम कभी साथ नहीं हो सकते।

हर चीज़ को खत्म करने का एक सही समय होता है। अगर रोहन ने ज़ोया को फ़ोन नहीं किया होता तो एक नये रिश्ते को शुरू करने की हिम्मत वह कभी नहीं जुटा पाता। लेकिन अब उसने अपना मन बना लिया था। अब उसने जीवन में आगे बढ़ने का फ़ैसला कर लिया था और उसको खुश रहने का अधिकार था। आपके जीवन में आने वाला हर आदमी आपको कुछ सिखा जाता है, अपनी भूमिका निभाकर चला जाता है। आपके साथ कोई भी सदा के लिए नहीं रहता है। इस लिहाज़ से आप किसी को खोते नहीं हैं क्योंकि कोई आपका होता ही नहीं है। रोहन ने कुछ भी खोया नहीं लेकिन वह उस इन्सान के साथ होने का मौका ज़रूर खो देता जो उससे शिद्दत से प्यार करता था।

जब वह बिस्तर पर लेटा तो उसको याद आया जब एक दिन वह फ्रेंच की क्लास खत्म करने के बाद रिद्धिमा के घर पर था...

रोहन बीमार था और दवा चल रही थी। फिर भी वह क्लास के लिए गया था, इसलिए नहीं कि फ्रेंच भाषा को लेकर वह पागल था बल्कि इसलिए क्योंकि उसको रिद्धिमा का साथ पसन्द था। उस दिन रिद्धिमा ने उसको रात के खाने के लिए बुलाया था। डिनर के बाद रोहन ने जान-बूझकर ऐसे जताया कि वह अपनी दवाई घर भूल आया है और वह वापस जाने पर खा लेगा। लेकिन रिद्धिमा ने ज़बर्दस्ती उसका बैग उससे छीन लिया और उसमें चीज़ों को देखने लगी। उसने देखा कि कागज़ के एक टुकड़े में दवाई लपेट कर रखी हुई थी। और उसने रोहन से कहा कि वह दवाई खा ले। रोहन को दवाई खाने से नफ़रत थी और वह हमेशा इस कोशिश में रहता था कि उसको दवाई न खानी पड़े। रिद्धिमा जानती

थी कि वह बैग को कहीं छिपा सकता था इसलिए वह एक गिलास पानी लेकर आयी और उसके पास बैठ गयी।

'आओ, खा लो। नाटक करना बन्द करो।'

'मैं तुम्हारी बात क्यों सुनूँ? तुम मेरी माँ नहीं हो,' रोहन ने फुसफुसाते हुए कहा।

'जो भी हो। यह लो और इसको मुँह में रख लो।'

रोहन ने एक गोली हाथ में ले ली लेकिन वह खाने के लिए तैयार नहीं था। रिद्धिमा ने किसी तरह उसको समझाया और मजबूर किया कि वह गोली अपने मुँह में रख ले। रिद्धिमा ने उसको एक गिलास पानी दिया लेकिन रोहन ने थोड़ी झिझक दिखाई।

'तुम दवा ले रहे हो या मैं तुमसे हमेशा के लिए बातचीत बन्द कर दूँ?' रिद्धिमा ने उसको भावनात्मक रूप से ब्लैकमेल करने की कोशिश करते हुए कहा।

'तुम यह सब क्यों कह रही हो? मुझे नफ़रत है इससे,' रोहन ने उसको गुस्से से देखते हुए कहा।

'फिर और ज़्यादा एक्टिंग किये बगैर पानी पी लो और इस दवा को खत्म करो,' रिद्धिमा ने उसके पास जाते हुए कहा।

'प्लीज़, मुझे माफ़ कर दो। कल से मैं अपनी दवा लूँगा,' रोहन ने मिन्नत करते हुए कहा।

जब भी दवाई या इलाज की बात आती, चाहे दवाई लेने की बात हो या डॉक्टर के पास जाने की बात हो वह हमेशा बचने का रास्ता देखने लगता था। लेकिन रिद्धिमा उसको कभी भी बचकर नहीं जाने देती थी और दवा लेने के लिए मजबूर कर देती थी, क्योंकि स्वास्थ्य के मामले में वह बहुत लापरवाह किस्म का था।

'दवा खाते हो या मैं जाऊँ?' उसने चिल्लाते हुए कहा।

रोहन जब पानी पी रहा था तो उसने आँखों के कोने से रिद्धिमा को देखा और बनावटी ढंग से मुस्कुराया। रिद्धिमा ने उसको पूरा मुँह खोलने के लिए कहा ताकि वह यह देख सके कि उसने मुँह में दवा छिपा कर तो नहीं रखी हुई थी। जब उसने पक्का कर लिया कि उसने मुँह में दवाई नहीं छिपाई तो उसने उसके गाल खींचे और मुस्कुरा दी।

रोहन को ऐसे कई सुहाने पल याद आये जब रिद्धिमा ने उसकी देखभाल की थी और उसको प्यार दिया था। और किस तरह उसने उसको नज़रअन्दाज़ किया था। वह सब सोचकर उसको भी रिद्धिमा के लिए प्यार आया और उसको यह बात समझ में आयी कि वह क्या खो रहा था।

अगर हमारे जीवन में कोई हमें अतीत की डरावनी स्मृतियों को भूलने देता है तो निश्चित रूप से वह हमारे भविष्य का हिस्सा होता है। रिद्धिमा ने उसको इस तनाव से मुक्त होने में ही मदद नहीं की, बल्कि उसको भविष्य के लिए उम्मीद भी जगाई। वह यह सोचता था कि खास तरीके से प्यार का इज़हार करे ताकि वह उस पल को सदा के लिए संजो कर रख सके। उसका मकसद था कि वह रिद्धिमा को अपना प्यार महसूस करवा सके। इसलिए अपने प्यार का इज़हार करने के लिए उसने अलग-अलग तरह की योजना बनाई।

रोहन ने सोचा कि रिद्धिमा को मैसेज करके बताये कि उसको उसकी कितनी याद आ रही थी, उन दिनों को याद करके जब वे साथ-साथ थे। लेकिन जब मैसेज लिखने का वक्त आया तो उसने पाया कि उसके पास शब्द ही नहीं थे। हालाँकि उसको शब्दों की ज़रूरत नहीं थी क्योंकि उसने एक ऐसा शानदार इन्सान पाया था जो उसके मौन को भी सुन लेता था।

काफ़ी समय के बाद उसके चेहरे पर मुस्कान आ गयी।

अनधिकारिक रूप से तुम्हारा

27 दिसम्बर 2009

'आदी, क्या तुमको पक्का यह लगता है कि वह मुझे हाँ कह देगी? अगर कुछ गड़बड़ हो गयी तो? मुझे कोई न कर दे मैं इस बात से नफ़रत करता हूँ,' रोहन ने मुझे तकिये से मारते हुए कहा।

मैं गहरी नींद में था जब रोहन आया और मैं उसकी जटिल प्रेम कहानी की बकबक सुनकर जग गया। प्यार करने वाले लोगों का साथ देने में एक ही मुश्किल होती है कि वे न तो खाते हैं न ही सोते हैं, न ही आपको खाने या सोने देते हैं।

'रोहन तुम्हें क्या यह लगता है कि मैं कोई ज्योतिषी हूँ जो इस तरह की बातों की भविष्यवाणी कर सकता हूँ? मैंने कल ही कहा था कि वह तुमसे प्यार करती है। नहीं तो वह तुम्हारा इतना खयाल क्यों रखती? उसके पास दुनिया में करने के लिए बेहतर काम हैं।'

'तो क्या मुझे आज उसको अपने दिल की बात बता देनी चाहिए?'

'नहीं। एक काम करो। सबसे पहले किसी ज्योतिषी के पास जाओ। देखो वह तुमको क्या समय बताता है और उससे यह भी पूछना कि तुमको उँगली में कौन-सा पत्थर पहनना चाहिए। उसके बाद कुछ भजन गाना उसके बाद अपने दिल की बात कहना,' मैंने कम्बल के नीचे से चिढ़ते हुए कहा।

'अच्छा ठीक है। मैं खुद ही कर लूँगा,' रोहन ने चिढ़ते हुए कहा।

मेरे पास इसके अलावा कोई चारा नहीं था कि उठकर उसको दिलासा दूँ नहीं तो वह मेरा दिमाग चाट जाता। मैंने उसको समझाया कि उसके पास कुछ

भी खोने के लिए नहीं है और यह भी कहा कि वह उसके सामने आत्मविश्वास से भरपूर व्यवहार करे। जब किसी के लिए अपना प्यार जताने की बात आती है तो पुरुष ऐसे जताते हैं मानो वे बहुत बहादुर हों लेकिन अन्दर गहरे उनको मौत का डर सताता है। मैंने रोहन से कहा कि वह उसके सामने उसी तरह से बर्ताव करे जिस तरह से करता रहा है जिससे कि उसको कुछ भी अस्वाभाविक न लगे। रोहन ने मेरी बात को गम्भीरता से लिया और रिद्धिमा से मिलने के लिए चला गया। मुझे फिर से सोने के लिए छोड़ दिया। लेकिन मैंने जैसे ही आँखें बन्द कीं, वह एक बार फिर से धड़ाम की आवाज़ के साथ कमरे में घुस आया और उसने मुझे एक बार फिर से उठा दिया।

'आदी, उठ जाओ यार। मुझे कुछ समझ में नहीं आ रहा है। मुझे किस रंग की शर्ट पहननी चाहिए?'

'स्विमिंग कॉस्ट्यूम पहनकर जाओ, गधे कहीं के। लेकिन मैं हाथ जोड़ता हूँ कि मुझे सोने दो।'

रोहन ने दुखी चेहरा बनाया और जाने के लिए पीछे मुड़ गया।

'मुझे ऐसा लग रहा है कि मैंने गलती की है। नीली वाली कमीज़ पहन लो। वह रंग तुम पर जँचता है,' मैंने उसको कहा।

रोहन ने मेरी मदद के लिए मुझे शुक्रिया कहा और चला गया।

'अब फिर से दरवाज़ा मत खटखटाना। अब जाओ। मेरी शुभकामना है,' जब वह कमरे से गया तो मैंने चिल्लाते हुए कहा।

जाने से पहले, रोहन ने खुद को कई बार आइने में निहारा—जितना उसने अपने जीवन में भी नहीं निहारा होगा। वह चाहता था कि रिद्धिमा खास महसूस करे और इसके लिए वह कुछ भी करने के लिए तैयार था। जब आपका दिल किसी और इन्सान की खुशी के लिए धड़कने लगता है तो आपको यह पता होता है कि आप किसी मौज-मस्ती के लिए ऐसा नहीं कर रहे होते हैं बल्कि सच्चे प्यार के लिए ऐसा कर रहे होते हैं। जब भी रोहन अन्दर से टूटा हुआ महसूस करता था तो वह अपना चेहरा रिद्धिमा की तरफ़ उठाता था जो हर बार उसको खुश कर देती थी। वह उसके जीवन की खुशी थी जो हर मुश्किल वक्त में भी उसके साथ बनी रही। कई बार जब आपके जीवन में कोई नया आता है तो या तो वह एकमात्र आपके जीवन की किताब का पन्ना बन जाता है या

आपके जीवन की सबसे बड़ी कहानी बन जाता है। रोहन ने यह तय किया कि रिद्धिमा से उसके अपार्टमेंट के पास मिला जाये और उसको लंच के लिए बाहर लेकर जाये।

जब तक वह उसके घर पहुँचा रिद्धिमा गेट के पास उसका इन्तज़ार कर रही थी। जैसे ही उसने उसको देखा, वह घबरा गया क्योंकि इस बार वह किसी और ही इरादे से उससे मिलना चाहता था। वह उसको प्यार करने लगा था और वह यह चाहता था कि रिद्धिमा उसके जीवन का सदा के लिए हिस्सा बने। वह उसको हमेशा सुन्दर लगती थी लेकिन वह कभी इतनी हिम्मत नहीं जुटा पाया कि उसको कह पाये। इसके अलावा, वह अब उसको अलग रूप में देखने लगा था—एक दोस्त की तरह नहीं बल्कि ऐसे इन्सान के रूप में जिसके साथ वह ज़िन्दगी बिता सके। रिद्धिमा लैम्पपोस्ट के पास खड़ी थी, लाल रंग के ट्यूब टॉप और जींस में वह बहुत सुन्दर लग रही थी। उसकी सेक्सी मुस्कुराहट उसकी सुन्दरता को और भी बढ़ा रही थी। रोहन ने उसके पास बाइक रोक दी। वह उसके पीछे बैठ गयी। सहारा पाने के लिए उसने अपने हाथ उसके कन्धे पर टिका लिये थे। अगर पेट्रोल महँगा न हुआ होता तो वह हमेशा के लिए उसको बाइक पर घुमाता रहता।

'तुम अच्छे लग रहे हो। नीला रंग तुम पर अच्छा लगता है,' रिद्धिमा ने कहा।

रोहन ने मुस्कुराते हुए रियरव्यू से उसकी आँखों में देखा। उसने भी रोहन को देखा और मुस्कुराने लगी।

'हम जा कहाँ रहे हैं?' रिद्धिमा ने पूछा।

'पु ला देशपांडे पार्क।'

वह पार्क सिंहगढ़ रोड पर है। उसको फ्रेंडशिप गार्डन भी कहा जाता है, उसको इस तरह से बनाया गया था कि असली जैपनीज पार्क की तरह लगे, जिसमें शहर के वासियों को हरी घास देखने को मिले, सुबह के समय यह देखने लायक होता था। वहाँ का रखरखाव बहुत अच्छा था, वहाँ एक कृत्रिम झील थी, और बहुत सारी दुर्लभ प्रजाति की चिड़ियाँ थीं। आस-पास बहुत सारे पेड़ थे और फुटपाथ के दोनों ही तरफ़ बाँस लगाए गये थे। रास्ते के साथ पानी का एक तालाब था जहाँ बहुत सारी रंगीन मछलियाँ देखी जा सकती थीं।

रोहन और रिद्धिमा एक बेंच पर बैठकर वहाँ की सुन्दरता को निहारने में लग गये, बिना एक-दूसरे को कुछ भी कहे।

'आज कुछ खास है क्या?' रिद्धिमा ने वहाँ की खामोशी को तोड़ते हुए पूछा।

'हाँ। लेकिन मुझे समझ में नहीं आ रहा है कि किस तरह से कहा जाये।'

'तुम क्या बात कर रहे हो?' रिद्धिमा ने उसकी तरफ़ घूमते हुए पूछा।

'आज मैंने तुमको बहुत कुछ कहने की योजना बनाई थी। लेकिन अब मुझे शब्द ही नहीं सूझ रहे। जब मैं तुम्हारे साथ होता हूँ तो तुमसे मुश्किल से ही बात कर पाता हूँ। मेरे पेट में तितलियाँ कूदने लगती हैं। और जब मैं तुमसे दूर रहता हूँ तो मैं तुम्हारे अलावा और कुछ सोच भी नहीं पाता हूँ क्योंकि मेरे दिमाग में और कुछ होता ही नहीं है,' रोहन उसके पास जाते हुए फुसफुसाया।

'क्या हुआ रोहन? सब ठीक तो है?' उसने शर्माते हुए कहा।

रोहन को ठंड के मौसम में भी गर्मी महसूस हो रही थी। साहस करके उसने यह तय किया कि बजाय इधर-उधर की बातें करने के सीधे मुद्दे की बात की जाये।

'मैं तुमसे यह पूछना चाहता हूँ कि...मेरा मतलब है, पता है, मैं तुमसे यह कहना चाहता हूँ... कैसे कहूँ...' वह हकलाने लगा।

जाने किस तरह लड़के लड़कियों से पहली मुलाकात में ही एक रात के रिश्ते की बात करते हैं? मैं तो इतना तक नहीं कह पा रहा हूँ कि 'मैं तुमको प्यार करने लगा हूँ,' उफ़! उसने सोचा।

'तुम ऐसे अजीब तरह से क्यों व्यवहार कर रहे हो?' रिद्धिमा ने उसका हाथ अपने हाथ में लेते हुए कहा।

हे भगवान! मैं पहले से ही बहुत घबराया हुआ हूँ और इसके हाथ थाम लेने से मैं और भी घबरा गया हूँ। अब मुझे यह बात समझ में आयी कि क्यों शहर की सुन्दर-सुन्दर लड़कियाँ बेवकूफ़ों के साथ घूमती रहती हैं जिनके साथ उनका कोई जोड़ नहीं होता है। ऐसा इसलिए नहीं है कि उनमें कोई खास बात होती है बल्कि इसलिए क्योंकि वे हिम्मत जुटाकर अपने दिल की बात कह पाते हैं, उसने सोचा।

'रिद्धिमा, मैं तुमसे यह कहना चाहता हूँ कि...मैं...तुम जिस तरह से मेरा

ध्यान रखती हो मैं उसे प्यार करता हूँ। तुम मुझे इतना प्यार क्यों करती हो?'

उफ़...उफ़...उफ़। मैं उससे यह कहना चाहता था कि मैं उससे प्यार करता हूँ, यह नहीं कि वह मुझे इतना प्यार क्यों करती है। उसे लग रहा होगा कि मैं कैसा फट्टू हूँ।

रिद्धिमा ने उसको तिरछी नज़र से देखा और मुस्कुरा उठी। वह जानती थी कि रोहन कहना क्या चाहता था लेकिन उसके अन्दर की लड़की उसे अपनी भावना को सामने रखने नहीं दे रही।

'सिर्फ़ इसलिए कि मैंने तुमको 'आई लव यू' कह दिया है का मतलब यह नहीं है कि मैं तुम्हारे साथ किसी तरह के रिश्ते में रहना चाहती हूँ। मैंने तो बस यही कहा था कि मुझे कैसा महसूस होता है। मुझे पता है कि तुम किसी और से प्यार करते हो और यह ठीक है,' रिद्धिमा ने रोहन को चिढ़ाने के इरादे से कहा।

लेकिन रोहन ने इस बात को गम्भीरता से ले लिया और उसने उस विषय पर बात करने से गुरेज किया क्योंकि उसको पता चल चुका था कि उसका रुख क्या था। उसको यह समझ में नहीं आया कि वह उससे महज़ मज़ाक कर रही थी। उन्होंने कॉलेज, आने वाली परीक्षाओं और हर चीज़ के बारे में बात की लेकिन उन दोनों ने इस बारे में एक शब्द भी नहीं कहा कि वे एक-दूसरे के बारे में कैसा महसूस करते हैं। वैसे तो रोहन ने अपने फ़ोन के फ़ोल्डर में एक मैसेज भी सेव करके रखा था जो उसको प्यार की बात कहने के बाद वह भेजने वाला था, लेकिन अब वह भेजने का कोई मतलब नहीं था। रिद्धिमा उसको बार-बार यह कहती रही कि उसको वह उस रहस्य के बारे में बताये जिसके लिए उसने उसे मिलने के लिए बुलाया था क्योंकि वह भी चाहती थी कि वह उसके लिए अपने प्यार को स्वीकार कर ले। लेकिन रोहन ने इनकार के डर से इस विषय को उठाया ही नहीं। रिद्धिमा के पाँव यह जानकर ज़मीन पर नहीं पड़ रहे थे कि वह भी किसी के लिए कुछ मायने रखती थी।

♡

'क्या...तुम उससे बिना कहे ही घर आ गये? क्या तुम गम्भीर हो?' जब वह घर आया और आकर उसने मुझको सब कुछ बताया तो मैंने उससे कहा।

उसने सिर हिलाया और मुझसे आँखें मिलाने से बचता रहा। मुझे उस पर

गुस्सा आया, इसलिए नहीं कि वह उससे अपने दिल की बात नहीं कह पाया बल्कि इसलिए क्योंकि उसने एक बार फिर सुबह-सुबह मेरी नींद खराब कर दी थी जबकि वह रिद्धिमा को अपनी सच्ची भावनाओं के बारे में अभी भी नहीं बता पाया था।

'तुम ऐसा कैसे कर सकते हो? सबसे पहले मुझे यह बताओ कि इतनी सुबह-सुबह कौन किसी लड़की से प्यार का इज़हार करता है? तुम सुबह की सैर के लिए नहीं जा रहे, उफ़! तुम एक लड़की से प्यार का इज़हार कर रहे हो। यह कोई तुम्हारा दफ़्तर तो नहीं है कि जहाँ सुबह सूरज निकलते ही तुमको जाना पड़ता है,' मैंने चिल्लाकर कहा।

'जब मैं उससे प्यार का इज़हार करने ही वाला था कि उसने कहा कि सिर्फ़ इसलिए कि वह मुझे प्यार करती है तो इसका मतलब यह कतई नहीं है कि वह मेरे साथ रिश्ते में रहना चाहती है,' कहते-कहते उसका गला भर आया।

'लड़कियाँ लड़कियाँ ही रहेंगी। जाने दो भाई, मैं तुमको इस बात का भरोसा दिला रहा हूँ कि वह तुमको प्यार करती है। हो सकता है कि उसने ऐसा महज़ तुमको चिढ़ाने के लिए किया हो,' मैंने उसको खुश करने के लिए कहा।

मैंने रोहन को यह सुझाव दिया कि वह मैसेज करके उससे प्यार भरी बातें करे और यह देखे कि वह क्या जवाब देती है। मुफ्त या कम दर वाली एसएमएस सेवा या सोशल नेटवर्किंग साइट्स उन लोगों के लिए वरदान की तरह होते हैं जो शर्म के मारे लड़कियों से आमने-सामने बात नहीं कर पाते हैं। बहुत सारे लोग हैं जो तकनीक का भरपूर फ़ायदा उठाते हैं। यह बहुत सम्भव है कि वह आदमी जो कॉलेज में लड़कियों से बिलकुल बात नहीं करता, वही आदमी सबसे अधिक फ्रेंड रिक्वेस्ट भेजता हो और ऐसे साइट्स के माध्यम से मैसेज भी और वह इस मामले में भी बहुत अच्छा हो। तो हम क्यों नहीं?

मैंने रोहन का हौसला बढ़ाया ताकि वह एक बार और कोशिश कर ले।

रोहन ने एक मिनट सोचा और एक मैसेज भेजा : *तुम्हारे आस-पास कितने लोग ऐसे हैं जो तुमको नाम से बुलाते हैं?*

रिद्धिमा ने कुछ मिनट के अन्दर ही जवाब दे दिया : *कई। क्यों?*

रोहन ने आँख मारी और कुछ सेकेंड के अन्दर ही जवाब लिखा, *ऐसे बहुत सारे लोग हैं जो तुमको तुम्हारे नाम से बुलाते हैं। लेकिन केवल एक इन्सान*

ऐसा है जो इसको बहुत खास बना सकता है और वह मैं हूँ।

सही में? उसने जवाब दिया।

100 प्रतिशत पक्का। रोहन ने जवाब दिया और धड़कते दिल से उसके अगले जवाब की प्रतीक्षा करने लगा।

वह खुशी के मारे बिस्तर पर कूद पड़ा जब उसने देखा कि रिद्धिमा ने जवाब में 'किस स्माइली' भेजा था और उसके नीचे लिखा था *मैं खुशकिस्मत हूँ।* उसने जवाब दिया कि वह उसके जैसी राजकुमारी को प्रभावित करने के लिए कुछ भी कर सकता है। रोमांस हमारे जीवन को रंगीन बना देता है और हमें इस तरह से जीवंत बना देता है जिस तरह से और कुछ भी नहीं बनाता। रोहन ने अपनी योजना को मेरे साथ साझा किया और मुझसे कहा कि मैं रिद्धिमा के लिए इसे यादगार बनाने में मदद करूँ।

रिद्धिमा को भी ऐसा महसूस हो रहा था कि उसे प्यार किया जा रहा है और उसका ध्यान रखा जा रहा है। वह जानती थी कि रोहन एक सच्चा इन्सान है और उसने जो कुछ भी कहा था वह उन बातों को सच्चे दिल से कह रहा था। यह एक सुन्दर शुरुआत होने वाली थी—कुछ ऐसी जिसकी दोनों बहुत बेसब्री से प्रतीक्षा कर रहे थे।

28 दिसम्बर, 2009, आधी रात

किसी को उस समय प्यार नहीं करना चाहिए जब उसे अलग-थलग या उपेक्षित छोड़ दिया गया हो, बल्कि प्यार तब करना चाहिए जब कोई ज़िम्मेदारी उठाने के लिए तैयार हो। रोहन अपने पिछले रिश्ते के सभी निशान पीछे छोड़ चुका था और नये प्यार की ज़िम्मेदारी उठाने के लिए तैयार था। सुबह के समय वह घबराया हुआ था, लेकिन रिद्धिमा के साथ थोड़ी बातचीत के बाद वह अब आत्मविश्वास से भरा था और दुनिया का सामना करने के लिए तैयार था। उसने तय किया कि इसको इतना यादगार बनाएगा कि उसके पोते-पोती भी इस बात से हैरान हो जायेंगे कि उसने किस तरह से प्यार का इज़हार किया था। उसने मुझे बाज़ार से कुछ लाने के लिए कहा जो मैं ले आया। हमने तय किया कि आधी रात के करीब रिद्धिमा के अपार्टमेंट जायें जब न तो कोई हमें परेशान करे न ही कोई हमारे रास्ते में आये।

जब घड़ी ने बारह बजाए तो हम रोहन के घर से निकले। रोहन ने कार से जाने का फ़ैसला किया था जबकि मैं उसकी बाइक चला रहा था। मैं अपने साथ एक बैग लेकर चल रहा था जिसमें पेंट वाली बाल्टी थी, एक ब्रश, और उसमें कुछ रंग भी थे, साथ में गुलाब की कुछ पंखुड़ियाँ थीं। अन्य सामान रोहन की कार में था। जब हम रिद्धिमा के अपार्टमेंट के करीब पहुँचे तो रोहन ने मुझे इशारे से कहा कि मैं बिलकुल सही जगह पर पहुँच जाऊँ और याद दिलाया कि मैं यह अच्छी तरह से देख लूँ कि उसकी बालकनी की लाईट बन्द हों। उसके अपार्टमेंट के पास की गली से उसकी बालकनी दिखाई दे रही थी। मैंने उसको अँगूठा उठाकर इशारे से बताया कि लाईट सच में बन्द थी और पक्का करने के लिए आस-पास देख भी लिया कि कोई हमें देख नहीं रहा था। मैंने अपने बैग से पेंट और ब्रश निकाला और अपना काम शुरू कर दिया। जब मेरा काम पूरा हो गया तो मैंने रोहन को गाड़ी से वहाँ आने के लिए कहा और उसने सही जगह पर जाकर कार को रोका।

'तुमने ठीक से किया है न?' रोहन ने पूछा।

'निश्चिन्त रहो,' मैंने कहा।

मैंने कार का पिछला दरवाज़ा खोला और बाकी चीज़ों को निकाल लिया, और उनको इस तरह से रख दिया कि रिद्धिमा बालकनी से न देख पाये। हमने दुआ की और अगला कदम उठाने से पहले गहरी साँस ली।

'सब हो गया?' रोहन ने मुझसे पूछा।

मैंने हाँ में सिर हिलाया और पेड़ के पीछे छिप गया। मेरे वहाँ होने से वह घबरा सकती थी क्योंकि मैं उससे कभी मिला नहीं था। रोहन कार के अन्दर गया और उसने वहाँ से रिद्धिमा को फ़ोन किया।

'रोहन... सब ठीक है?' उसने घड़ी में समय देखते हुए कहा।

'ठीक है। बालकनी में आ जाओ।' रोहन ने कार की खिड़की से ऊपर देखते हुए कहा।

'क्यों?' रिद्धिमा को कुछ समझ में नहीं आ रहा था।

अगले ही पल बालकनी की लाईट जल गयी। रिद्धिमा बालकनी में बाहर निकलकर खड़ी हो गयी। जब उसने नीचे देखा तो पाया कि रोहन की कार गेट के दूसरी तरफ़ खड़ी थी। उसने अपनी कार के अन्दर से उसको देखकर हाथ हिलाया और आत्मविश्वास के साथ कहा :

'रिद्धिमा मुझे नहीं पता कि तुमको पसन्द आयेगा या नहीं। लेकिन मैं यह चाहता था कि तुम खुद को खास महसूस करो। मैं खुशकिस्मत हूँ कि तुम मेरी ज़िन्दगी में हो। जब भी मुझे तुम्हारी ज़रूरत हुई तो तुम मेरे साथ खड़ी रहीं और मुझे अपनी बाधाओं से निकलने में मदद की। आज बहुत सही दिन है मेरे लिए कि मैं तुमको अपनी सच्ची भावनाएँ बताऊँ। हम लोग बहुत दिनों से बहुत अच्छे दोस्त हैं और एक-दूसरे के बारे में सब कुछ जानते हैं। मुझे लगता है कि हमें अपनी दोस्ती को अगले चरण में ले जाना चाहिए। अगर हम अच्छे दोस्त हो सकते हैं तो अच्छे प्रेमी भी हो सकते हैं। तुम क्या सोचती हो?'

रिद्धिमा अवाक् थी! यह सब कुछ उसको सपने जैसा लग रहा था। उसने खुद को चिकोटी काटकर यह पक्का किया कि जो हो रहा था वह सच में हो रहा था या नहीं।

वह रोहन को देखकर मुस्कुराई और उसने फुसफुसाते हुए रोहन को फ़ोन पर कहा, 'रोहन...क्या तुम सच कह रहे हो?'

रोहन ने कार का इग्निशन चालू किया और एक्सीलेटर को दबाया। कार आगे बढ़ी और एक मैसेज दिखाई देने लगा जो उसके नीचे छिपा हुआ था, पेंट से लिखा हुआ और गुलाब की पत्तियों से घिरा हुआ।

'मैं तुमको प्यार करता हूँ मेरी राजकुमारी। मुझे अनाधिकारिक रूप से अपना लो।'

वह अवाक् थी। रोहन ने इसके लिए काफ़ी कुछ किया था ताकि उसको यह महसूस हो कि वह राजकुमारी है। रिद्धिमा की खुशी की कोई सीमा नहीं थी और उसका मन कर रहा था कि वह पूरी दुनिया को यह बता दे कि उसका प्रेमी उससे आधी रात को प्यार का इज़हार कर रहा है, उसके अपार्टमेंट के नीचे।

इससे पहले कि वह कुछ कह पाती उसके फ़ोन पर रोहन का मैसेज आया।

पिछले कुछ महीनों में मैंने जितना तुमको जाना उसने मेरी दुनिया ही बदल दी। मैं इतना खुश हूँ जितना पहले कभी नहीं था, और मेरी इस खुशी का कारण तुम हो। तुम्हारे प्यार को समझने से पहले मेरे दिल में खालीपन था, जो कई बार मुझे खाए जाता था, जिससे मेरे टूट जाने का खतरा था—लेकिन अब मेरी ज़िन्दगी अर्थ और मकसद से भरपूर है।

अब मैं अपने भविष्य को बहुत साफ़-साफ़ देख सकता हूँ—तुम अँधेरे में किरण की तरह हो जो मेरे कदमों को वह दिशा दिखाती है जहाँ मैं जाना चाहता हूँ। जब मुझे पूरी दुनिया ही काली लगने लगी थी तो तुमने उसमें चमकीले रंग भरे। कोई ऐसा शब्द नहीं है जो मैं बोल सकता हूँ, कोई ऐसा गीत नहीं है जो मैं गा सकता हूँ, और कोई ऐसी मुद्रा नहीं है जिसके माध्यम से मैं तुम्हारे लिए अपना प्यार साबित कर सकता हूँ, क्योंकि मेरे अन्दर तुम्हारे लिए जो प्यार है उसकी कोई परिभाषा नहीं है। मैं उस खुशी का वर्णन किस तरह से कर सकता हूँ जब महज़ तुम्हारे विचार से ही मैं इतना खुश हो जाता हूँ? तुम्हारी आवाज़ सुनकर ही मेरा दिल तेज़ी से धड़कने लगता है, इसको मैं किस तरह बता सकता हूँ? किस तरह से कोई एक इन्सान मुझे इतनी उम्मीद से भर सकता है जिसके बारे में मैंने सदा सपना देखा था? तुमने मेरे दिल को खोल दिया और मेरी आत्मा को जगा दिया। मैं यह जानता हूँ कि हमारा प्यार सदा रहने वाला है। जब मैं तुम्हारी आँखों में देखता हूँ—तुम्हारी सुन्दर आँखों में—तो मुझे अपनी ही आत्मा की छवि दिखाई देती है। और तुम्हारी बाँहों में, मुझे पता है कि इस धरती पर मेरे लिए इससे अच्छी जगह हो नहीं सकती। आई लव यू। मैं सच में तुम्हें प्यार करता हूँ, रिद्धिमा। अगर तुम भी मेरे लिए ऐसा ही महसूस करती हो तो नीचे आकर मुझे गले से लगा लो।

रिद्धिमा अपने कमरे से दौड़कर नीचे आ गयी। उसके नीचे आने तक का इन्तज़ार रोहन को पूरी ज़िन्दगी का इन्तज़ार जैसा लग रहा था। कई बार आपको उस खास आदमी के इन्तज़ार में काफ़ी लम्बा समय बिताना पड़ता है, लेकिन यह इन्तज़ार करने लायक था! रोहन और रिद्धिमा दोनों को इन्तज़ार करना पड़ा था लेकिन आखिरकार उन्होंने सदा वाला संग-साथ पा लिया था।

रोहन ने जैसे ही रिद्धिमा को आते हुए देखा तो वह कार से उतरकर अपनी बाँहों को फैलाए हुए उसकी तरफ़ दौड़ा। वे अपने आस-पास की दुनिया को भी भूल गये थे, इस बात की परवाह भी नहीं थी कि कहीं कोई देख न रहा हो। उसने रोहन को कसकर भींच लिया और रोहन ने भी उसको अपनी बाँहों में लपेट

लिया। यह उनके जीवन का सबसे बड़ा आलिंगन था और दोनों में से कोई भी उससे निकलना नहीं चाहता था, वे एक-दूसरे से अपने प्यार का इज़हार करने का इन्तज़ार बहुत दिनों से कर रहे थे। जब वे एक-दूसरे के आलिंगन से आज़ाद हुए तो रोहन ने उसके माथे को चूमते हुए कहा, 'आई लव यू!'

'आई लव यू टू,' रिद्धिमा ने जब कहा तो उसकी आँखों में खुशी के आँसू थे।

उनके होंठ एक-दूसरे से ऐसे जुड़ गये मानो वे ज़िन्दगी का सबसे बड़ा 'किस' लेने वाले थे। एक चुम्बन से आप स्वयं को पूरी तरह से अपने प्यार को सौंप देते हैं। रिद्धिमा ने उस पल की शिद्दत में खुद को सौंप दिया था।

जब वे गले मिल रहे थे तो मैंने कुछ लाल रंग के स्काई लैंटर्न जलाए थे। जैसे ही वे एक-दूसरे से अलग हुए तो मैंने लैंटर्न को उड़ जाने दिया—जिससे रिद्धिमा हैरान रह गयी। मैंने उन दोनों को इस नयी शुरुआत के लिए शुभकामना दी और रोहन से कहा कि वह कार से बाकी लैंटर्न भी निकाल लाये। उन दोनों ने भी लैंटर्न जलाये और मन-ही-मन कुछ दुआ माँगते हुए उनको आकाश में उड़ा दिया। इस बात की दुआ कि वे हमेशा के लिए साथ बने रहें। उन्होंने इस बात की दुआ की कि वे तब तक साथ-साथ बने रहेंगे जब तक कि मौत उनको अलग न कर दे। यह दुआ कि चाहे उनकी उम्र साठ साल या उससे भी अधिक हो जाये तब भी उनके प्यार की गर्मी बनी रहे।

उसके साथ रहते-रहते हमें चाहत सी हो गयी,
उससे बात करते-करते हमें आदत सी हो गयी
एक पल भी न मिले तो अजीब सी बेचैनी रहती है,
दोस्ती निभाते-निभाते हमें मोहब्बत सी हो गयी!!
अब तो अज़ीज़ भी वो है और नसीब भी वो है,
दुनिया की भीड़ में करीब भी वो है।
उनकी दुआओं से चलती है ज़िन्दगी क्योंकि,
खुदा भी वो है और तकदीर भी वो है!!

तुमने मुझे हैंगओवर दिया

28 दिसम्बर, 2009, दोपहर

क्या आपने किसी चीज़ को घंटों खोजने के बाद यह पाया है कि वह चीज़ आपके ठीक सामने ही रखी थी ? कई बार हम अपना सारा समय एक ऐसे जवाब को खोजने में लगा देते हैं जो हमें हमेशा से पता था। मुश्किल यह होती है कि हम इस बात को मानते नहीं हैं कि हम किसी चीज़ को इतनी आसानी से हासिल कर सकते हैं रोहन को भी पिछली रात तक ऐसा ही लग रहा था। उसका सच्चा प्यार रिद्धिमा भी उसके पास ही थी। लेकिन उसने कभी गम्भीरता से उसके साथ रिश्ते में जाने के बारे में नहीं सोचा था। क्या आपने कभी सोचा है कि कभी हमने किसी इन्सान को इसलिए खो दिया क्योंकि हम उससे बात करने की हिम्मत ही नहीं जुटा पाये ? शायद थोड़ी-बहुत बातचीत से ही मामला बन जाता। लेकिन अगर आप मौका ही नहीं देंगे तो किसी को इस बात का किस तरह से पता चलेगा कि सामने वाला इन्सान आपके बारे में कैसा सोचता है ? हम सभी के जीवन में कोई एक ऐसा इन्सान होता है जिसके बिना ज़िन्दगी नाउम्मीद लगने लगती है। लेकिन आपके जीवन में दोस्त और प्यार दोनों ही बड़े अप्रत्याशित तरीके से आते हैं और बहुत अजीब तरीके से अपने होने को साबित करते हैं। रोहन का दोस्त विराट और उसकी ज़िन्दगी का प्यार रिद्धिमा, दोनों ही उसकी ज़िन्दगी में इसी तरह से आये।

दोपहर हो चुकी थी लेकिन रोहन अभी भी बिस्तर पर खर्राटे भर रहा था। अपने प्यार का जश्न मनाने के लिए शाम को रिद्धिमा के घर में 'रिलेशनशिप पार्टी' देने की योजना बनाते-बनाते वे पूरी रात फ़ोन पर बातें करते रहे और उनको इस बात का पता ही नहीं चला कि कब रात से दिन हो गया।

रोहन के फ़ोन से जैसे ही बीप की आवाज़ आयी तो उसकी नींद खुल गयी। रिद्धिमा का मैसेज था।

इस खयाल ने मुझे रात भर जगाये रखा कि हम हमेशा साथ रहने वाले हैं। तुम्हारी बहुत याद आ रही है।

यह सुनना हमेशा ही अच्छा लगता है कि किसी को आपकी याद आ रही है। इससे आपको यह लगता है कि कोई आपको प्यार करता है। रोहन कुछ मिनटों में ही तैयार हो गया और नाश्ता करने के बाद वह रिद्धिमा से मिलने के लिए निकल पड़ा। वे शाम की पार्टी का सामान खरीदने वाले थे। उसने रिद्धिमा को उठाया और डी-मार्ट के लिए निकल गया। रोहन कभी-कभार ही घर का सामान खरीदने में दिलचस्पी लेता है। लेकिन जैसा कि कहा जाता है कि प्यार आपसे ऐसे-ऐसे काम भी करवा लेता है जिनकी आपने कल्पना भी न की हो।

'हो गया ?' एक घंटे की खरीददारी के बाद रोहन ने पूछा।

'हाँ,' रिद्धिमा ने अपने हाथों में बहुत सारे बैग को सँभालने की कोशिश करते हुए कहा।

रोहन ने उनमें से कुछ बैग लिये और उसके लिए कार का दरवाज़ा खोल दिया। वह मुस्कुराई और उसके गालों को चूम लिया।

'कुछ और मैडम ?' रोहन ने ड्राइवर की तरह झुकते हुए कहा।

'कुछ नहीं ड्राइवर,' जब उसके बैठने के बाद रोहन ने कार का दरवाज़ा बन्द किया तो वह हँसने लगी।

जब रोहन कार ड्राइव करके रिद्धिमा के अपार्टमेंट की तरफ़ जा रहा था तो उसने रिद्धिमा के हाथ थाम रखे थे। उसने कार पार्क की और रिद्धिमा बाहर निकलने ही वाली थी कि रोहन ने उसको अपनी तरफ़ खींच लिया। उसने दरवाज़ा बन्द किया और रोहन की तरफ़ झुक गयी।

'रोहन...क्या कर रहे हो ? कोई हमको देख सकता है।'

उसकी आवाज़ में तनाव साफ़ झलक रहा था। उसने इधर-उधर देखा कि कहीं कोई देख तो नहीं रहा था।

'कोई भी हमें परेशान नहीं कर पायेगा। खिड़कियों पर काले शीशे चढ़े हुए हैं,' रोहन ने जोश में आते हुए कहा।

उसने अपने हाथों में रिद्धिमा का चेहरा थाम लिया और उसको अपने पास लेकर आया। वह जानती थी कि रोहन उसको चूमना चाहता है, लेकिन उसको रोहन को छकाने में मज़ा आ रहा था। रोहन उसको पकड़ कर 'किस' करने के लिए बेचैन था, लेकिन वह बार-बार उससे बचकर निकल रही थी। अन्त में रोहन ने उसके बाल पकड़ लिये और धीरे-धीरे अपनी तरफ़ खींचने लगा। वह बड़े प्यार से अपने होंठों को उसके होंठों तक ले गया और उनको बड़े प्यार से छुआ। वह अपनी जीभ को उसके मुँह के अन्दर डालना चाहता था लेकिन वह उससे बार-बार बच रही थी। जब चुम्बन और गहरा हुआ तो रिद्धिमा ने हार मान ली और उसकी जीभ को अपना मुँह टटोलने दिया। उनकी जीभ एक-दूसरे से तब तक खेलती रही जब रोहन ने पीछे हटकर उसकी आँखों में देखा। वे दोनों एक-दूसरे पर मुस्कुराए और दोनों के होंठ फिर मिल गये। ज़बर्दस्त 'किस' के बाद रिद्धिमा ने किसी तरह खुद को उसकी बाँहों से छुड़ा लिया और याद दिलाया कि देर हो रही है और उनको अब निकलना चाहिए।

'तुम जिस तरह से अपनी सुन्दर आँखों से मेरी तरफ़ देख रहे थे वह मुझे अन्दर से पिघला रहा था। तुमने मुझे समझा दिया कि प्यार का मतलब क्या होता है,' रिद्धिमा ने कार से बाहर आते हुए फुसफुसा कर कहा।

अगर आपका कोई साथी है जो न केवल आपको प्यार करता है बल्कि आपकी भावनाओं की कद्र भी करता है और आपको समझता भी है, तो इस बात के लिए परेशान नहीं होना चाहिए कि लोग क्या कहते हैं। बस तारीफ़ का एक शब्द ही काफ़ी होता है। रोहन उसको तब तक देखता रहा जब तक वह आँखों से ओझल नहीं हो गयी। उसके बाद कार घुमाकर वह अपने घर के लिए निकल पड़ा।

28 दिसम्बर, 2009, शाम
कॉफ़ी कैफ़े डे, बनेर

'मैं पूरा हफ़्ता तुमको याद करने वाला हूँ। मुझे तुम्हारी चिढ़ाने वाली आवाज़ की ऐसी आदत पड़ चुकी है कि अब तुम्हारे बिना रह पाना असम्भव है। यहाँ तक कि एक दिन के लिए भी,' विराट ने कॉफ़ी पीते हुए कहा।

विराट और काव्या बनेर के कैफ़े कॉफ़ी डे में बैठे हुए थे, कॉफ़ी के गर्मागर्म प्याले उड़ेलते हुए बातें कर रहे थे। वैसे तो बनेर रोड पर खाने-पीने की कई जगहें थीं लेकिन उसको हर बार कॉफ़ी शॉप में जाना अच्छा लगता था,

क्योंकि उस जगह कुछ शान्ति थी और वहाँ आपको दूसरे आदमी की आवाज़ सुनाई देती थी। उन्होंने खाने के लिए भी कुछ ऑर्डर किया था और वे विराट के प्यार भरे जीवन के बारे में बातें कर रहे थे।

'अपनी गर्लफ्रेंड के साथ अपनी आज़ादी का मज़ा उठाओ। आने के बाद मैं तुम लोगों को बिलकुल अकेला नहीं छोड़ने वाली हूँ। यहाँ तक कि तब भी नहीं जब तुम लोग सेक्स कर रहे होगे,' काव्या ने उसकी बाँह में टहोका मारते हुए कहा।

'अगर ऐसा है तो फिर तो मैं तुमको अपने हनीमून कमरे का नम्बर भी नहीं बताने वाला हूँ' विराट ने कहा।

आप तब तक सच्चे दोस्त नहीं हैं जब तक कि आप उल्टी-सुल्टी हर तरह की बातचीत नहीं कर सकते। काव्या और विराट हर तरह की बातें किया करते थे, इसलिए जब काव्या अपने शहर जाती थी तो विराट उदास हो जाता था और खुद को अकेला महसूस करने लगता था। काव्या को आधी रात के आस-पास अकेले जाना था, क्योंकि उसके मम्मी-पापा पहले ही जा चुके थे। उसको एक सप्ताह बाद आना था। लेकिन हो सकता था कि उसको आने में देरी हो जाती। यह इस बात पर निर्भर करता था कि उसकी दादी की तबियत कैसी रहने वाली थी, पिछले कुछ दिनों से वह गम्भीर रूप से बीमार थीं। इसलिए विराट और काव्या ने कुछ समय साथ बिताने का फ़ैसला किया था क्योंकि काफ़ी समय तक दोनों एक-दूसरे से मिलने वाले नहीं थे।

'तुमको तो अपने दोस्त की पार्टी में जाना है न?' काव्या ने पूछा।

'हाँ। रोहन और रिद्धिमा आखिरकार एक-दूसरे के हो गये हैं। इसलिए पार्टी है। मैं यहाँ से सीधे वहीं जा रहा हूँ,' विराट बोला।

'सही है। आजकल सबको उनका सच्चा प्यार मिल रहा है। क्या कोई डिस्काउंट चल रहा है,' काव्या ने मज़ाक करते हुए कहा।

'क्या मुझे हँसना चाहिए?'

'जैसे मुझे इस बात की कोई परवाह है,' काव्या ने बेपरवाही से कहा।

वेटर ने उनके सामने चॉकलेट ब्राउनी लाकर रख दिया और दोनों उस पर टॉम और जेरी की तरह टूट पड़े। सेकेंड्स के अन्दर वह खत्म हो गया, और दोनों एक-दूसरे के चेहरे पर चॉकलेट के दाग देखकर हँसने लगे। काव्या ने चॉकलेट के आखिरी टुकड़े को चम्मच से खाते हुए रोहन की तरफ़ देखा। अचानक जब

काव्या का ध्यान इस बात पर गया कि वह एक हफ़्ते से भी अधिक समय तक विराट से दूर रहने वाली थी तो एक खालीपन-सा उसके अन्दर भर गया।

'विराट...एक बात साफ़-साफ़ कहोगे...। तुमको मेरी कौन-कौन सी बातें याद आयेंगी?' उसने धीरे से पूछा।

विराट अपने मोबाइल फ़ोन पर लगा हुआ था। इससे पहले कि वह काव्या को जवाब दे पाता रोहन का फ़ोन आ गया। वह यह जानना चाह रहा था कि विराट कहाँ है।

'मैं रास्ते में हूँ। एक घंटे में पहुँचता हूँ। माफ़ करना दोस्त, ट्रैफिक में फँस गया।'

विराट ने बहाना बनाया क्योंकि वह कुछ वक्त काव्या के साथ बिताना चाहता था। वह किसी भी तरह से एनआईबीएम एक घंटे में पहुँच सकता था। विराट ने अपना फ़ोन एक तरफ़ रख दिया और काव्या से कहा कि वह अपने सवाल को दोहराए।

'तुमको ध्यान रखना चाहिए था। मैंने बस यही पूछा था कि जब मैं यहाँ नहीं रहूँगी तो तुमको मेरी किस बात की याद आयेगी,' काव्या ने चिढ़ती हुई सी आवाज़ में कहा।

'मुझे तुम्हारी हर बात याद आयेगी। तुम पूरी दुनिया में अनूठी हो। भगवान ने अब तुम्हारे जैसी दोस्त बनाना बन्द कर दिया है,' विराट ने जवाब दिया।

वह काउच से उठा और उसने काव्या को ज़ोर से भींच लिया ताकि उसको यह जता सके कि वह उसको कितना प्यार करता है। जल्दी ही उन्होंने यह फ़ैसला किया कि उनको चलना चाहिए। वे पार्किंग की तरफ़ बढ़ गये, विराट उसको कार की तरफ़ लेकर जा रहा था। उसने कार का दरवाज़ा खोला तो उसको समझ में आया कि उसने कार को लॉक नहीं किया था।

'मुझे तुमको कितनी बार कहना पड़ेगा कि जाने से पहले अच्छी तरह से देख लिया करो कि कार का दरवाज़ा ठीक से लॉक हुआ है या नहीं? तुम कितने लापरवाह हो विराट। तुमको पता भी है कि कार चोरी हो सकती थी?' काव्या ने चिल्लाते हुए कहा।

कुछ देर दोनों एक-दूसरे को देखते रहे और उसके बाद हँसने लगे। काव्या उसको हमेशा इस बात के लिए टोकती रहती थी कि वह कितना लापरवाह है लेकिन वह कभी उसकी परवाह नहीं करता था।

'अब मैं जाऊँ?' काव्या ने पूछा।

'हाँ, अपना ध्यान रखना और सफ़र की शुभकामनाएँ। जब स्टेशन के लिए निकलना तो मुझे फ़ोन करना,' उसने दुखी आवाज़ में कहा।

विराट और काव्या जैसे एक-दूसरे के लिए बने थे और जब भी उनको लम्बे समय के लिए एक-दूसरे से अलग होना पड़ता था तो उनको अच्छा नहीं लगता था। दोनों इस मामले में खुशकिस्मत थे कि दोनों एक-दूसरे को मिले थे और उन्होंने कभी भी दोस्ती का फ़ायदा नहीं उठाया। वैसे तो काव्या 15 दिनों के लिए जा रही थी फिर भी विराट को उससे इस तरह से अलग होने का दु:ख हो रहा था, क्योंकि उसको उसके साथ की आदत थी। वे दोनों ज़्यादातर समय एक-दूसरे के साथ ही बिताते थे और विराट के लिए उसके बिना जी पाना मुश्किल था, कुछ दिन ही सही। विराट ने कार के भीतर से काव्या को हाथ हिलाकर अलविदा कहा। उसके बाद उसने अपने फ़ोन में मैसेज देखा, उस मैसेज को जो रोहन ने उसको भेजा था और जिसमें रिद्धिमा का पता था। उसके बाद वह सीधा उसके घर की तरफ़ चल पड़ा।

'कुछ मोमबत्तियाँ लेते आना,' रिद्धिमा ने रोहन से फ़ोन पर कहा। वह घर के रास्ते में था।

उन्होंने उस शाम को बहुत बढ़िया तरीके से बिताने के लिए पूरी तैयारी की, संगीत और ड्रिंक्स के साथ। जब उसने अपनी जेब से मोबाइल फ़ोन निकाला तो उसके स्क्रीन पर रिद्धिमा की तस्वीर थी। उसने उसी दिन सुबह स्क्रीन पर उसकी तस्वीर लगाई थी। उसने एक मैसेज टाइप किया :

मेरे चुम्बनों से तुम और भी सुन्दर लगोगी। तुम हमेशा मुझसे पूछती रहती हो कि तुम मेरी एक्स से बेहतर हो कि नहीं, तो आज मैं तुमको सच बताना चाहता हूँ—तुम्हारी तुलना किसी से भी नहीं हो सकती मेरी जान! मैं तुमको बहुत ज़्यादा प्यार करता हूँ और मुझे समझ में नहीं आता कि क्यों? तुमको पता है क्या कहते हैं—जब यह बता पाओ कि तुम किसी को क्यों पसन्द करते हो तो वह आकर्षण होता है; और जब आप कोई कारण न बता पायें तो वह प्यार होता है।

उसने भेजने से पहले मैसेज को एक बार और पढ़ा। इसके बाद उसने दो बार मैसेज को और पढ़ा और उसको डिलीट करने के बारे में सोचा। एक-दूसरे के प्यार में पड़े उनको महज़ एक दिन ही हुआ था। उसे यह डर था कि पता नहीं रिद्धिमा क्या सोचेगी। लेकिन सबसे अच्छी बातचीत वह होती है जो कभी होती ही नहीं है। उन मैसेज की तरह जो हम कभी नहीं भेजते।

रिद्धिमा के घर पहुँचने के बाद रोहन ने दरवाज़ा खटखटाया। उसने उसको अन्दर आने दिया, हालाँकि इस बार कुछ बदल चुका था; पहले वह वहाँ फ्रेंच सीखने के लिए जाता था और इस बार उसको यह सिखाने आया था कि 'फ्रेंच किस' कैसे किया जाता है। बशर्ते उसके सितारे उसका साथ दें। उसने विराट को फ़ोन करके पूछा कि उसे पहुँचने में कितनी देर लगेगी।

विराट रोहन के घर पहुँचने ही वाला था कि अचानक उसने बहुत तेज़ रफ़्तार से यू-टर्न ले लिया। विराट के इस तरह अचानक मुड़ जाने से कुछ मिनट के लिए बाकी की गाड़ियाँ रुक गयीं। जब वह सिग्नल के हरे होने का इन्तज़ार कर रहा था कि उसे एक मैसेज मिला। उसने तत्काल उस अनजान नम्बर पर फ़ोन किया। और इससे पहले कि दूसरी तरफ़ का आदमी उसे सब कुछ समझा पाता उसने फ़ोन काट दिया। वह सुन्न पड़ गया जैसे कि उसकी पूरी दुनिया बिखर गयी हो। उसको अपने कानों पर विश्वास नहीं हो रहा था। यह अभी तक उसके जीवन का सबसे खराब समाचार था।

उसने एक्सीलेटर दबा दिया और पूरी रफ़्तार से कार को भगाने लगा। उसने रोहन को यह बता दिया कि वह नहीं आ सकता है क्योंकि उसे काव्या से तत्काल मिलना है। उसने एक अस्पताल के बाहर कार पार्क की और तेज़ी से अन्दर भागा। जब वह अस्पताल के मुख्य द्वार से अन्दर घुस रहा था तब उसे ध्यान आया कि उसने कार को लॉक नहीं किया।

काव्या के शब्द उसके कानों में गूँज रहे थे 'मुझे कितनी बार तुमसे यह कहना होगा कि अच्छी तरह से देख लो कि कार का दरवाज़ा लॉक है कि नहीं ? तुम कितने लापरवाह हो विराट।' यह खयाल आते ही कि उसकी लापरवाही को लेकर काव्या उसे कितना लेक्चर पिलाती थी उसकी आँखों में आँसू आ गये।

उसको वह सब पागलपंती याद आ रही थी जो उन्होंने साथ-साथ की थी। उसको लॉन्ग ड्राइव पर जाना याद आया और साथ में ड्राइविंग के वक्त काव्या का उसे गुदगुदाना भी। वो दोनों एक-दूसरे की ज़िन्दगी का पासवर्ड थे।

एक-दूसरे की मदद के बिना उन्हें कुछ भी समझ में नहीं आता था। विराट यह समझ ही नहीं पा रहा था कि उसे क्या करना चाहिए। ऐसी हालत में काव्या सबसे पहली इन्सान होती जिसे उसने फ़ोन किया होता, लेकिन उसकी गैर-मौजूदगी में वो किसे फ़ोन करे? काव्या अस्पताल में भर्ती थी और वह उस कमरे के बाहर खड़ा था, विराट को उसकी मदद की कमी महसूस हो रही थी जिसको वो हमेशा अपने साथ मान के चलता था।

भारी कदमों से वह अस्पताल में काव्या के बिस्तर की तरफ़ बढ़ा। अपने दोस्त को अस्पताल में देखना उसके लिए बहुत कष्टकारी था, उस दोस्त को जिसके साथ कुछ घंटे पहले वह हँस रहा था। यह देखना दुखद था कि इतनी हँसमुख इन्सान अस्पताल में बिस्तर पर लेटी हुई थी और उसके शरीर में मशीनें लगी हुई थीं। उसके लिए इस बात की कल्पना कर पाना बहुत मुश्किल था कि वह वही काव्या थी जो उसे गाहे-बगाहे चिढ़ाती रहती थी। वही काव्या थी जो उसकी आँखों से आँसू पोंछा करती थी, वही काव्या बिस्तर पर निर्जीव जैसी हालत में पड़ी हुई थी। उसको इस हालत में देख विराट को बिलकुल अच्छा नहीं लग रहा था। डॉक्टरों ने उसे ऑब्ज़र्वेशन में रखा हुआ था और उन्होंने विराट को यह नहीं बताया कि वो वहाँ किसलिए भर्ती थी। उसने कभी सपने में भी नहीं सोचा था कि ऐसा कुछ बुरा होगा। काव्या के माता-पिता को सूचित कर दिया गया था और विराट ने बाकी औपचारिकताएँ भी पूरी कर लीं। उसने अपनी भावनाओं को काबू में रखने की कोशिश की और वह यह जानता था कि अगर एक आँसू भी बहा तो वह खुद को रोक नहीं पायेगा। उसने किसी तरह अपने को धीरज बँधाये रखा, कम-से-कम तब तक जब तक कि वह नहाने के लिए नहीं जाये जहाँ उसके आँसू पानी के साथ मिल जाते और किसी को भी पता नहीं चलता। वह कमरे के बाहर बैठा था, बस यह दुआ करता हुआ कि यह हकीकत नहीं बल्कि एक सपना हो। वह बड़ी शिद्दत से किसी की बाँहों में गिर जाना चाहता था। उसने इसके बारे में महक को बताया था और वह भागती हुई उसके पास आ रही थी, अपना सारा काम-काज छोड़कर।

जब किसी को आप प्यार करते हैं, किसी के साथ आप अपना जीवन बिताने का सपना देखते हैं, जब वह अचानक जुदा हो जाता है तब आप शारीरिक और मानसिक रूप से बिलकुल खाली महसूस करने लगते हैं। विराट दर्द के

मारे चिल्लाना चाहता था लेकिन उसने हिम्मत जुटाने की कोशिश की, क्योंकि वह जानता था कि उस वक्त काव्या को उसकी ज़रूरत थी। वह हर वक्त उसके साथ खड़ी रहती थी, इस बार बारी विराट की थी कि वह उसका कर्ज़ उतारे।

कुछ घंटे पहले...।
कॉफ़ी कैफ़े डे, बनेर

विराट ने हाथ हिलाकर काव्या को अलविदा कहा और कार चलाता हुआ चला गया। काव्या वहीं खड़ी थी अकेली और असहाय, उसके दिमाग में अलग-अलग तरह की भावनाएँ चल रही थीं। वैसे तो वह पन्द्रह दिनों के लिए ही जा रही थी लेकिन उसके लिए वह एक साल जैसा महसूस हो रहा था। उसको याद आ रहा था कि विराट उसे कितना खुश और बेपरवाह बनाये रखता है। हम जितनी भी इस बात की कामना करते हैं कि सब कुछ वैसे का वैसा बना रहे अनिश्चितता हमारे जीवन का एक अवश्यम्भावी हिस्सा होती है। काव्या ने यह सोचा था कि वह अपना जन्मदिन विराट और महक के साथ मनाएगी, लेकिन अगर उसे अपने शहर में अधिक दिनों तक रहना हुआ तो हो सकता था कि उसे अपना जन्मदिन अपने दोस्तों के बिना अकेले ही मनाना पड़े। इस बात से वह काफ़ी दुखी थी और वहीं खड़ी होकर विराट की कार को आँखों से ओझल होने तक देखती रही। वह बस इस बात की उम्मीद कर रही थी कि वह अपने जन्मदिन से पहले लौट आये या फिर कोई ऐसा चमत्कार हो जाये कि उसे पुणे में कुछ दिन और रहने को मिल जाये।

ठीक उसी समय जब उसके दिमाग में तरह-तरह के सवाल उठ रहे थे उसकी माँ का फ़ोन आया।

'हाँ, माँ। मैंने अपना सामान पैक कर लिया है। पापा मुझे लेने आयेंगे न?' उसने कहा और पटरी पर चलते हुए ऑटो रिक्शा रोकने की कोशिश की।

'हाँ बेटा। वे ट्रेन पहुँचने से पहले तुम्हें लेने पहुँच जायेंगे। चिंता मत करना। अब तुम कहाँ हो? पीछे से बहुत आवाज़ आ रही है,' उसकी माँ ने पूछा।

'मैं विराट से मिलने आयी हुई थी और अब मैं घर वापस जाने के लिए ऑटो खोज रही हूँ। उसको देर हो रही थी इसलिए वह जल्दी में चला गया। वह

मुझे घर छोड़ देना चाहता था लेकिन मैंने ही मना कर दिया।'

आस-पास बहुत कम ऑटोवाले दिख रहे थे इसलिए उसे घर जाने के लिए ऑटो ढूँढने में दिक्कत आ रही थी। उसने जिस भी ऑटो को रुकने के लिए हाथ दिखाया वह सबके सब उसके सामने से बिना रुके ही गुज़र गये। उसने सड़क के दूसरी तरफ़ एक ऑटो देखा तो फ़ोन को होल्ड पर रखते हुए ऑटो वाले से ज़ोर से चिल्ला के बोली 'चलोगे भैया?' ऑटोवाले ने मीटर डाउन कर दिया और काव्या से सड़क के दूसरी तरफ़ आने को कहा।

'माँ, मुझे ऑटो मिल गया है, घर पहुँच के मैं फ़ोन करूँगी। अपना ध्यान रखना। बाय।' काव्या ने कहा और ऑटोवाले को रुके रहने के लिए इशारा करने लगी।

'अच्छा बेटा, अपना ध्यान रखना। और ट्रेन में अजनबियों से बात मत करना। ज़रूरत का सारा सामान रख लेना।'

'अच्छा परेशान मत करो माँ,' काव्या ने चिढ़ते हुए कहा और फ़ोन बन्द कर दिया। उसने फ़ोन काट दिया तब उसकी नज़र मोबाइल स्क्रीन पर एक न पढ़े गये मैसेज पर पड़ी। उसने सड़क पार करते हुए मैसेज को पढ़ा, मैसेज महक का था : *हाय बेबी...सुहाने सफ़र की शुभकामनाएँ और मुझे याद करती रहना। हम भी तुम्हें याद करेंगे, खासतौर पर...।*

इससे पहले कि वह मैसेज को पूरी तरह पढ़ पाती सामने से तेज़ी से आते एक टैम्पो ने उसे टक्कर मार दी। अचानक वहाँ ट्रैफिक थम-सा गया था और उसके आस-पास बहुत सारे लोग जुट गये, इससे पहले कि वह इस बात को समझ पाती कि असल में क्या हुआ था उसको पूरे शरीर में तेज़ दर्द महसूस हुआ। उसके चारों तरफ़ खून बह रहा था और शरीर पर ज़ख्म के निशान थे, टैम्पो ड्राइवर ने सामने से गलत लेन में आती एक बाइक को देखा और उससे टकराने से बचने के लिए उसने अपनी गाड़ी को पीछे घुमा लिया और गाड़ी काव्या से जा टकराई। कुछ लोग टैम्पो ड्राइवर को गालियाँ दे रहे थे, जबकि कुछ लोग उसकी तरफ़दारी करते हुए यह कह रहे थे कि उसकी कोई गलती नहीं थी और यह तो महज़ एक दुर्घटना थी। चाहे जिसकी भी गलती रही हो असल में बात यह थी कि काव्या सड़क के किनारे खून में लथपथ पड़ी थी।

वह अपने शरीर को ज़रा भी नहीं हिला पा रही थी। वह गम्भीर रूप से ज़ख्मी थी और उसके माथे और चेहरे पर ज़ख्म दिख रहे थे। उसकी नाक से

खून बह रहा था और उसके पैर बुरी तरह छिल गये थे। आस-पास मौजूद लोगों में से किसी ने भी एम्बुलेंस बुलाने या उसे उठाकर किसी अस्पताल में पहुँचाने की ज़हमत नहीं उठाई। उसने देखा कि कुछ बाइक सवार दूसरी लेन में जा रहे थे। उसने मदद के लिए चिल्लाने की कोशिश की लेकिन उसके होठों से आवाज़ नहीं निकली। भीड़ खड़ी होकर उसे देख रही थी जबकि वह दर्द के मारे कराह रही थी। एक-एक पल भारी लग रहा था। उसने सोचा कि विराट को फ़ोन कर ले लेकिन उसे अपने हाथों में भी जान महसूस नहीं हो रही थी और वो उनको हिला भी नहीं पा रही थी।

'मदद करो...मदद करो...कोई एम्बुलेंस को बुलाओ,' किसी ने चिल्ला कर कहा।

किसी आदमी ने एम्बुलेंस को फ़ोन किया और उनसे कहा कि वे वहाँ जल्दी आ जायें क्योंकि दुर्घटना बहुत गम्भीर किस्म की है। उसे मिड-प्वाइंट अस्पताल ले जाया गया और भीड़ में से दो लोग उसके साथ जाने के लिए तैयार हो गये। उनमें से एक ने काव्या के मोबाइल में डायल किए नम्बरों की सूची देखी और उन नम्बरों पर फ़ोन करके काव्या की हालत की जानकारी दे दी। विराट और काव्या की माँ उनमें से दो नम्बर थे। उसे तत्काल इमरजेंसी में भर्ती किया गया और होश में आने तक ऑब्ज़र्वेशन में रखा गया।

उसकी सारी खुशियाँ अचानक जैसे काफूर हो गयीं, काव्या की ज़िन्दगी अचानक थम गयी थी, जिसकी उसे उम्मीद भी नहीं थी। उसके साथ जुड़ी सारी ज़िन्दगियाँ बिखर गयी थीं। जब विराट को बताया गया कि क्या हुआ था तो वह अस्पताल की तरफ़ भागा।

विराट और काव्या जब भी मिलते थे तो दोनों एक-दूसरे को हँसाते थे, काव्या जब भी मुस्कुराती थी तो जैसे विराट के दिल के बादलों के पीछे से सूरज चमकने लगता था। उसके बिना जीना असम्भव लग रहा था। लेकिन अब उसकी एक ही उम्मीद बची थी। यह उम्मीद कि एक बार फिर साथ-साथ मुस्कुरा सकें, यह उम्मीद कि एक बार फिर एक-दूसरे को चिढ़ा सकें, यह उम्मीद कि एक बार फिर काव्या उसकी लापरवाही के लिए उस पर चिल्ला सके, यह उम्मीद कि कॉलेज कैम्पस में एक बार फिर साथ-साथ चल सकें।

कई बार ज़िन्दगी में कितना अप्रत्याशित हो जाता है; आप किसी इन्सान से मिलते हैं और सब कुछ अपने ढंग से सहज तरीके से चलता रहता है। अगले

ही पल आपको यह खबर मिलती है कि वह इन्सान अस्पताल में अपनी ज़िन्दगी की लड़ाई लड़ रहा है और आप हताश और निराश हो जाते हैं।

मिड-प्वॉइंट अस्पताल, औंध

काव्या के मम्मी-पापा के जीवन में दुर्भाग्य की बाढ़ आ गयी थी। बेटी की इस त्रासद दुर्घटना के बारे में सुनकर वे सदमे में थे। अस्पताल में काव्या के कमरे के बाहर खड़ा विराट खयालों में खोया हुआ था।

मुझे तुमको घर छोड़ देना चाहिए था, मुझे तुम्हें अकेले नहीं छोड़ना चाहिए था। क्या हुआ होता अगर किसी ने तुम्हारी मदद नहीं की होती? मैं पूरी ज़िन्दगी खुद को माफ़ नहीं कर पाता। मैंने तुम्हारे जन्मदिन के लिए हैरान कर देने वाली योजना बना रखी है। अच्छा, मुझे कहो कि यह सब बहुत बड़ा मज़ाक है और तुम उठ कर खड़ी हो जाओगी और मूवी देखने के लिए हमारे साथ चलोगी और हाँ केक भी काटोगी। याद है न मुझ पर तुम्हारा एक ड्रिंक भी बाकी है। अच्छा ठीक है, बर्थडे पार्टी के लिए मत आना लेकिन प्लीज़ उठ जाओ। मेरे हाथ पकड़ लो और मुझे कभी मत जाने दो। मुझे यह कहने का एक मौका और दो कि तुम मेरे लिए कितनी मायने रखती हो। मैं तुमको वापस लाने के लिए भगवान से भी लड़ने के लिए तैयार हूँ। मैं उनको घूस देने के लिए भी तैयार हूँ, बस तुम आ जाओ। मैं तुमको इस तरह से अस्पताल के बिस्तर पर नहीं देख सकता, ठंडी और सुन्न। प्लीज़ हिम्मत बटोरो; मैं जानता हूँ तुम ऐसा कर सकती हो, मुझे रुलाओ मत क्या तुम मुझसे गुस्सा हो? तुम्हारे बिना मेरी ज़िन्दगी कुछ भी नहीं। मुझे चिढ़ाने के और भी तरीके हैं, तुमने यही तरीका क्यों चुना? चाहे मैं तुम्हारी तारीफ़ करूँ या न करूँ तुम हमेशा मेरे दिल में हो और मैं चाहता हूँ कि तुम मुझे सुकून पहुँचाओ। मैं तुमको इस तरह सदा के लिए आँखें बन्द करने नहीं दूँगा। हमारी दोस्ती इतनी भी छोटी नहीं हो सकती, मैं इतनी जल्दी अलविदा कैसे कह सकता हूँ?

एक अलग तरह का दर्द

मिड-प्वॉइंट अस्पताल, औंध

विराट ने कभी यह नहीं सोचा था कि ऐसा कुछ हो जायेगा और उसे काव्या की कमी इतनी अधिक महसूस होगी। उसने अपने पूरे जीवन में इससे पहले ईश्वर से कभी कुछ नहीं माँगा था, लेकिन ऐसी हालत में वह मजबूर होकर काव्या के लिए प्रार्थना कर रहा था। वह आँखें बन्द करके भगवान से यह प्रार्थना कर रहा था कि काव्या जल्दी ठीक हो जाये। अगर काव्या की जगह उसे कुछ हो जाता तो उसे बुरा नहीं लगता। असल में वह खुशी-खुशी इसे स्वीकार कर लेता अगर बदले में काव्या ठीक हो जाती। वह चाहता था कि काव्या उसकी ज़िन्दगी में वापस आ जाये और इसके लिए वह कुछ भी करने को तैयार था।

उसी समय उसने महक की आवाज़ सुनी, वह पूछ रही थी, 'विराट काव्या कैसी है, सही-सही बताओ उसे क्या हुआ, क्या तुमने उसके मम्मी-पापा को बताया, डॉक्टर ने क्या कहा?'

वह यह कह सकता था कि काव्या को लेकर महक को चिन्ता हो रही थी, पिछले कुछ महीनों में वह काव्या के काफ़ी करीब आ गयी थी और वह यह जानना चाहती थी कि वह ठीक थी या नहीं। उसने जैसे ही महक को देखा वह अपने ऊपर काबू नहीं रख पाया; वह उसकी बाँहों में गिरकर किसी बच्चे की तरह रोने लगा। उसने उसको सब कुछ बताया और दुखी होकर उसके गले लग गया।

'रोना बन्द करो, सब ठीक हो जायेगा अगर तुम इस तरह से कमज़ोर दिखोगे तो उसकी ताकत कौन बनेगा?' महक ने उसको अपनी बाँहों के घेरे में लेते हुए कहा।

'मुझे उसकी बात नहीं सुननी चाहिए थी, उसके न-ऩ कहने के बावजूद भी मुझे उसे उसके घर छोड़ देना चाहिए था।'

'क्या तुमने उसके मम्मी-पापा को सूचित किया,' महक ने पूछा। विराट ने सिर हिलाते हुए उससे कहा कि वे किसी भी पल वहाँ पहुँच जायेंगे। ज़िन्दगी कितनी क्रूर हो सकती है? क्रिसमस का सप्ताह चल रहा था और वे अस्पताल में बैठकर अपने दोस्त के लिए दुआ कर रहे थे। कई बार हम अपनी ज़िन्दगी को गम्भीरता से नहीं लेते हैं और कहते हैं कि काश, मैं मर जाता या तुमने ऐसा नहीं किया तो मैं मर जाऊँगा, लेकिन हम यह नहीं समझ पाते कि किसी दिन हमारी दुआ सच भी हो सकती है।

महक विराट के लिए कुछ सैंडविच लेकर आयी थी लेकिन विराट ने खाने से मना कर दिया। महक ने खाने के लिए उस पर ज़्यादा दबाव नहीं डाला क्योंकि उसको पता था कि विराट काव्या के बारे में सोच-सोच के बहुत परेशान था। महक जैसे ही विराट के बगल में बैठी, उन्होंने देखा कि काव्या के मम्मी-पापा उनकी तरफ़ चले आ रहे थे। विराट अपनी सीट से उठा और उन्हें आई.सी.यू. में लेकर गया जहाँ काव्या भर्ती थी। काव्या की माँ ने जब अपनी बेटी को इतनी सारी मशीनों से घिरा हुआ पाया तो वह फूट पड़ीं। उसके पिता डॉक्टर से यह पूछने के लिए गये कि काव्या की हालत कितनी गम्भीर थी और उन्होंने ज़रूरी औपचारिकताओं को भी पूरा किया।

'हम अगले अड़तालीस घंटों तक इसे ऑब्ज़र्वेशन पर रखेंगे। इसके पैरों में बहुत सारे टाँके लगे हैं। और इसके सिर में गम्भीर चोट आयी है। चोट इसके दिमाग तक पहुँची है, होश में आने के बाद भी हो सकता है कि इसकी याद्दाश्त चली जाये या फिर इसकी आँखों की रौशनी। ज़रूरी बात यह है कि आप मज़बूत बने रहें।'

कुछ देर तक खामोशी छायी रही और उसके बाद काव्या के पापा ने पूछा, 'डॉक्टर क्या यह जल्दी ठीक हो जायेगी?'

डॉक्टर ने काव्या के पापा का कन्धा थपथपाया और वहाँ से चले गये। विराट का मन हो रहा था कि वह डॉक्टर को धमकाए और कहे कि वह ठीक से उसका इलाज करें, लेकिन ऐसे हालात में हम यह भूल जाते हैं कि डॉक्टर

हाथ पर आँसू की एक बूँद गिर पड़ी।

'यह क्या है, विराट? तुम रो क्यों रहे हो? तुमको तो खुश होना चाहिए कि अब कोई कमरा साफ़ रखने के लिए तुमको परेशान नहीं करेगा। क्या महक को पता है कि तुम कितने ढीले-ढाले हो?'

'हाँ, मुझे पता है,' महक ने कुछ दूरी से कहा।

'ओह, महक माफ़ करना। मैंने तुमको देखा नहीं...आह, मेरा मतलब है कि सुना नहीं,' काव्या ने अपनी गलती को सुधारते हुए कहा।

उसको 'देखना' शब्द का इस्तेमाल करने में असहजता हो रही थी, क्योंकि इस शब्द का उसके जीवन में कोई अर्थ नहीं रह गया था। सबके लिए यह ज़रूरी था कि उसके उपचार को लेकर संवेदनशील और मज़बूत बने रहें क्योंकि काव्या के अन्दर जो निराशा थी वह इसी तरह से दूर हो सकती थी। हम अपने आस-पास अक्सर अंधे लोगों को देखते हैं लेकिन उनके दर्द और उनके संघर्ष को हम समझ नहीं पाते हैं। यह सही ही कहा गया है कि हम किसी की पीड़ा को तभी समझ सकते हैं जब हम अपने को उसी परिस्थिति में पाते हैं। एक पल ने सब कुछ बदल दिया था।

31 दिसम्बर, 2009, नव वर्ष की पूर्व संध्या
मिड-प्वॉइंट अस्पताल, औंध

विराट ने यह तय किया था कि वह नये साल की पूर्व संध्या काव्या के साथ अस्पताल में ही बिताएगा। डॉक्टरों का यह कहना था कि करीब छह सप्ताह में उसे अस्पताल से छुट्टी मिल जायेगी। जिस तरह से इलाज का असर हो रहा था, उससे सभी खुश थे। डॉक्टरों का यह कहना था कि अगर उसने साथ दिया और इसी तरह से उसकी हालत में सुधार होता रहा तो वे एक महीने में उसको घर ले जा सकते हैं। यह सम्भव नहीं था कि काव्या को अस्पताल में बिस्तर पर अकेले छोड़कर विराट और महक अपना पहला नया साल साथ-साथ मनायें। उन्होंने तय किया कि वे उसी के साथ रहेंगे और अपनी खुशियों को उसके साथ साझा करेंगे।

जब आधी रात हुई तो सभी ने एक-दूसरे को नये साल की शुभकामनाएँ दीं और आने वाले साल के बेहतर होने की दुआ की, खासकर काव्या के जल्दी

ठीक हो जाने के लिए। काव्या दुखी लग रही थी और अपने भाग्य को कोस रही थी। उसको याद आया कि उसने पिछले साल नये साल के मौके पर विराट के साथ खूब मस्ती की थी।

'मेरे पास तुम्हारे लिए कुछ सरप्राइज़ है,' विराट ने काव्या से कहा।

'क्या है?' काव्या ने पूछा।

उसने अपने बैग से एक चिट्ठी निकाली तथा काव्या के मम्मी-पापा और अस्पताल के कर्मचारियों के सामने पढ़ने लगा।

नया साल मुबारक हो! एक बार फिर से समय आ गया है जब हम पुराने का त्याग करके नये का स्वागत करते हैं। हम अतीत को अलविदा कहते हैं और इस मौके से उत्साहित होते हैं कि हमें एक बार फिर से नयी शुरुआत करने का मौका मिला। लोग नये साल के संकल्पों के बारे में ठीक से बात नहीं करते हैं क्योंकि वे वैसे भी उनको निभाते नहीं हैं। लेकिन मैं ऐसे संकल्पों की बात नहीं कर रहा हूँ जिनके बारे में कोशिश की जाये और फिर उनका त्याग कर दिया जाये। मैं एक नयी तरह की जीवनशैली की बात कर रहा हूँ। तुमको यहाँ आये एक सप्ताह से अधिक समय हो चुका है, दुनिया में जो कुछ हो रहा है उससे अनजान। लेकिन मैं तुमसे वादा करता हूँ कि अब से मैं तुम्हारी नज़र बन कर रहूँगा। महक भी यही चाहती है कि तुम जल्दी से ठीक हो जाओ ताकि तुम उसके साथ घूम सको, पहले की तरह ही सड़क पर लड़कों को छेड़ सको। वह तुमको उस खुशी से दूर नहीं होने देगी जिसके कि तुम लायक हो। मैं यह जानता हूँ कि यह साल तुम्हारे लिए और हम सभी के लिए कैसा रहा। कुछ दिल टूटे, कुछ मौके छूटे और कुछ सपने भी टूटे। हो सकता है कि हताशा और गुस्सा भी हो। लेकिन मेरी प्यारी दोस्त जहाँ ज़िन्दगी होती है वहाँ उम्मीद भी होती है। हो सकता है कि यह उसी तरह नहीं हो जिस तरह से तुम चाहती हो, लेकिन तुम्हारे अन्दर इसको बदल देने की ताकत है। इसकी शुरुआत यहीं से हो कि तुम खुद को किस तरह से देखती हो और दूसरों को किस तरह से देखती हो। जब तुमको पता है कि तुम मूल्यवान हो, और तुम खुद को दिल

से प्यार करती हो तो तुम्हारे आस-पास सभी लोगों तक प्यार का प्रसार होता है। मैं दिखाई देने वाले आत्मविश्वास के बारे में बात नहीं कर रहा हूँ जो इसकी माँग करता है कि उस पर ध्यान दिया जाये। मैं उस शान्त प्रकार के आत्मविश्वास की बात कर रहा हूँ जो धीरे से कहता है, 'मुझे पता है कि मैं क्या हूँ।' जब इस प्रकार का आत्म-सम्मान हो तो किसी की, कोई भी कही बातें आप पर कोई प्रभाव नहीं कर पातीं। तुम्हें कोई असुरक्षा की भावना नहीं महसूस होती और तुम ही अपने जीवन को अपने तरीके से खुद जी सकते हो। तुम्हारे मम्मी-पापा, मैं और महक... हम सभी तुमको प्यार करते हैं। तुम हमारी राजकुमारी हो। और चिंता मत करो, मैं तुम्हारे मम्मी-पापा को उस बारे में कुछ नहीं बताऊँगा जो हमने इस साल किया था।

स्वर्ग भी ऊपर से नीचे की तरफ़ हमें देख रहा होगा क्योंकि उसने तुमको मुझे दिया। मैं यह जानता हूँ कि समय मुश्किल है लेकिन हम सब एक-दूसरे की ताकत हैं। मेरी प्यारी दोस्त, मैं तुमको इतना प्यार करता हूँ, इस बात को याद रखना कि तुम मेरी उम्मीद हो, जो सभी इन्सानों की सबसे बड़ी ख्वाहिश होती है। इससे कोई फ़र्क नहीं पड़ता है कि ज़िन्दगी में संकट कितना बड़ा है जब तक हमारे अन्दर उम्मीद की किरण रहती है तब तक हम ज़िन्दगी के सबसे बुरे दौर को भी पार कर सकते हैं। मुझसे यह वादा करो कि तुम कभी रोओगी नहीं और हमेशा मुस्कुराओगी, क्योंकि मुस्कुराते हुए तुम सुन्दर लगती हो। चाहे हालात जो भी हों; तुम उसमें खुद को बदलोगी नहीं क्योंकि हम अपनी काव्या को प्यार करते हैं जो फ्रूट केक की तरह नटखट है। तुम्हारा जन्मदिन आने वाला है और हम इस साल भी उसको वैसे ही मनाएँगे जिस तरह हमने पिछले साल मनाया था। इस तरह की दुर्घटना से यह शहर हमारी पागलपंती से बच नहीं सकता।

जब चिट्ठी समाप्त हुई तो वहाँ मौजूद सारे लोगों ने ज़ोर-ज़ोर से तालियाँ बजाईं। काव्या जिस तरह के दर्द से गुज़र रही थी उसमें विराट की दोस्ती उसके लिए एकमात्र उम्मीद थी। वह सिर्फ़ अपनी खुशी के लिए अपने सामाजिक जीवन का

त्याग कर रहा था ताकि वह उसको दुलार दे सके। सच में, महक के विराट की ज़िन्दगी में आने से कुछ भी नहीं बदला था। महक खुशकिस्मत थी कि उसके पास विराट जैसा साथी था जो प्यार करने वालों का इतना ध्यान रखने वाला था और उन सबको इतना प्यार करता था। विराट भी उतना ही खुशकिस्मत था कि उसको अपने प्यार की तरफ़ से पूरा साथ मिल रहा था। सबसे खुशकिस्मत काव्या थी क्योंकि उसके जीवन में महक और विराट दोनों ही थे।

10 जनवरी, 2010
मिड-प्वॉइंट अस्पताल, औंध

हम अपने जीवन में दो तरह के दर्द से गुज़रते हैं : एक जो हम को तकलीफ़ देता है और दूसरा जो हमको बदल देता है। काव्या ने दर्द की आँधी का सामना किया था लेकिन उससे उसको तकलीफ़ नहीं हुई थी, बल्कि उसके कारण वह एक इन्सान के रूप में मज़बूत हुई थी।

काव्या को अस्पताल में आये 15 दिन के करीब हो गये थे और उसका दृढ़ निश्चय उसको रोज़-रोज़ ताकत देता था। वह अपने जीवन की आदी होती जा रही थी। डॉक्टरों ने उसको आई.सी.यू. से सामान्य कमरे में वापस भेज दिया था। उसकी दवाइयाँ कम हो गयी थीं क्योंकि वह कुछ हद तक ठीक हो रही थी। धीरे-धीरे, वह फिर से मुस्कुराने लगी थी, उसके चेहरे पर मुस्कान वापस आ गयी थी, लेकिन उसके शरीर के घावों का दर्द उसके चेहरे पर दिखाई दे रहा था। उसकी मुस्कुराहट का यह मतलब नहीं था कि उसकी ज़िन्दगी में सब ठीक था, बल्कि यह कि जो भी था उसके पास वह उसी में खुश थी। वह खुद से काम करने की कोशिश करती थी, हालाँकि यह उसके लिए आसान नहीं था।

विराट काव्या के जन्मदिन को खास बनाना चाहता था क्योंकि काव्या को पिछले कुछ दिनों में इतना कुछ भुगतना पड़ा था और वह खुशी के हर मौके की हकदार थी। काव्या के मम्मी-पापा विराट का साथ दे रहे थे, जो अस्पताल में काव्या का जन्मदिन उस तरह से मनाना चाहता था जिस तरह से किसी ने कल्पना भी नहीं की थी। उसने आधी रात में उसको जन्मदिन की शुभकामना दी और सुबह के समय अस्पताल में एक सरप्राइज़ के साथ आया।

जब वह काव्या के कमरे में गया तो वह सो रही थी। जब काव्या सोई हुई

थी तभी महक ने अस्पताल के कमरे को बैलून और रिबन से सजा दिया था। वे इस बात को जानते थे कि काव्या उस सजावट को देख नहीं सकती थी लेकिन उन्होंने इस बात की परवाह नहीं की। फोल्डिंग टेबल के ऊपर केक तैयार था जो विराट अपने साथ लेकर आया था। बाहर जो मुलाकाती बैठे हुए थे वे अन्दर झाँक-झाँक कर देख रहे थे कि क्या हो रहा था। विराट ने अपने मोबाइल फ़ोन पर बर्थडे का गाना लगा दिया जिससे काव्या घबराकर जग गयी।

काव्या के मम्मी-पापा समेत सभी लोगों ने उसके लिए खूब तालियाँ बजाईं।

'माँ, क्या महक और विराट यहाँ हैं?' काव्या ने पूछा।

'हाँ।'

बर्थडे का गाना बज रहा था और काव्या को बहुत ही खास महसूस हो रहा था। उसको इस बात का यकीन नहीं हो रहा था कि उसके दोस्तों ने उसके लिए यह सब इसलिए किया था ताकि उसको खास महसूस हो। उसकी माँ ने उसको बताया कि उसके दोस्त केक लेकर आये हैं और उन्होंने कमरे को बैलून और रिबन से सजाया है।

उसकी आँखों से आँसू बहने लगे और उसने पूछा, 'विराट, तुम मेरे लिए इतना कुछ क्यों कर रहे हो? तुम लोगों की वजह से मुझे आज इतना खास महसूस हो रहा है, ऐसा लग रहा है कि मैं कुछ महीनों में मरने वाली हूँ,' उसने आँख मारते हुए कहा।

'तुम कभी नहीं बदलोगी, नहीं? अब फिर ऐसी बात मत कहना।' महक ने कहा।

'तुम चाहती हो कि मैं कहूँ?'

'कभी नहीं।'

विराट ने चाकू से केक काटने में उसकी मदद की और सबने एक बार फिर एक साथ हैप्पी बर्थडे वाला गीत गाया। काव्या ने सबसे पहले अपने मम्मी-पापा को केक खिलाया और उसके बाद विराट और महक को। बाद में डॉक्टर और नर्सों ने भी आकर उसको जन्मदिन की मुबारकबाद दी। उसकी मासूम मुस्कुराहट ने डॉक्टरों का दिल जीत लिया था।

'काव्या, अब सरप्राइज़ के लिए तैयार हो जाओ,' विराट ने घोषणा की।

उसने अपने मोबाइल फ़ोन की प्ले-लिस्ट खोली और पिछले कुछ दिनों में उसने जो रिकॉर्डिंग की थी उसको चला दिया। उस रिकॉर्डिंग में उसके मम्मी-पापा का एक-एक मैसेज था, साथ में विराट और महक का भी। उसने इन मैसेज को एडिट करके उनमें संगीत भी जोड़ दिया था, बजाने पर वह गाने जैसा लगता था।

विराट ने शुरू किया, 'काव्या सभी तुमको प्यार करते हैं और यह हमारी ओर से प्यार का छोटा-सा तोहफ़ा है। यह तुम्हारे जन्मदिन पर सभी के सन्देश हैं...'

महक : *सुनो काव्या! तुमको जन्मदिन की बहुत-बहुत शुभकामनाएँ। हमारे लिए मस्तियाँ बाहर इन्तज़ार कर रही हैं। जल्दी ठीक हो जाओ। हम इस तरह के दोस्त हैं कि अगर हम अस्पताल में साथ हुए तो व्हीलचेयर की ही रेस लगाने लग जायेंगे।'*

विराट : *आज तुम्हारी ज़िन्दगी का खास दिन है। जन्मदिन मुबारक हो। मैं खुशकिस्मत हूँ कि मुझे तुम्हारे जैसी दोस्त मिली, जो बुरे से बुरे वक्त में भी मुझे हँसा सकती है, मैं तुमको इस बात के लिए शुक्रिया कहना चाहता हूँ कि तुमको यह पता होता है कि मुझे क्या चाहिए। हर किसी को तुम्हारे जैसा अच्छा दोस्त होना चाहिए। लेकिन उनको मेरी दोस्त को चुराना नहीं चाहिए। तुम मेरी सबसे अच्छी दोस्त हो। आई लव यू।*

माँ : *जन्मदिन मुबारक हो बेटा। मैं क्या कहूँ? हमारा घर तुम्हारे बिना खाली है। घर में अब कोई भी नहीं है जो कमरे में उथल-पुथल मचा सके, कपड़े इधर-से-उधर फेंके। आजकल हमारी काम वाली भी घर जल्दी चली जाती है। कई बार तुम मुझ पर गुस्सा होती हो। कई बार मैं तुम पर गुस्सा होती हूँ। लेकिन मुझे तुम्हारी माँ होकर बहुत अच्छा लगता है क्योंकि तुम्हारे बिना हम सच में पागल ही हो जायेंगे। जल्दी घर आ जाओ और इसमें ज़िन्दगी वापस ले आओ।*

पापा : *जन्मदिन की प्यारभरी मुबारकबाद मेरी राजकुमारी। पिता के रूप में, मैं मन-ही-मन इस बात से नफ़रत करता था कि तुम बड़ी हो रही हो क्योंकि मुझे पता है कि हर गुज़रते पल के साथ मैं उस पल के करीब आ रहा हूँ जब मुझे तुम्हारा हाथ किसी और के हाथ में दे देना होगा। पापा तुमको प्यार करते हैं मेरी जान।*

रिकॉर्डिंग खत्म होते-होते काव्या के चेहरे पर बड़ी-सी मुस्कान आ चुकी

थी। उसको ऐसा लग रहा था कि वह सभी को देख पा रही है। वह मन-ही-मन उनके हाव-भाव को पढ़ पा रही थी। यह शायद उसके सबसे अच्छे जन्मदिन में से एक था, भले ही वह अस्पताल के कमरे में मनाया गया था। काव्या ने सभी का शुक्रिया अदा किया कि उन्होंने उसको इतनी अच्छी तरह से जन्मदिन की मुबारकबाद दी। अगर आपके आस-पास ऐसे लोग हों तो ज़िन्दगी शानदार बन जाती है। इस तरह की घटनाओं से आपको समझ में आता है कि पैसा और सफलता ही सब कुछ नहीं होती। सबसे अधिक मायने रखता है वह प्यार जो आपके परिवार और दोस्तों से आपको मिलता है।

29 जनवरी, 2010

दोस्ती वह होती है जो हमें तब मज़बूत बनाती है जब हम खुद को कमज़ोर पाते हैं, खुश कर देती है जब हम दुखी होते हैं, और जब हम अकेला महसूस करते हैं तो हमें दिलासा देती है। विराट और काव्या के रिश्ते ने इस बात को साबित किया था कि खुश होने के लिए आपको कोई गर्लफ्रेंड या बॉयफ्रेंड की ज़रूरत नहीं होती है, ज़रूरत बस एक अच्छे दोस्त की होती है जो हमेशा आपके चेहरे पर मुस्कान ले आये। महक और काव्या की दोस्ती ने भी इस बात को साबित किया था कि दो लड़कियाँ भी अच्छी दोस्त हो सकती हैं और एक-दूसरे की बेहतरी के लिए दुआ भी कर सकती हैं, चाहे ज़िन्दगी आपको जहाँ ले जाये। दुर्घटना को एक महीना हो चुका था और आखिरकार काव्या को अस्पताल से छुट्टी मिल गयी। उसके पापा घर गये हुए थे क्योंकि उसकी दादी का देहांत हो गया था। उनके अन्तिम संस्कार के लिए काव्या के पापा पुणे से बाहर गये हुए थे और वे दो सप्ताह में आने वाले थे। हम सभी ने डॉक्टरों से बात की थी और डॉक्टरों ने उसको घर ले जाने के लिए हरी झंडी दे दी थी, लेकिन उन्होंने उसका ध्यान रखने की हिदायत भी दी थी क्योंकि वह बिना आँखों के पहली बार बाहर की दुनिया का सामना करने वाली थी। उन्होंने उन लोगों को यह भी बताया था कि ऐसी हालत में मरीज ठीक तरीके से बर्ताव नहीं करते हैं और हो सकता है वह किसी पर अपना गुस्सा भी ज़ाहिर कर दे। इसलिए हमें इसके लिए तैयार रहना चाहिए।

'जब भी कहीं जाना तो इसको पहन लेना,' जब काव्या अपने बिस्तर से उठी तो डॉक्टर ने उसको काला चश्मा देते हुए यह हिदायत दी।

‘अच्छा डॉक्टर,’ काव्या ने मुस्कुराते हुए कहा।

‘शुक्र है कि उसने ‘रे बैन’ का चश्मा नहीं माँगा,’ विराट ने मज़ाक में कहा।

काव्या ने उस दिशा में हाथ ले जाकर उसको चिकोटी काटने की कोशिश की जिस दिशा से उसकी आवाज़ आयी थी लेकिन वह चूक गयी। वह चिढ़ गयी और विराट को उसका गुस्सा समझ में आ गया। वह जानबूझकर उस दिशा में गया जिस दिशा में उसका हाथ था ताकि वह उसको चिकोटी काट सके।

‘यह मत समझना कि अगर मैं देख नहीं सकती तो मैं तुमको परेशान नहीं कर पाऊँगी,’ काव्या ने चेहरे पर मुस्कान लाते हुए कहा।

विराट ने उसका हाथ थाम लिया और काव्या की हालत को देखकर वह कुछ असहज महसूस कर रहा था। एक ऐसी लड़की जो इतनी जीवंत और रंगीन मिज़ाज थी, जो अपने आस-पास सभी को खुश रखती थी, सभी का ध्यान रखती थी, आज उसको अपने बिस्तर से उठने के लिए भी मदद की ज़रूरत पड़ रही थी। यह बहुत बड़ी बात थी कि विराट और महक पिछले एक महीने से काव्या के साथ बने हुए थे और उसको उन लोगों ने अकेलापन महसूस नहीं होने दिया था।

काव्या की माँ ने उसको विराट की कार में बिठा दिया और विराट कार से घर की तरफ़ चल पड़ा। काव्या कार में भावहीन बैठी हुई थी क्योंकि उसको बाहर का कुछ भी नहीं दिखाई दे रहा था। महक ने कुछ चुटकुले सुनाये ताकि माहौल को हल्का बनाया जा सके। जब वे घर पहुँचे तो काव्या ने विराट से कहा कि वह उसको कमरे तक ले जाये।

‘मुझे आईने तक लेकर चलो,’ काव्या बोली।

विराट ने बिना कोई सवाल किये वही किया जो उसको करने के लिए कहा गया था। काव्या आईने के सामने खड़ी होकर उसकी तरफ़ देखती जा रही थी।

विराट की तरफ़ मुड़कर वह मुस्कुराई और बोली, ‘मैं बस यह देखना चाहती थी कि दुर्घटना के बाद मैं कैसी लगती हूँ। मैं यह कल्पना कर रही थी कि आईने में कैसा लग रहा होगा। मेरे चेहरे पर कटे के निशान, मेरी आँखों के नीचे के काले धब्बे और जो छड़ी लेकर मैं चल रही हूँ?’

सबसे मुश्किल इस बात को पचा पाना था कि वह आईने में अपनी परछाईं भी नहीं देख पा रही थी। उसको ऐसा महसूस हो रहा था कि उसकी पहचान खो गयी थी।

'इतनी फ़िक्र मत करो,' विराट ने उसे दिलासा देते हुए कहा। वह इस बात को समझ सकता था कि अपनी पहचान को लेकर वह किस हद तक मानसिक सदमे और संकट से गुज़र रही थी।

'खुद को सेक्सी और आकर्षक महसूस कर पाना कितना मुश्किल होता है। जब मुझे यही नहीं पता होता है कि मैं कौन से कपड़े पहन रही हूँ या फिर मेरा मसकारा कैसा लग रहा है,' काव्या ने कहा।

विराट ने उसे बिस्तर पर बिठाते हुए उसका हाथ थाम लिया, यह उसकी ज़िन्दगी की एक मुश्किल घड़ी थी लेकिन विराट इस बात को जानता था कि काव्या की ताकत भी वही था। मानसिक रूप से वह भी पिछले एक महीने से इसी दर्द से गुज़र रहा था, हालाँकि उसने किसी को भी यह बात बताई नहीं थी। पिछले कुछ दिनों से महक ने काव्या के लिए काफ़ी कुछ त्याग किया था। वे दोनों काव्या को प्यार करते थे और अपना बाकी जीवन काव्या की खुशी के लिए बिताने को तैयार थे।

काव्या की एक आदत थी कि जैसे ही वह अपने कमरे में बिस्तर पर बैठती थी वैसे ही टीवी चला लेती थी। लेकिन अब यह भी सम्भव नहीं था। अपने कमरे में चलते हुए वह इस बात को याद करने की कोशिश करती थी कि कमरे में कौन-सी चीज़ कहाँ रखी हुई थी, चलते हुए वह हर चीज़ को छूती हुई चलती थी। लेकिन जब वह सुबह उठती और अपनी आँखें खोलती तो सिवाय अँधेरे के उसे कुछ दिखाई नहीं देता था।

इस तरह की छोटी-छोटी बातें जिनकी कोई परवाह नहीं करता, एक अंधे इन्सान के लिए ज़िन्दगी को असम्भव बना देती हैं—जैसे एक कप चाय बनाने के लिए उबलते हुए पानी को कप में डालना या यहाँ तक कि मोबाइल से मैसेज भेजना। हर दिन वह अपनी आज़ादी के लिए दुखी होती थी और इस बात को याद करती रहती थी कि पहले वह किस तरह की इन्सान थी। ऐसा नहीं था कि

सिर्फ़ उसकी आँखों की रौशनी गयी थी उसका कॉलेज जाना भी अचानक बन्द हो गया था। हर बात के लिए वह अपने मम्मी-पापा और दोस्तों पर पूरी तरह से निर्भर थी—मैसेज पढ़ने से लेकर खरीददारी करने तक। उसको ऐसा लगता रहता था कि जैसे वह अपने ही शरीर में कैद हो।

पुरानी आदतें मुश्किल से जाती हैं, लेकिन काव्या यह तय कर चुकी थी कि वह अपने अतीत को भुलाकर एक मज़बूत भविष्य बनायेगी। धीरे-धीरे उसने घर में अकेले चलना शुरू कर दिया और लड़की होने के कारण महक बहुत सारी ऐसी बातों में उसकी मदद किया करती थी जिनके बारे में वह अपने मम्मी-पापा से भी नहीं कह सकती थी। विराट ने उससे वादा किया था कि वह उनके रिश्ते की मौज-मस्ती को कभी खत्म नहीं होने देगा, और वह अपनी बातों का पक्का निकला। अस्पताल से निकलने के एक सप्ताह बाद वह नियमित रूप से काव्या को घुमाने बगीचे में ले जाता था और वहाँ के माहौल के बारे में उसको बताता था—बच्चे किस तरह से खेल रहे होते थे, बुज़ुर्ग किस तरह से दौड़ रहे होते थे और युवा जोड़े किस तरह एक-दूसरे को किस कर रहे होते थे।

दिन-ब-दिन काव्या को अच्छा महसूस होने लगा था और उसके परिवार और दोस्तों की मौजूदगी अपने तरीके से उसकी ज़िन्दगी को खूबसूरत बनाती थी। उसे यह बात बहुत अच्छी लगती थी कि सभी लोग उसका इतना खयाल रखते थे। उसके दोस्ती के धागे पहले से और अधिक मज़बूत हो गये थे और सच्चे अर्थों में वही उसकी ताकत भी थे। उनके साथ बिताया हुआ हर पल उसे प्रेरणा देता था और एक नयी ज़िन्दगी फिर से जीने की उम्मीद से भर देता था पहले की तरह वह अपनी इस नयी ज़िन्दगी का लुत्फ़ उठाये। अपने आस-पास के सभी लोगों को खुश रखे।

इस बात को लेकर रोने के लिए ज़िन्दगी बहुत छोटी होती है कि क्या खो गया; काव्या ने अपने जीवन का मकसद बना लिया था कि वह अपने आस-पास खुशियाँ बिखेरेगी। चमकते नीले आसमान में बादलों और रात में तारों को चमकता न देख पाना बहुत खलता था। वह जिन लोगों से मिलती थी उनके चेहरे पर हाथ फिरा कर अपने दिमाग में उनके चेहरे की कल्पना करती थी। कई बार वह सोचती थी कि अंधा होना एक तरह से ठीक ही है, इसकी वजह से उसे दुनिया की कुरूपता तो नहीं देखनी पड़ती। अब वह दुनिया को विराट और महक की आँखों से देखती थी।

मेरी बात का यकीन करो, मैं संजीदगी से कह रहा हूँ

9 फ़रवरी 2010

विराट का अपार्टमेंट

ज़िन्दगी में हर कोई किसी ऐसे इन्सान से मिलता है जिससे वह किसी भी विषय पर बात कर सकता है। विराट के लिए वह इन्सान काव्या थी। कुछ लोग यह सोचते हैं कि दोस्त वह होता है जिसे आप हमेशा से जानते हैं लेकिन ऐसा कभी नहीं होता। वास्तव में इसका मतलब होता है, जो आपके साथ हर हाल में खड़ा रहे। कुछ साल पहले विराट और काव्या एक-दूसरे को जानते तक नहीं थे लेकिन आज वे दोनों एक-दूसरे के लिए सब कुछ थे। जब तक महक विराट की ज़िन्दगी में नहीं आयी थी बहुत लोगों को ऐसा लगता था कि वे दोनों एक-दूसरे से प्यार करते हैं।

विराट अपने कमरे में बैठकर हाथ में बियर का गिलास लिये अपने बचपन के एल्बम को पलट रहा था। काव्या की दुर्घटना के बाद उसको यह लगने लगा था कि वह अकेला हो गया है, जबकि वह हमेशा खुद को व्यस्त रखने की कोशिश करता था। इन सबके बीच उसे अपने मम्मी-पापा की याद आ रही थी। वह यही सोचता रहता था कि अगर इस तरह का कुछ उसके साथ हुआ तो उसकी मदद के लिए कौन होगा। काव्या के मम्मी-पापा ने उसकी बहुत अधिक मदद की थी और ढेर सारा प्यार भी दिया था। विराट यह सब सोच कर उदास हो जाता था। उसे अपने पिता और माँ के लाड़-प्यार की कमी खलती थी। वैसे तो उसके चाचा उसकी आर्थिक मदद करते थे और उसे अपने

बेटे की तरह मानते थे, लेकिन मम्मी-पापा के प्यार की भरपाई कोई भी नहीं कर सकता है।

जब वह एल्बम देख रहा था तो उसका फ़ोन बजने लगा। फ़ोन रोहन का था।

'पिछले कई दिनों से तुम कहाँ हो? तुम जी-टॉक पर भी नहीं आते।'

'मैने तुम्हें बताया था कि मैं अस्पताल में व्यस्त था वहाँ मेरे दोस्त का इलाज चल रहा है।'

रोहन ने विराट से फ़ोन पर कई बार बात करने की कोशिश की थी लेकिन विराट उसे जवाब नहीं देता था। विराट ने उसे बताया था कि काव्या जब अस्पताल से घर आ जायेगी तो वह उससे और उसकी प्रेमिका रिद्धिमा से मिलेगा।

'तुम अभी तक रिद्धिमा से नहीं मिले हो, तुम हम लोगों से कब मिल रहे हो और काव्या कैसी है?'

'वह अच्छी है, मैं तुम लोगों से जल्द ही मिलूँगा, वैसे भी मुझे लग रहा है कि अब जबकि तुम्हारी गर्लफ्रेंड तुम्हारे पास है तो तुम्हें अपने दोस्तों से मिलने का समय नहीं मिलता होगा। आमतौर पर यही होता है।' विराट ने मज़े लेते हुए कहा।

कुछ देर बात करने के बाद विराट अपने लैपटॉप पर एक मूवी देखने लगा। वह अकेलेपन की अपनी इस भावना से निकलना चाह रहा था। महक व्यस्त थी और इसलिए उसने सोचा कि शायद एक फ़िल्म से काम चल जाये।

जब आपका रिश्ता संकट के दौर से गुज़र रहा होता है और उसके बावजूद आप उसे निभा ले जाते हैं तो आपका रिश्ता पहले से भी ज़्यादा मज़बूत हो जाता है।

कई बार बेहद मज़बूत रिश्तों की शुरुआत एक छोटी-सी दोस्ती से होती है और वह मज़बूत होती जाती है। महक और विराट के रिश्ते की शुरुआत भी दोस्ती से ही हुई थी। हालाँकि काव्या ने उसे जानबूझकर प्लान किया था। वहीं रोहन और रिद्धिमा का रिश्ता कभी भी सोच-समझकर बनाया हुआ रिश्ता नहीं था। रोहन ज़ोया के साथ रिश्ते में था तो भी रिद्धिमा के लिए रोहन को भूल

पाना नामुमकिन था। क्योंकि वह उसे प्यार करती थी और उस प्यार ने उसके जीवन को बहुत प्रभावित किया था। विराट और मैंने साथ मिलकर रोहन को यह समझाया था कि उसके लिए रिद्धिमा का प्यार कितना कीमती था और उसके साथ रिश्ते में रहने से वह कितना खुश रहेगा। कई बार उसे ज़ोया की याद आती थी और जब भी ऐसा होता था तो मुझे मुम्बई से पुणे सिर्फ़ इसलिए यात्रा करनी पड़ती थी ताकि रोहन को समझा सकूँ कि यह सब खत्म हो चुका है। आखिरकार वह मुझे भाई से अधिक दोस्त के रूप में देखता था। सबसे बड़ी बात यह थी कि रिद्धिमा को अपने जीवनसाथी के रूप में चुनकर उसे कोई अफ़सोस नहीं था।

पिछले कुछ हफ़्तों से विराट तनाव में था और उसे आराम की ज़रूरत थी। उसे पता ही नहीं चला कि फ़िल्म देखते-देखते उसे कब नींद आ गयी। अचानक घंटी बजी और वह उठ गया, महक आयी थी। उस समय उसको वहाँ देखकर विराट को बहुत हैरानी हुई।

'क्या तुमने क्लास छोड़ दी ?' विराट ने पूछा।

'हाँ, क्योंकि मैं तुमसे अभी मिलना चाहती थी और इसके पीछे एक कारण भी है।'

इससे पहले कि विराट जवाब देता महक ने उसे दीवार से सटा दिया, विराट कुछ देर तक उसे घूरता रहा और अचानक माहौल में तनाव भर गया। विराट पीछे हटा और उसका हाथ दुर्घटनावश कैचअप के कटोरे में पड़ गया जो वहीं दीवार के पास मेज़ पर रखा था। महक ने उसकी उँगलियों से कैचअप को चाट लिया और उसकी छुअन से विराट के शरीर में कुछ होने लगा।

महक ने विराट की हथेली को धीरे से काट लिया और उसकी कलाई को चाटने लगी। उसके हाथ ऊपर उठे और उसनें विराट के हाथों को मज़बूती से थाम लिया, उसकी बाँहों को ऊपर उठाते हुए उसकी कुहनी को चाट लिया। वह धीरे-धीरे सीत्कारें भरने लगी और विराट सम्मोहित-सा उसको देख रहा था। उसकी आँखें फैली हुई थीं, उसकी पकड़ से वह खुद को वापस नहीं खींच पा रहा था। महक के होंठ उसकी कुहनी से होते हुए उसकी गर्दन तक जा रहे थे और उसे अपनी ठंडी त्वचा पर महक की गर्म साँसों की छुअन महसूस हो रही थी। उसने धीरे-धीरे उसका टॉप उठा दिया और उसका शरीर खुल गया था। महक उसकी बेल्ट खोलने की कोशिश कर रही थी। हर कोशिश के बाद वह

और उत्तेजित होती जा रही थी। विराट ने उसे दीवार से सटा दिया और अपनी बेल्ट खोल ली। महक ने उसकी पैंट और अंडरवियर खोलते हुए उसे अपनी तरफ़ खींच लिया। विराट उसके नंगे बदन को देखे जा रहा था जबकि महक उसे किस कर रही थी, वह खुशी के मारे सीत्कारें भी भर रही थी। विराट ने उसके बालों को पकड़ लिया और उसके गले में काट लिया। महक ने उसका सिर पीछे हटाया और खुशी के मारे चिल्ला उठी।

'क्या तुम यहाँ मुझे कुछ कहने आयी थीं या यही करने?' विराट ने उसे चिढ़ाते हुए पूछा।

'हाँ!'

'तो बताओ। क्या बात है?'

'तुम रोहन को कैसे जानते हो? क्या तुम उसे निजी तौर पर जानते हो या तुम दोनों कभी मिले हो?' महक ने उसकी आँखों में देखते हुए पूछा।

'हाँ एक तरह से। मैं उससे यूँ ही किसी ब्लॉग पर मिला था। मुझे उसकी बातें अच्छी लगी थीं और उसके बाद मैंने उसे अपने जीमेल अकाउंट से जोड़ लिया था। उसके बाद धीरे-धीरे हम चैट करने लगे। लेकिन क्या हुआ?'

'तो तुम लोग कभी मिले नहीं हो?'

'हाँ, पहली बार हम तब मिले थे जब मुझे अनाथालय के बारे में कोई जानकारी चाहिए थी।'

'ऑरकुट या फ़ेसबुक के माध्यम से कभी नहीं?' महक सवाल पूछे जा रही थी।

'महक तुम्हें पता है मैं ऑरकुट पर नहीं हूँ और फ़ेसबुक को तो भूल ही जाओ, मुझे उसके बारे में कुछ भी नहीं पता। तुम्हें लगता है कि मैं तुमसे कुछ छुपा रहा हूँ?' विराट ने दुखी होते हुए पूछा और उसे खुद से दूर हटा दिया।

फ़ेसबुक की उस समय शुरुआत ही हुई थी और बहुत कम लोगों ने उस पर अपना अकाउंट बनाया था।

'मेरे दिमाग से यह बात उतर गयी थी कि तुम ऑरकुट पर नहीं हो। तो तुम लोग बस एक बार मिले हो?'

'तुम किसी सीआईडी की तरह बात कर रही हो,' विराट ने तेज़ आवाज़ में कहा।

'मेरी बात का जवाब दो,' उसने फिर पूछा।

'अच्छा, मैं तुमको सब कुछ बताता हूँ, हम यूँ ही जीटॉक पर बातें करने लगे। वह मुझे अपनी पूर्व प्रेमिका ज़ोया के बारे में बताता था। तब मैंने उससे कहा था कि उसे ज़िन्दगी में आगे बढ़ना चाहिए और अब वह रिद्धिमा को डेट कर रहा है। वह अपने फ़ैसले को लेकर उलझन में था इसलिए उस समय मैं उससे मिला था और उसके साथ उसका कज़िन आदित्य भी था। असल में मैं उस दिन उसी से मिलने जा रहा था जिस दिन दुर्घटना हुई थी। याद है मैंने तुमसे कहा था कि मैं एक दोस्त से मिलने जा रहा हूँ लेकिन तुम उसको नहीं जानतीं, यह वही आदमी है।'

'अच्छा अब मैं समझ गयी, क्या तुमने उसको कभी मेरे बारे में बताया है?' महक ने बेचैन होते हुए पूछा।

'शायद कुछ एक बार मैंने उससे कहा था कि मुझे किसी से प्यार हो गया है और मैं उससे प्यार का इज़हार करने जा रहा हूँ लेकिन मैंने कभी तुम्हारा नाम नहीं लिया। तुम्हें पता है, मैं इस तरह की बातें किसी को भी बताता नहीं हूँ क्योंकि मुझे लोगों को खो देने का डर रहता है। लेकिन क्या तुम मुझे बताओगी कि उसके साथ क्या हुआ और तुम मुझसे उसके बारे में क्यों पूछ रही हो?'

'भगवान का शुक्र है तुमने उसके सामने कभी मेरा नाम नहीं लिया। मैं तो इतना डर गयी थी कि मैं दौड़ती हुई तुमसे पूछने आयी,' महक ने राहत की साँस लेते हुए कहा।

'क्यों?'

'क्योंकि वह मेरा कज़िन है!'

विराट तुरन्त अपने बिस्तर से उठकर खड़ा हो गया। उसने जो सुना वह उस पर यकीन नहीं कर पा रहा था। कमरे में पूरी तरह खामोशी छाई हुई थी और दोनों एक-दूसरे को घूरे जा रहे थे। यह जाँचने के लिए कि उसने ठीक से सुना था या नहीं विराट ने महक से फिर से पूछा। महक ने हाँ में सिर हिलाया। विराट का चेहरा सफ़ेद पड़ गया। यह सब किसी डरावने सपने की तरह था। उसने रोहन के साथ अब हुई अपनी बातचीत को याद करने की कोशिश की लेकिन उसे याद नहीं आया कि उसने कभी महक के बारे में कोई भी चर्चा की हो। न ही उसे यह याद आ रहा था कि रोहन ने कभी उससे कहा था कि उसकी

एक बहन भी है। विराट के लिए यह बहुत बड़ा झटका था। उसे ऐसा महसूस हो रहा था, जैसे वह अपराध करते हुए पकड़ा गया हो।

'मुझे याद नहीं है कि रोहन ने कभी बताया हो।'

'तुम इतने बेचैन क्यों हो रहे हो?'

'बेचैनी से तुम्हारा क्या मतलब है? हाँ ठीक है मुझे इससे झटका लगा कि वह तुम्हारा भाई है, तुम्हें यह कैसे पता चला कि वह मुझे जानता है?' वह हकला रहा था।

'शान्त हो जाओ! और वह मेरे कोई नज़दीकी रिश्ते का भाई नहीं है, वह दूर के एक मामा का लड़का है। मेरा दूर का रिश्तेदार। हम लोग कभी-कभी मिलते हैं और हमारे बीच अच्छी बनती है लेकिन मुझे हैरानी इस बात की है कि जब भी मैं उससे मिली उसने तुम्हारे बारे में कोई चर्चा नहीं की। ज़ाहिर है, वह मुझसे सीधे-सीधे यह नहीं पूछ सकता था कि मैं किसी के साथ डेटिंग तो नहीं कर रही हूँ और न ही मैंने उसे बताया। कभी-कभी वह मेरे घर आता है और हम खूब मज़े करते हैं। मेरा परिवार ज़रा रूढ़िवादी किस्म का है और अपने रिश्तों को लेकर परिवार में या रोहन से बात करने में मैं सहज नहीं हूँ, तब तक नहीं जब तक कि हम अपनी पढ़ाई पूरी न कर लें। आज मैंने उसे फ़ोन पर बात करते हुए सुना, वह तुम्हारा नाम ले रहा था और काव्या का भी। आज रात वह हमारे साथ ही रुकने वाला है। उसके बाद जब वह वॉशरूम गया तो मैंने उसका मोबाइल फ़ोन उठा लिया और सौभाग्य से वह लॉक नहीं था। उसने जो अन्तिम नम्बर डायल किया था मैंने उसे देखा तो वह तुम्हारा नम्बर था। उसके बाद मैं भागती हुई तुम्हारे पास आयी।'

विराट अवाक् था और उसका मन हो रहा था कि दीवार में अपना सिर मार ले। वह समझ नहीं पा रहा था कि उसे अपनी किस्मत का शुक्रिया अदा करना चाहिए कि उसने रोहन को न तो उसकी तस्वीर दिखाई थी और न ही उसके बारे में कोई बात की थी। या इस बात के लिए किस्मत को कोसे कि महक रोहन की कज़िन थी। एक बात को लेकर वह निश्चिन्त था कि सब कुछ जान लेने के बाद रोहन शुरू में दुखी हो सकता था लेकिन वह उन दोनों के रिश्तों के बीच में नहीं आता। वह जानता था कि रोहन उसे एक इन्सान के रूप में पसन्द करता था और उसे यह भी लग रहा था कि रोहन से छिपाने की

बजाय उसे सब कुछ बता देना चाहिए क्योंकि जब बाद में उसे पता चलेगा तो उसे ज़्यादा तकलीफ़ होगी। इसके बारे में सोचते हुए वह बोला,

'मुझे लगता है हमें उसे बता देना चाहिए वह मुझ पर विश्वास करता है और वह घर में किसी को नहीं बतायेगा। विश्वास करो।'

'नहीं, यह असम्भव है। प्लीज़ अगर मेरे मम्मी और पापा को पता चल गया तो वे मुझ पर बंदिशें लगा देंगे। वे लगातार मुझ पर शक करते रहेंगे। चाहे मैं किसी दोस्त के घर भी जाऊँ। हमें पहले अपनी पढ़ाई पूरी कर लेनी चाहिए, आखिर वो मेरा भाई है,' उसने घबराते हुए कहा।

'क्या तुम्हें उसकी गर्लफ्रेंड के बारे में पता है?'

'नहीं। उसने मुझे बताया नहीं लेकिन मैं उसकी पिछली गर्लफ्रेंड ज़ोया से मिली थी बल्कि उसे मिलवाना पड़ा था क्योंकि मैंने उन दोनों को साथ में देख लिया था। जब मैं अपने दोस्तों के साथ थी तो वे दोनों हाथ में हाथ डाले दिखाई पड़े। वह एक अच्छी लड़की है कभी-कभी हमारे बीच बातचीत होती है,' महक ने कहा।

कभी-कभी उन चीज़ों का सामना करना मुश्किल होता है जिन पर आपका कोई नियन्त्रण नहीं होता। विराट इतना साहसी था कि महक के कज़िन रोहन का सामना कर पाता। कहा जाता है कि प्यार अंधा होता है लेकिन प्यार को हर तरह से चुनौती दी जाती है। चाहे आप कितनी ही कोशिश कर लें यह आपको हमेशा हैरान कर देगा। विराट इस हैरानी को किसी भी वर्ग में नहीं रख पा रहा था। महक ने रोहन की पुरानी गर्लफ्रेंड ज़ोया और उन दोनों के रिश्तों के बारे में जो कुछ बताया था उसे सुन कर उसकी हड्डियों में कम्पन होने लगा था। उसने इस बात को पचा लिया था कि महक रोहन की कज़िन थी और वह उसका सामना हिम्मत से करने को तैयार था लेकिन महक ने ज़ोया के बारे में जो बताया था उस पर यकीन नहीं किया जा सकता था। ज़िन्दगी में कुछ चीज़ें ऐसी होती हैं जिनको न समझना ही बेहतर होता है। विराट ने वेलेंटाइन डे के दिन अपने साले रोहन को चौंकाने की योजना भी शुरू कर दी थी।

कैंडी क्रश मेरा दिल!

11 फ़रवरी 2010

'आदी, वेलेंटाइन्ज़ डे के दिन वह यहाँ नहीं रहेगी, वह मुझसे कुछ घंटों के लिए मिलेगी लेकिन चूँकि हम साथ-साथ डेट पर जा नहीं सकते इसलिए हम आज शाम को ही वेलेंटाइन डे मना रहे हैं। लेकिन मुझे समझ में नहीं आ रहा है कि इसे उसके लिए किस तरह से खास बनाऊँ। प्लीज़ मुझे बताओ कि क्या करना चाहिए,' रोहन मुझसे मिन्नतें कर रहा था।

वेलेंटाइन वाले सप्ताह में मैं अपने एक दोस्त की शादी के सिलसिले में पुणे गया था और रोहन के घर में ठहरा हुआ था। रोहन और उसका परिवार औंध में कुछ दिन के लिए दूर की बुआ के घर गया हुआ था लेकिन चूँकि मैं आ रहा था तो रोहन जल्दी घर लौट आया। उसने अपने मम्मी-पापा को बताया कि उसे ऑफ़िस के कुछ काम करने थे, केवल एक इन्सान को यह पता था कि रोहन मेरी वजह से घर जल्दी आ रहा था और वह महक थी। उनसे मेरा पहले कोई सम्पर्क नहीं हुआ था क्योंकि रोहन मेरी मौसी का बेटा था और वे उसके पापा के रिश्तेदार। इसलिए महक और मैं उस तरह से रिश्तेदार नहीं थे।

उसे यह बात बिलकुल भी समझ नहीं आ रही थी कि रिद्धिमा के साथ उसे अपना पहला वेलेंटाइन्ज़ डे किस तरह से मनाना चाहिए। रिद्धिमा को वेलेंटाइन डे के दिन कुछ अतिरिक्त क्लासेज़ लेनी थीं इसलिए उन्होंने पहले ही सेलिब्रेट करने का फैसला किया था। वैसे भी जब आपका वेलेंटाइन आपके साथ होता है तो दिन का कोई महत्त्व नहीं रह जाता है और फ्रेंडशिप डे भी आपके लिए वेलेंटाइन डे हो सकता है। असल बात यह होती है कि दो लोग किस तरह की

भावनाओं को साझा करते हैं और वे एक-दूसरे को कितना प्यार करते हैं।

'साधारण ही रखो उसके प्रति तुम्हारे प्यार और लगाव में साधारण भाव बना रहे यह ज़्यादा ज़रूरी है। मुझे कुछ सूझा है इसे मुझ पर छोड़ दो, मैं इसे तुम्हारे लिए यादगार बना दूँगा,' मैंने उसे भरोसा दिलाते हुए कहा।

रोहन ने शाम के समय रिद्धिमा से मिलने का फैसला कर लिया था और सब कुछ जुटाने के लिए मेरे पास अभी भी कुछ घंटे थे। उसकी तरफ़ से मैंने यह कहा था कि सब कुछ साधारण रखते हुए भी वह इसे खास बना दे।

'सुनो, उसके साथ कहीं आस-पास ड्राइव पर चले जाओ। मैं तुम्हारे लिए रोमांटिक गानों की एक सीडी खरीद देता हूँ जिसे ड्राइव करते समय तुम गाड़ी में चला सकते हो। मुझे पक्का लगता है कि उसे अच्छा लगेगा। बाद में उसे किसी अच्छे रेस्तराँ में रोमांटिक डिनर के लिए ले जाओ। मैं तुम्हारे लिए इन्टरनेट पर ऑनलाइन डील देख लूँगा ताकि वह खाना तुम्हारी जेब पर भारी न पड़े। अन्त में शाम को लौटते समय किसी खुली जगह पर अपनी कार को पार्क कर दो और उसे हल्के से किस करते हुए अपने प्यार का इज़हार कर दो,' उसको पूरी योजना समझाने के बाद मैंने गहरी साँस ली।

मैंने उसके लिए एक सीडी खरीदी और कोरेगाँव पार्क के एक रेस्तराँ में दो लोगों के खाने पर 50 प्रतिशत ऑफ़ पर डिनर बुक किया। उस रेस्तराँ में छत पर डाइनिंग एरिया था जहाँ से आप पूरे शहर का नज़ारा ले सकते थे। इतनी अच्छी डील के लिए रोहन को मुझे पार्टी देनी चाहिए, मैंने मन-ही-मन सोचा। जब भी कोई लड़का किसी लड़की को डेट पर ले जाता है तो कहीं-न-कहीं उसके दिमाग में यह बात चलती रहती है कि खाने पर कितना खर्च होगा, चाहे उसके पास क्रेडिट कार्ड ही क्यों न हो। रोहन खुश था, केवल इसलिए नहीं कि वह रिद्धिमा को शहर के सबसे अच्छे रेस्तराँ में से एक में डेट पर लेकर जा रहा था बल्कि इसलिए भी कि उसे आधी कीमत ही देनी पड़ रही थी। रोहन रिद्धिमा के साथ एक रोमांटिक शाम बिताने के लिए तैयार था।

रोहन ने वह सीडी ले ली जो मैंने उसके लिए पास ही पुणे के रेलवे स्टेशन से खरीदी थी और उसे अपनी कार के डैशबोर्ड पर रख लिया। उसने सफ़ेद

कमीज़ के नीचे नीली जीन्स पहनी थी और पैरों में वुडलैंड के जूते। रिद्धिमा के अपार्टमेंट पहुँच कर उसने उसे नीचे आने के लिए आवाज़ लगाई। वह कार के बाहर दरवाज़े पर उसका इन्तज़ार कर रहा था और उसे जल्दी बाहर आने के लिए बार-बार मैसेज कर रहा था।

रिद्धिमा को मेकअप करने और जंक ज्वैलरी पहनने का शौक था और वह तैयार होने में अपना समय ले रही थी, जिसकी वजह से रोहन और निराश होता जा रहा था। उसने मेजेंटा रंग की डिज़ाइनर ड्रेस पहन रखी थी जिस पर ज़री का काम था। उसके साथ उसने चाँदी के झुमके और जूतियाँ पहन रखी थीं। इस बार उसने हल्का मेकअप किया था, खूब सारा काजल लगाया हुआ था क्योंकि रोहन को काजल पसन्द था। जब अपार्टमेंट से बाहर निकली तो वह इतनी सुन्दर लग रही थी कि रोहन उसे देखकर हक्का-बक्का रह गया। 'मेरी किस्मत इतनी अच्छी कैसे हो गयी,' उसने पूछा और रिद्धिमा को कस कर भींच लिया।

रोहन ने एक जेंटलमैन की तरह उसके लिए कार का दरवाज़ा खोला। 'यह सेंट कौन-सा है?' रिद्धिमा ने अपनी सीट पर बैठते हुए पूछा। रोहन ने मिलानो कम्पनी का चन्दन की खुशबू वाला कार फ्रेशनर कार में रखा हुआ था जिसकी वजह से कार से बहुत अच्छी खुशबू आ रही थी। खुशबू को सूँघने के बाद रिद्धिमा का चेहरा उत्साह से चमकने लगा। उसने रोहन के गालों पर तुरन्त किस जड़ दिया और जब रोहन कार चलाने लगा तो उसने उसकी बाँह को थाम रखा था।

कुछ मिनट बाद उसने रिद्धिमा से कहा कि वह डैशबोर्ड से सीडी उठा कर उसे दे दे। रिद्धिमा ने देखा कि सीडी के कवर पर लिखा हुआ था '100 रोमांटिक हिट गाने' ज़्यादातर गाने उसके पसन्दीदा थे।

'क्या तुमने यह आज खरीदी,' उसने पूछा।

'हाँ। मैंने यह सीडी खासतौर पर तुम्हारे लिए ली है क्योंकि तुम्हें ये गाने बहुत पसन्द हैं। काफ़ी कोशिश के बाद मुझे यह सीडी मिली जिसमें तुम्हारे सारे पसन्दीदा गाने हैं,' रोहन ने जवाब दिया।

रिद्धिमा की खुशी उसकी आँखों में झलक रही थी। उसने सीडी को प्लेयर के अन्दर डाल दिया और सीडी के बैक कवर को देखने लगी जिसके ऊपर गानों के नाम लिखे हुए थे।

'नो डिस्क,' प्लेयर की स्क्रीन पर मैसेज आया।

'अगर यह सीडी नहीं चली न तो मैं आदित्य को मार डालूँगा...' रोहन ने मन-ही-मन सोचा। उसने दुआ की और सीडी को बाहर निकाल दिया। और जैसे कि ज़्यादातर लड़के करते हैं उसने भी सीडी को अपनी जीन्स पर रगड़ लिया मानो कि वह उसे साफ़ कर रहा हो। उसने दुआ की कि किसी तरह यह सीडी चल जाये। वो रिद्धिमा के सामने शर्मिन्दा होना नहीं चाहता था।

'यह चलेगी। मेरे प्लेयर में कुछ मुश्किल आ गयी है। कई बार हो जाता है,' उसने अपनी इज़्ज़त को बचाने की कोशिश करते हुए कहा।

उसने एक बार फिर सीडी को प्लेयर के अन्दर डालते हुआ कहा। रोहन दुआ कर रहा था कि वह सीडी चल जाये और इस बार सीडी चल गयी। गाना बजने लगा और रोहन ने राहत की साँस ली। रिद्धिमा ने अपना सिर उसके कन्धे पर रख दिया और गाना गुनगुनाने लगी।

कुछ सेकेंड के लिए वह गाना बजता रहा और अचानक पुराने गाने के समाप्त होने के पहले ही नया गाना बजने लगा। असल में यह गाना भी नहीं था! यह ऐसा था जैसे दो लोग सेक्स करते समय आवाज़ें निकाल रहे हों। रिद्धिमा ने रोहन को दुखी होकर देखा। रोहन ने जल्दी से पिछले गाने पर जाने के लिए एक बटन दबाया लेकिन कुछ नहीं हुआ।

रिद्धिमा ने गुस्से में रोहन को देखा ठीक उसी तरह से जिस तरह से हम जब कैंडी क्रश खेल रहे होते हैं और क्रश करने के लिए सिर्फ़ एक कैंडी बची होती है कि हमारी चाल ही खत्म हो जाती है!

'यह क्या है रोहन? तुम ऐसी चीज़ें सुनते हो?' रिद्धिमा ने चिल्लाते हुए कहा।

'नहीं। मेरा मतलब है। मैंने इसे खरीदा नहीं था।'

'क्या चुतियापा है। तुमने कहा था कि तुमने इसे खासतौर पर मेरे लिए खरीदा था, तुम मेरे लिए इस तरह की सीडी लेकर आये?'

रोहन को समझ में नहीं आ रहा था कि वह उससे क्या कहे। उसने योजना यह बनाई हुई थी कि वह उसे सारे पसन्दीदा गाने सुनाएगा, जबकि सीडी में बी-ग्रेड अश्लील फ़िल्म का ऑडियो बज रहा था। घबराहट के मारे रोहन ने प्लेयर की आवाज़ कम करने की बजाय उसे तेज़ कर दिया जिससे कार के

अन्दर अजीब-सा माहौल बन गया। रिद्धिमा पागलों की तरह चिल्लाई और रोहन ने बस यही उम्मीद की कि उसकी आवाज़ सीडी की आवाज़ में दब गयी हो और सड़क के लोगों के लिए मनोरंजन का कारण न बन गयी हो। राहत की बात यह थी कि रेस्तराँ पास में था और इससे पहले कि रिद्धिमा उसका कत्ल कर देती वे वहाँ पहुँच गये।

'मैं भगवान की कसम खाता हूँ कि मैं रेलवे स्टेशन से पायरेटेड सीडी कभी नहीं खरीदूँगा, खासकर जब मुझे अपनी गर्लफ्रेंड के लिए बजाना हो, लेकिन उस गधे, आदित्य से कभी नहीं माँगूगा,' उसने सोचा।

किसी तरह उसने अपने ऊपर काबू बनाये रखा और रिद्धिमा का हाथ पकड़कर उसे नौवें माले पर ले गया जहाँ छत पर खुले में रेस्तराँ बना हुआ था। कार में जो भी हुआ था रिद्धिमा उससे अभी भी दुखी थी लेकिन उसने रोहन को माफ़ कर दिया क्योंकि रोहन ने उसके सामने मासूम-सा चेहरा बना रखा था। जब तक वे उस जगह पर पहुँचे रिद्धिमा के चेहरे की हँसी वापस लौट आयी थी।

रेस्तराँ का माहौल मन्त्रमुग्ध कर देने वाला था। वहाँ हल्की रौशनी थी और चारों तरफ़ मोमबत्तियाँ जल रही थीं। पीछे हल्का संगीत बज रहा था। वहाँ एक छोटा-सा पूल भी था जिसके आस-पास कुछ मेज़ें लगी हुई थीं। वहाँ पर जोड़े पूल में पैर लटका कर डिनर का इन्तज़ार करते हुए बातें करते रह सकते थे। रोहन डिस्काउंट कूपन का प्रिंट आउट लेकर आया था और उसने मैनेजर को दिखा दिया। मैनेजर ने प्रिंट आउट को पढ़ा और उन्हें पूल के पास बैठने के लिए एक मेज़ दे दी। रोहन ने रिद्धिमा के बैठने के लिए कुर्सी सरकाई और वेटर से मेनू लाने के लिए कहा। जब खाने का ऑर्डर देने का काम हो गया तो रिद्धिमा ने रोहन का हाथ थाम लिया और उसे पूल के पास बिठा लिया। उन्होंने अपने पैर पानी में डूबा लिये। रोहन रिद्धिमा के पास गया और उसने उसके गालों पर किस कर लिया।

'आई लव यू रिद्धिमा। तुमको एडवांस में हैप्पी वेलेंटाइन डे। तुम मेरी हो और हमेशा मेरी रहोगी।'

रिद्धिमा ने उसे वापस किस किया और प्यार से उसके गालों को खींच दिया। उसके लिए यह सपने के सच होने जैसा था। अपने सपनों के राजकुमार के साथ पूल के किनारे बैठना, उनके आस-पास मोमबत्तियाँ जल रही हों और शहर का सुन्दर नज़ारा भी हो।

'यह रही आपकी वाइन सर,' वेटर ने उनको दो गिलास वाइन देते हुए कहा।

डील के मुताबिक उन्होंने पास्ता के साथ वाइट वाइन का ऑर्डर किया था।

'चियर्स,' रोहन ने गिलास टकराते हुए कहा।

इससे कोई फ़र्क नहीं पड़ता है कि आपने कितनी बार लड़ाई की या कितनी बार आप दुखी हुए। अगर आप किसी इन्सान को सचमुच प्यार करते हैं तो उसको एक बार देखने से ही आपके चेहरे पर मुस्कान आ जाती है।

'मैं भविष्य के सारे वेलेंटाइन डे तुम्हारे साथ मनाना चाहती हूँ। मुझसे वादा करो कि अगर हम व्यस्त भी रहे तो भी समय निकाल कर अपने संग-साथ का जश्न मनाएँगे,' रिद्धिमा ने कहा।

'हाँ। मैं सचमुच में खुशकिस्मत हूँ कि तुम मेरी ज़िन्दगी में आयीं,' रोहन ने उसके हाथ को चूमते हुए कहा।

शायद ऊपरवाले ने पहले से योजना बना रखी थी। शायद वह चाहते थे कि रोहन अच्छी दोस्त से मिलने से पहले एक गलत इन्सान से मिले जिससे उसे यह समझ में आये कि प्यार को संजो कर कैसे रखा जाता है। उन दोनों ने यह फैसला किया कि वे अपने मम्मी-पापा को अपने प्यार के बारे में बता कर उनकी मंजूरी लेंगे।

साथ-साथ बहुत अच्छी शाम बिताकर उन्होंने जाने का फैसला किया। चूँकि ऑनलाइन डील के माध्यम से बिल पहले ही दिया जा चुका था, वे जाने लगे। लेकिन असल में वह दिन उनके लिए दुर्भाग्यशाली साबित हुआ। ऑनलाइन भुगतान करने के बावजूद मैनेजर बिल लेकर आया। रोहन बिल देख कर भौंचक रह गया।

'सर, आपने जिस डील को चुना था उसमें दो गिलास वाइन शामिल थी जिसके साथ आपने दो कॉम्प्लिमेंटरी गिलास भी लिये, उसके साथ आपको पास्ता भी दिया गया। लेकिन खाने के लिए आपने जो डिश चुनी थीं वे डील का हिस्सा नहीं थीं सर। यह बिल उसी का है,' मैनेजर ने समझाया।

'आपको पहले ही बता देना चाहिए था कि डील में क्या शामिल था और क्या नहीं। हमें कैसे पता चलता?' रिद्धिमा ने चिढ़ते हुए पूछा।

'मुझे माफ़ करना बेबी कि तुमको मेरी वजह से परेशान होना पड़ा।'

उनके पास शेष बिल के भुगतान के अलावा और कोई विकल्प नहीं बचा था। कई बार जब आपका भाग्य बेहतर के लिए बदलता है तो वह तभी तक बना रहता है जब तक कि फिर न बदल जाये। उस दिन रोहन का भाग्य उसके साथ नहीं था। बुरे भाग्य का असर मुझ पर भी हुआ क्योंकि मुझे उसकी तरफ़ से कुछ खतरनाक मैसेज आये, जिनमें लिखा था—*'बहनचोद, तेरी माँ की आँख, साला गांडू।'*

उनको केवल शेष राशि का भुगतान ही नहीं करना पड़ा बल्कि रोहन अपना डेबिट कार्ड लाना भूल गया था इसलिए भुगतान रिद्धिमा को करना पड़ा।

वैसे अपनी तरफ़ से मैंने उससे कह रखा था कि कुछ भी ऑर्डर करने से पहले मैनेजर से पूछ ले कि डील में क्या है और क्या नहीं लेकिन उसने नहीं पूछा। पर मुझे जो उसने जवाब दिया वह पूरी तरह से उससे अलग था जो रिद्धिमा ने दिया। जब एक गर्लफ्रेंड कहती है कि शराब पीकर गाड़ी मत चलाओ तो लड़के का जवाब होता है कि *'तुम मेरा कितना ध्यान रखती हो'* लेकिन जब यही बात कोई दोस्त या भाई कहता है तो जवाब होता है, *'अपने बाप को मत सिखा साले।'*

सब कुछ योजना के मुताबिक नहीं हुआ था लेकिन रिद्धिमा को रोहन के साथ समय बिताने में मज़ा आ रहा था और उसे किसी तरह की शिकायत नहीं थी। रेस्तराँ से निकलने के बाद रोहन ने एक सुनसान जगह पर कार पार्क कर दी। उसके फ़ोन पर बीप की आवाज़ आयी जो विराट के मैसेज की थी, लेकिन उसने मैसेज पर ध्यान नहीं दिया क्योंकि वह उस मुलाकात को बिना किसी गड़बड़ी के खत्म करना चाहता था। विराट ने उसे उस समय भी मैसेज किया था जब वे खाना खा रहे थे। वह रोहन से महक के बारे में बात करना चाहता था, इसलिए वह उससे मिलने के लिए कहना चाहता था। हालाँकि रोहन ने उसके मैसेज पर ध्यान नहीं दिया। वह एक सुनसान सड़क थी और वहाँ आस-पास कोई नहीं था। रोहन ने अवसर देखकर रिद्धिमा के होठों पर किस कर दिया। रिद्धिमा उसके किस से हैरान रह गयी लेकिन उसे खुशी भी हुई। बदले में उसने भी उतनी ही ज़ोर से किस कर दिया। उस किस से उन्हें ऐसा महसूस हुआ कि वे एक हो गये थे—शरीर और आत्मा दोनों में।

कोई तुम्हारे जैसा नहीं हो सकता

11 फ़रवरी 2010
विराट का अपार्टमेंट

'विराट, प्लीज़ इसके बारे में सोचो। अगर उसने अपने पापा को सब कुछ बता दिया तो उसकी वजह से हमारे रिश्ते में बिला वजह की परेशानी खड़ी हो जायेगी,' महक ने विराट को समझाने की कोशिश करते हुए कहा।

महक शाम को विराट के अपार्टमेंट इसलिए आयी थी ताकि वह उसे समझा सके कि वह अपनी योजना के मुताबिक आगे न बढ़े, लेकिन विराट इस बात पर अड़ा हुआ था कि वह इस रिश्ते के बारे में सब कुछ बता देगा पर रोहन ने उसका फ़ोन नहीं उठाया था और न ही उसके मैसेज का जवाब दिया था। महक डरी हुई थी क्योंकि उसे पता था कि उसका परिवार बहुत पुराने खयालों वाला था और उस परिवार में प्यार-मोहब्बत को तवज्जो नहीं दी जाती।

'तुम मुझ पर विश्वास करती हो?' विराट ने पूछा।

'हाँ खुद से भी ज़्यादा,' महक ने दुखी चेहरे के साथ जवाब दिया।

'फिर सब कुछ मुझ पर छोड़ दो। तुम इतनी डरी हुई क्यों लग रही हो? सब कुछ ठीक हो जायेगा,' विराट ने मुस्कुराते हुए कहा।

'विराट, तुम मेरे मम्मी-पापा को नहीं जानते। वे बड़े सख्त स्वभाव के हैं, इसी वजह से मैंने आज तक हम दोनों की तस्वीरें ऑरकुट पर नहीं डालीं, फ़ेसबुक तो दूर की बात है।'

'मैं तुम्हारी चिंता का कारण समझता हूँ और पूरी ज़िम्मेदारी ले रहा हूँ महक। मैं तुम्हें इतना प्यार करता हूँ जितना मैंने पहले कभी किसी को नहीं किया

और बिना सोचे–समझे मैं यह कदम नहीं उठा रहा हूँ।'

पिछले कुछ दिनों से विराट लगातार इस बारे में सोच रहा था कि उसे रोहन को सब कुछ बता देना चाहिए या नहीं। उसके मुताबिक यह सही समय था रोहन से महक के बारे में बात करने का क्योंकि रोहन की ज़िन्दगी में खुशी वापस लाने में उसने महत्त्वपूर्ण भूमिका निभाई थी। उसको पूरा विश्वास था कि रोहन इस समाचार को ठीक तरह से लेगा और मदद करेगा। वह यह भी जानता था कि रोहन अपने मम्मी–पापा के सामने बहुत खुलकर बात नहीं करता था और वह उनके रिश्ते के बारे में उन्हें नहीं बतायेगा। और अगर इस सबके दरम्यान कुछ गलत हो गया तो उसका साथ देने के लिए महक तो है ही। वे एक–दूसरे पर बहुत अधिक भरोसा करते थे, वे सबसे अच्छे दोस्तों की तरह बातें करते थे, बच्चों की तरह लड़ते थे, पति–पत्नी की तरह बहस करते थे और भाई–बहन की तरह एक–दूसरे का बचाव भी करते थे। हर लड़की यह चाहती है कि उसकी ज़िन्दगी में एक बदमाश आये जो उसके लिए अच्छा बन जाये और हर लड़का यह चाहता है कि उसकी ज़िन्दगी में एक अच्छी लड़की आये जो उसके लिए बुरी हो। विराट ने पहले बहुत सारी लड़कियों के साथ चक्कर चलाया था लेकिन वो महक को किसी और लड़की की तरह नहीं समझता था और महक भी उस रिश्ते के प्रति पूरी तरह समर्पित थी, वह विराट पर पूरा ध्यान देती थी। उन्होंने फैसला किया कि समय आ गया है कि उस रिश्ते को एक नया रूप दिया जाये और रोहन से मंजूरी ले ली जाये।

'पक्का ?'

'हाँ। हम उसके और रिद्धिमा के साथ वेलेंटाइन डे मनाएँगे। अब मुस्कुरा भी दो,' विराट ने उसके गालों को चूमते हुए कहा।

उसने एक बार फिर रोहन को फ़ोन किया लेकिन इस बार भी उसने जवाब नहीं दिया। आखिरकार विराट ने यह फैसला किया कि वह रोहन को ईमेल करके इसके बारे में बताएगा। ऐसा करने से महक को भी उसका सामना नहीं करना पड़ेगा। जब महक तैयार हो गयी तो विराट ने अपने जीमेल अकाउंट में लॉग–इन किया। उसे मेल करने से पहले उन्होंने सोचा कि एक बार काव्या से बात करके उसकी राय भी ले ली जाये। वैसे तो विराट इस बारे में उससे पहले ही बात कर चुका था लेकिन फिर भी वह उससे बात करके उसकी राय

ज़ानना चाहता था। उसका समर्थन और उसकी मौजूदगी उसके लिए बहुत मायने रखते थे।

'काव्या, हमने आखिर यह निर्णय लिया है कि रोहन को हम अपने रिश्ते के बारे में बता दें। क्या तुम्हें लगता है कि हम सही कर रहे हैं?' विराट ने उससे फ़ोन पर पूछा।

'प्लीज़ इससे कहो कि यह पूरी तरह से गलत है,' महक ने विराट के पीछे से फ़ोन पर चिल्लाते हुए कहा।

काव्या ने जवाब दिया, 'अगर मुझे यह लगा होता कि तुम लोग कुछ गलत कर रहे थे तो मैंने तुमको कल ही रोक दिया होता, जब तक मैं ज़िन्दा हूँ तब तक तुम लोगों को कुछ भी गलत नहीं करने दूँगी। आगे बढ़ो मेरे बच्चे।'

'काव्या, कम-से-कम तुम तो मेरा साथ दो,' महक ने एक बार फिर फ़ोन में चिल्ला कर कहा। विराट ने फ़ोन का लाउडस्पीकर चला दिया जिससे कि दोनों एक-दूसरे को सुन सकें और वह उन दोनों की चिल्लाहट के बीच कहीं बहरा न हो जाये।

'अगर विराट ने खुद से यह फैसला नहीं किया होता तो मैं उसे इसके लिए मजबूर कर देती। रोहन से अपने रिश्ते को छुपाना एक तरह से उसके विश्वास को तोड़ना है, उसकी पहले वाली गर्लफ्रेंड ने भी यही किया था,' काव्या ने उन्हें याद दिलाते हुए कहा।

'क्या विराट ने तुम्हें ज़ोया के बारे में भी बता रखा है,' महक ने विराट से फ़ोन छीनते हुए कहा।

'हाँ, चिन्ता मत करो सब ठीक हो जायेगा।'

काव्या ने दोनों को शुभकामनाएँ देते हुए फ़ोन काट दिया और उसने उन दोनों के साथ के लिए दुआएँ भी कीं। वह उन दोनों के साथ रहना चाहती थी लेकिन डॉक्टर ने उसे कुछ दिन आराम करने के लिए कहा था। विराट और महक को अपने आस-पास उसकी कमी खल रही थी लेकिन वे यह जानते थे कि उसके लिए यह ज़रूरी था कि वह आराम करे ताकि वह जल्दी से ठीक हो जाये।

इस बात से कोई फ़र्क नहीं पड़ता कि अपने दोस्त के साथ आपका रिश्ता कितना गहरा है, यहाँ तक कि मज़बूत से मज़बूत दोस्ती की भी प्रेम परीक्षा ले

लेता है। उसके पापा की तरह केवल एक ही आदमी था जो उसका उतना ही ध्यान रख सकता था, वह था उसका भाई। वैसे महक उसकी कज़िन थी और वे एक-दूसरे से उतने खुले हुए नहीं थे लेकिन वह उसका बड़ा भाई था और इस बात से कुछ भी नहीं बदल सकता था। विराट भी थोड़ा घबराया हुआ था लेकिन वह अपने फ़ैसले को लेकर अडिग था और काव्या के हामी भर देने से वह और ज़्यादा मज़बूत हो गया था। विराट ने महक के गाल पर हल्की-सी चपत लगाई और कहा कि वह अधिक चिन्ता न करे। उसने ईमेल टाइप करना शुरू किया।

प्रिय रोहन

मैं जानता हूँ कि मेरे ईमेल को देखकर तुम्हें हैरानी होगी। मैंने तुमसे फ़ोन पर बात करने की कोशिश की थी लेकिन तुम्हारा नम्बर या तो व्यस्त आ रहा था या तुमसे सम्पर्क नहीं हो पा रहा था। इसलिए मैंने तुम्हें मेल करने के बारे में सोचा क्योंकि महक तुमसे सीधे-सीधे बात करने से डर रही थी। अगर मैसेज की सेवा नहीं हुई होती तो अस्सी प्रतिशत रिश्तों की शुरुआत ही नहीं हुई होती। इसने हमारी ज़िन्दगी को इतना आसान बना दिया है, अच्छा हाँ, तो तुम यह सोचते होगे कि मैं महक को कैसे जानता हूँ? भाई...नहीं माफ़ करना...अब मैं तुम्हें भाई नहीं कह सकता...तुम जानते हो कि मैं कितना चुप्पा किस्म का इन्सान हूँ खासकर जब मेरे निजी जीवन की बात आती है। इसी वजह से मैंने तुम्हारे साथ इस बारे में कुछ भी साझा नहीं किया कि मैं किससे प्यार करता हूँ जबकि तुमने मेरे साथ सब कुछ साझा किया था। याद रखो, मैंने तुम्हें कहा था कि मैं प्यार में हूँ। मैं जिस लड़की से प्यार करता हूँ वह और कोई नहीं महक है, तुम्हारी बहन। मेरा विश्वास करो मुझे इस बारे में बिलकुल पता नहीं था कि वह तुम्हारी बहन है और न ही उसे पता था कि हम दोस्त हैं और हमारे बीच बातचीत भी होती थी। कुछ दिन पहले जब तुम उसके घर में ठहरे हुए थे और फ़ोन पर मुझसे बातचीत कर रहे थे तब उसे इस बारे में पता चला। उसे तुम्हारे सामने जाने में डर लग रहा था क्योंकि उसे यह पता नहीं था कि तुम किस तरह से व्यवहार करोगे। लेकिन मैं तुमसे कुछ भी छुपाना नहीं चाहता क्योंकि हम दोस्त हैं और एक-दूसरे

से सच बोलने का रिश्ता है हमारा। उसने जैसे ही मुझे सब कुछ बताया, मैंने तभी यह फैसला कर लिया कि मैं तुमको बता दूँगा कि मैं उसको प्यार करता हूँ और इस बात को लेकर बहुत गम्भीर हूँ। मैं जानता हूँ कि इस बात से तुमको बहुत सदमा लगेगा और हो सकता है कि तुम मुझसे गुस्सा भी हो जाओ लेकिन मैं तुमसे यह वादा करता हूँ कि अगर तुमको मुझसे कोई समस्या हुई तो मैं महक की ज़िन्दगी से हमेशा के लिए चला जाऊँगा। मैं तुमसे कोई सवाल भी नहीं पूछूँगा। लेकिन रोहन, मैं उसको सच में प्यार करता हूँ और उसके साथ हमेशा रहना चाहता हूँ। अगर तुम मेरा साथ दोगे तो मुझे तुम्हारे और रिद्धिमा के साथ वैलेंटाइन डे मनाना अच्छा लगेगा।

प्यार के साथ,

विराट

विराट ने भेजने से पहले एक बार फिर से पूरे मेल को पढ़ा। जब उसने यह देख लिया कि मेल जा चुका है तो उसने लॉग-ऑफ़ कर लिया। महक ने यह देखकर विराट को कसकर गले से लगा लिया कि वह इतनी शिद्दत से कोशिश कर रहा था और उसके भाई रोहन के लिए उसने इज़्ज़त दिखाई थी। हर लड़की अपने बॉयफ्रेंड से तीन चीज़ें चाहती है—उसके प्रति पूर्ण समर्पण, उसकी निजता का सम्मान और उसके परिवार के लिए सम्मान। विराट ने उसको इन तीन चीज़ों के साथ और भी बहुत कुछ दिया था। कई बार विराट ने यह सोचा था कि उसको ऐसीं कोई नहीं मिलेगी जो उसको उस तरह से प्यार करे जिस तरह से वह चाहता था। लेकिन महक ने उसकी ज़िन्दगी में आकर यह बता दिया कि सच्चा प्यार असल में होता क्या है।

रोहन और रिद्धिमा की डेट की समाप्ति रोहन की कार में लम्बे प्यार भरे 'किस' के साथ हुई। उन्होंने कुछ समय कार में अकेले बिताया, केवल रोमांस करते हुए ही नहीं बल्कि इस बारे में हँसते हुए भी उन्होंने अपने डेट वाले दिन जिस तरह से मौज मस्ती की थी। उसने रिद्धिमा को घर छोड़ा और घर पहुँचकर जीमेल में

लॉग-इन किया। आज, अजीब बात थी कि सबसे पहला मेल विराट का था।

रोहन ने उस दिन उस मेल को पाँचवीं बार पढ़ा। वह वैसा नहीं था जैसी कि उसे उम्मीद थी। उसे समझ में नहीं आ रहा था कि वह किस तरह से बर्ताव करे। उसके दिमाग में तरह-तरह के खयाल आ रहे थे और वैसे तो वह महक के उतने करीब नहीं था और उसके साथ उसकी उतनी भी बातचीत नहीं होती थी फिर भी वह उसकी बहन थी। उसे यह यकीन नहीं हो रहा था कि विराट उसकी बहन से प्यार करता था। वह इस बारे में जितना ही सोचता था उसके दिमाग में तस्वीर उतनी ही साफ़ होती जा रही थी। उसे अचानक याद आया कि वह विराट से औंध में महक के घर के पास मिला था। उसने एक बार बताया भी था कि उसकी गर्लफ्रेंड उसी कॉलेज में पढ़ती है। उसका मन कर रहा था कि वह विराट के घर जाये और उसे खूब मारे, गालियाँ दे, लेकिन उसे पता था कि इससे कुछ होने वाला नहीं था। सबसे बढ़कर महक का उसके प्रति जो विश्वास था वह चला जाता। वह शान्त बना रहा और उसने कुछ देर सोचा। उसके बाद उसने दोनों को फ़ोन किया जिससे वह अच्छी तरह समझ जाये कि क्या हो रहा है।

विराट रोहन से पूरे आत्मविश्वास के साथ बात कर रहा था। लेकिन महक बहुत डरी हुई थी और उसने रोहन का फ़ोन तब तक नहीं उठाया जब तक उसे विराट ने उठाने के लिए नहीं कहा।

'तुम दोनों मुझे यह बताओगे कि यह सब कब से चल रहा है?' रोहन ने पूछा।

'रोहन हम दोनों एक-दूसरे से अगस्त के महीने से मिल रहे हैं, लेकिन मेरी बात का विश्वास करो, महक के साथ तुम्हारे रिश्ते के बारे में मुझे कुछ दिन पहले ही पता चला जब तुम लोग महक के घर गये हुए थे। मैं तुम्हारी चिन्ता का कारण समझ सकता हूँ लेकिन मेरी बात का यकीन करो, मैं उसके साथ मौज-मस्ती करने के लिए नहीं हूँ। मैं उसे लेकर गम्भीर हूँ और एक बार ज़िन्दगी में इस लायक हो जाने के बाद कि मैं दोनों की देखभाल कर सकूँ उससे शादी करना चाहता हूँ,' विराट ने समझाने वाले अन्दाज़ में कहा।

'भईया मैं तुम्हें यह बताना नहीं चाहती थी क्योंकि मुझे डर था कि तुम मेरे मम्मी-पापा को बता दोगे, तुम उन्हें अच्छी तरह जानते हो और मुझे तुम्हें यह बताने की ज़रूरत नहीं है कि वे किस तरह से प्रतिक्रिया करेंगे। विराट झूठ नहीं

बोल रहा, असल में उसी ने मुझे तुम्हें इसके बारे में बताने के लिए मजबूर किया और यह कहा कि मुझे तुमसे कुछ भी छुपाना नहीं चाहिए। प्लीज़ भईया मुझे माफ़ कर दो कि मैंने तुमसे सच छुपाया लेकिन मेरे पास और कोई रास्ता नहीं था,' महक ने धीरे से कहा। वह डर रही थी कि रोहन कहीं गुस्सा न हो जाये।

'यह सच्चा प्यार है या सिर्फ़ आकर्षण ? विराट, मैंने तुम्हें ज़ोया के साथ अपने पुराने रिश्ते के बारे में बताया था और यह भी बताया था कि वह किस तरह से अचानक खत्म हो गया। सच्चा प्यार क्या होता है यह मुझे तब समझ आया जब मैं रिद्धिमा से मिला। इसमें कोई शक नहीं कि मैंने ज़ोया से प्यार किया था लेकिन रिद्धिमा ने मुझे यह महसूस करवाया कि सच्चा प्यार क्या होता है और उसी ने मुझे यह सिखाया कि प्यार के बदले प्यार कैसे दिया जाता है। महक तुम्हें भी ज़ोया के बारे में पता है न ?'

'रोहन, मैं तुमसे बस यही कहना चाहता हूँ कि मैं तुम्हारी बहन को सच में खुश रखूँगा। मैं इस तरह के फ़िल्मी डायलॉग नहीं बोलूँगा कि मैं कभी उसकी आँखों में आँसू नहीं आने दूँगा वगैरह-वगैरह...क्योंकि हम अपनी ज़िन्दगी में इतना कुछ भोगते हैं कि आँसू निकलना लाज़िमी होता है। लेकिन जब भी वे उसकी आँखों से गिरेंगे तो मैं वहाँ उसे थामने के लिए मौजूद रहूँगा।'

'भईया, मैं विराट से सचमुच प्यार करती हूँ और उसके बिना मेरी ज़िन्दगी नरक बन जायेगी। प्लीज़ मुझे माफ़ करना मैं हमेशा तुम्हें सब कुछ बताऊँगी। यह एक बहन का उसके भाई से वादा है,' महक ने कहा।

थोड़ी देर बातचीत के बाद रोहन ने उनके रिश्ते के बारे में बिना कुछ कहे फ़ोन रख दिया। विराट और महक घबरा गये थे क्योंकि रोहन ने इस बारे में कुछ भी नहीं कहा था कि उसे यह रिश्ता स्वीकार था या नहीं। महक यह सोचकर रोने लगी कि रोहन उसके मम्मी-पापा को सब कुछ बता देगा और उसकी ज़िन्दगी में उथल-पुथल मच जायेगी। विराट उसे लगातार शान्त करने की कोशिश कर रहा था लेकिन अन्दर-ही-अन्दर इस रिश्ते को लेकर वह भी चिंतित था, क्योंकि उसे रोहन की तरफ़ से कोई जवाब नहीं मिला था। दूसरी तरफ़ रोहन यह बताना नहीं चाहता था कि यह सब सुनकर उसे कैसा महसूस हुआ। वह महक को लेकर चिंतित था और भाई होने के कारण यह ज़ाहिर था कि वह अपनी बहन को लेकर 'प्रोटेक्टिव' था। लेकिन कहीं-न-कहीं उसे विराट पर पूरा भरोसा

था और वह इस बात को जानता था कि विराट महक को मूर्ख नहीं बनाएगा। उसको ज़िन्दगी में आगे बढ़ने के लिए जिस तरह से उसने मदद की थी उसी से यह बात समझ में आ जाती थी कि वह रिश्तों के महत्त्व को समझता था और दूसरों को खुश रखने में यकीन रखता था। कुछ घंटे सोचने के बाद उसने दोनों को एक ही मैसेज भेज दिया :

'मुझे तुम्हारा यह रिश्ता पसन्द है लेकिन इसका मतलब यह नहीं है कि तुम सभी सीमाओं को पार कर जाओ और तुम दोनों को मुझसे एक वादा करना होगा कि जब तक कॉलेज की पढ़ाई खत्म नहीं हो जाती तब तक तुम दोनों पढ़ाई पर पूरा ध्यान दोगे और उसके बाद ज़िन्दगी भर एक-दूसरे से ध्यान नहीं हटाओगे।'

विराट ने जब यह मैसेज पढ़ा तो वह ख़ुशी के मारे चीख पड़ा। उसने तुरन्त रोहन को जवाब में मैसेज भेजा :

मैं दूसरा वादा नहीं करूँगा क्योंकि मैं अपनी ज़िन्दगी खत्म होने के बाद भी महक से अपना ध्यान नहीं हटाना चाहता। उसके लिए मेरा प्यार सिर्फ़ ज़िन्दगी भर का नहीं है, यह उससे बहुत आगे तक का है। हमारा साथ देने के लिए शुक्रिया। इसके अलावा मैं तुम्हारी ज़िन्दगी से जुड़ी बहुत ज़रूरी बात बताना चाहता हूँ। इस बात को नज़रअन्दाज़ मत करना और न ही हल्के में लेना। मुझे लगता है कि तुम्हें सच को जान लेना चाहिए क्योंकि सच का सामना करना हमेशा आसान नहीं होता। जब हम तेरह फ़रवरी की शाम को मिलेंगे तो मैं इसके बारे में तुम्हें बताऊँगा।

महक ने रोहन को लिखा,

लव यू भईया, आप इस दुनिया के सबसे अच्छे भाई हैं। धन्यवाद कि आपने मेरे प्यार को समझा और उस तरह से नकारात्मक बर्ताव नहीं किया, जिस तरह से अमूमन भाई करते हैं। अब मैं आपके साथ हर बात

साझा कर सकती हूँ। पहले मैं सोचती थी कि आप थोड़े खड़ूस टाइप हो लेकिन मैं गलत थी। लव यू।

अपनी पूरी ज़िन्दगी में हमें बस एक बार ही मौका मिलता है कि हम किसी के साथ रिश्ता बना सकें और उसका विश्वास जीत सकें। अगर आप उस विश्वास को खो देते हैं तो आप उसे खुश करने के लिए चाहे जितने भी प्रयास कर लें उसके साथ रिश्ते में वह गर्माहट वापस नहीं आ पाती है। विराट और महक के रिश्ते को स्वीकार करके रोहन ने केवल दोस्ती के प्रति ही विश्वास नहीं जताया था बल्कि उसने महक का प्यार भी हमेशा के लिए जीत लिया था। रोहन ने यह फ़ैसला किया था कि वे सभी एक साथ तेरह फरवरी की शाम को रिद्धिमा के अपार्टमेंट में वेलेंटाइन डे मनाएँगे और आधी रात तक उसका जश्न मनाएँगे, यह चौदह फ़रवरी सच में बहुत खास थी क्योंकि सभी रिश्ते बहुत सही ढंग से चल रहे थे। विराट और महक रोहन के सामने साथ-साथ होने के कारण बहुत उत्साहित थे और उन्होंने काव्या को भी यह बता दिया था कि रोहन ने कितनी अच्छी तरह उनके रिश्ते को स्वीकारा था। काव्या भी वेलेंटाइन के उस जश्न में शामिल होने के लिए जाने वाली थी।

रिद्धिमा और रोहन एक-दूसरे के साथ रिश्ते में आने से पहले अपने जीवन में काफ़ी कुछ भुगत चुके थे। लेकिन अब वे सचमुच में पागलपन भरे गहरे प्यार में डूबे हुए थे।

विराट ने अनजाने में रोहन और महक के बीच की अजनबियत की दीवार को तोड़ दिया था। भाई के लिए प्यार जैसा कोई प्यार नहीं होता। यह कितनी हैरानी की बात है कि हम बिना समझे ही एक-दूसरे के जीवन को कितना प्रभावित कर देते हैं।

♡

13 फ़रवरी 2010
जर्मन बेकरी, कोरेगाँव पार्क

'महक तुम्हें घर से ले लेगी मैं कुछ देर से आऊँगा क्योंकि सभी के लिए मैंने कुछ सरप्राइज़ सोच रखे हैं।' विराट ने काव्या से फ़ोन पर कहा।

विराट सभी के लिए तोहफ़ा लाना चाहता था और इसलिए उसने महक से यह कहा था कि वह काव्या को उसके घर से लेकर रिद्धिमा के अपार्टमेंट पहुँच जाये। वह सातवें आसमान पर था क्योंकि यह उसके लिए दोहरे जश्न की तरह था। यह न केवल उनका पहला वेलेंटाइन था बल्कि रोहन ने भी उन दोनों के रिश्ते को स्वीकार कर लिया था। वह इस बात को लेकर थोड़ा तनाव में था कि वह रोहन के सामने उस राज़ का खुलासा किस प्रकार करे जो उसे महक ने बताया था, लेकिन वह चाहता था कि उनके रिश्ते में एक नये दौर की शुरुआत हो इसलिए वह उससे कुछ छुपाना नहीं चाहता था। कोरेगाँव पार्क के शॉपिंग मॉल से सभी तोहफ़े खरीदने के बाद वह कुछ खाने के लिए जर्मन बेकरी गया। उसे बहुत भूख लगी हुई थी और उसने सुबह से कुछ नहीं खाया था। बेकरी में उसने सोचा कि रोहन के लिए रेड वेलवेट केक खरीद ले क्योंकि उसे यह याद था कि रोहन ने उसे बताया था कि यह उसका पसन्दीदा केक है।

'क्या तुम जर्मन बेकरी जा रहे हो,' काव्या ने उससे पूछा। 'मेरे लिए कुछ सैंडविच ले आना मुझे बहुत पसन्द हैं।'

'तुम्हें पता है, मैं तुम्हारे लिए जितना काम करता हूँ उतना अपनी गर्लफ्रेंड के लिए भी नहीं करता,' विराट ने मुस्कुराते हुए कहा।

'बकवास बन्द करो, मुझे वह बात मत बताओ जो मैं पहले से जानती हूँ, मुझे पता है तुम्हें मेरी कितनी परवाह है।'

'लेकिन मैं तुम्हें बहुत अधिक प्यार करता हूँ। अगर तुमने मेरा परिचय उससे नहीं करवाया होता तो मुझे कभी यह बात समझ में नहीं आयी होती कि सच्चा प्यार क्या होता है,' विराट ने जर्मन बेकरी में बैठने की जगह ढूँढते हुए कहा।

'इतने भी सेंटी मत हो जाओ। बाय! और मेरे लिए सैंडविच लाना मत भूलना।'

काव्या ने जल्दी से फ़ोन रख दिया क्योंकि महक पहुँच चुकी थी। विराट ने काव्या के लिए सैंडविच का ऑर्डर किया और रोहन के लिए रेड वेलवेट केक का और खुद के लिए एक बर्गर भी ऑर्डर कर दिया। वह यह सोच रहा था कि पिछले कुछ दिनों में उन्हें कितना कुछ भुगतना पड़ा था लेकिन अब सब ठीक हो रहा था। इससे उसे यह बात समझ में आयी कि जीवन कितना अनिश्चित

होता है। जब उसने शुरू-शुरू में रोहन के साथ चैट करना शुरू किया था तब उसने इस बात की कल्पना भी नहीं की थी कि वह उससे इतना जुड़ाव महसूस करेगा। वह अपने जीवन से सन्तुष्ट था क्योंकि उसके पास काव्या जैसी दोस्त थी, महक जैसी गर्लफ्रेंड थी और रोहन जैसा साला।

बर्गर खाने के बाद उसने खुश होकर महक को मैसेज किया :

जब भी मैं तुम्हें देखता हूँ तो मेरे दिल में हल्की-सी किरण चमक उठती है क्योंकि मैं तुम्हें प्यार करता हूँ। अगर मुझे फिर से प्यार करने का मौका मिला तो भी मैं तुम्हारा ही चुनाव करूँगा क्योंकि तुम मेरी ज़िन्दगी का पासवर्ड हो। वेलेंटाइन डे मुबारक हो! कुछ देर में जश्न शुरू हो जायेगा।

विराट ने मैसेज देखा और फिर से मुस्कुराने लगा। उसकी खुशी उसकी आँखों में झलक रही थी, उसने यह देखने के लिए आस-पास देखा कि उसका पार्सल तैयार हुआ था या नहीं। वेटर ने उसे बताया कि थोड़ा और समय लगेगा क्योंकि ग्राहकों की भीड़ है। शाम के सात बज चुके थे और बेकरी से बहुत सारे विदेशी ओशो आश्रम के लिए जा चुके थे जहाँ रोज़ शाम को ध्यान का सत्र होता था। चूँकि उसका इन्तज़ार लम्बा हो रहा था इसलिए वह अपने फ़ोन के तस्वीर वाले फ़ोल्डर में महक और काव्या के साथ वाली अपनी तस्वीरें देखने लगा—उन दो लोगों के साथ जो उसकी ज़िन्दगी में ढेर सारी खुशियाँ लेकर आये थे। उसी समय रोहन का फ़ोन आया।

'तुम कितनी देर में पहुँच रहे हो?'

'मैं रास्ते में हूँ बस पार्सल का इन्तज़ार कर रहा हूँ। मैं 7:45 तक पहुँच जाऊँगा,' विराट ने घड़ी देखते हुए जवाब दिया।

'जल्दी आओ! मैं और इन्तज़ार नहीं कर सकता, खासकर दो कारणों से : एक मैं तुमको अपनी बहन के प्रेमी के रूप में देखना चाहता हूँ और दूसरे मैं तुमसे वह ज़रूरी बात सुनने के लिए बेचैन हूँ जिसकी तुमने चर्चा की थी,' रोहन ने कहा।

'मैं भी दो कारणों से तुमसे जल्दी मिलना चाहता हूँ : एक तुमको अपनी

प्रेमिका के भाई के रूप में देखने के लिए और दूसरे उन दो लोगों से मिलना है जो मुझे ज़िन्दगी में बहुत अजीज हैं : रिद्धिमा और आदित्य,' विराट ने कहा।

'वे दोनों मेरे साथ हैं। जल्दी आओ।'

'तुम सबके लिए मेरे पास बहुत सारे सरप्राइज़ हैं और आज शाम को यादगार बनाते हैं।'

इससे पहले कि वह अपनी बात पूरी कर पाता बेकरी में ज़ोर का धमाका हुआ।

लोग कैफ़े में बदहवासी में भागने लगे। इतने बड़े धमाके ने सबको हैरान कर दिया था, आवाज़ बहरा कर देने वाली थी और बेकरी की सारी खिड़कियाँ टूट गयी थीं। लोगों ने जब ज़मीन पर खून से लथपथ लाशें देखीं तो घबराहट में सब चीखने लगे। बहुत सारा धुआँ और धूल थी जिसके कारण लोग बहुत ज़्यादा घबराए हुए थे।

विराट ज़मीन पर गिरा हुआ था और उसकी आँखों के सामने अन्धेरा छाता जा रहा था, लोहे के गर्म टुकड़े और खम्भे के बीच वह बुरी तरह से फँसा पड़ा था और उसकी बाँह शरीर से पूरी तरह अलग हो चुकी थी उसके शरीर के ऊपरी हिस्से पर लोहे का वज़न था जिससे वह दर्द के मारे कराह रहा था। वह एक इंच भी नहीं हिल सकता था और चारों तरफ़ धुआँ होने के कारण वह साँस भी नहीं ले सकता था। वह बस यही महसूस कर पा रहा था कि उसके शरीर के ऊपर लोहे के टुकड़े गिर रहे थे। वह वहाँ लेटा हुआ था और उसके शरीर में किसी भी तरह की हरकत नहीं थी। वह अन्तिम साँसें ले रहा था। लोग मर चुके थे, अपने हाथ-पैर गँवा चुके थे और सिर भी। बेकरी में हुए धमाके से उठता धुआँ बाहर सड़क पर फैलता जा रहा था।

विराट इस तरह से नहीं मरना चाहता था : महक को अलविदा कहे बिना ही, उस लड़की को जिससे वह शादी करना चाहता था, जिसका वह देखभाल करने वाला पति बनना चाहता था, और जिसके बच्चे का वह पिता बनना चाहता था। वह काव्या के लिए जीना चाहता था क्योंकि वह उसकी ज़िन्दगी था। उसका सबसे अच्छा दोस्त और उसको मानसिक तौर पर मदद देने वाला। इस तरह से ज़िन्दगी कैसे खत्म हो सकती थी? जब उसके आस-पास सब कुछ सामान्य होता जा रहा था तब यही होना था। विराट ने अपने भाग्य को

कोई इन्सान भरी जवानी में इस तरह अचानक चला जाता है, बिना कुछ बताए तो आप हैरान रह जाते हैं। ऐसा लगता है, जैसे हमारी दुनिया ही उलट गयी हो।

विराट महक के दिल की धड़कन था। उसके शरीर की आत्मा, उसके होने का कारण। विराट की मौत के बाद उसकी दुनिया जैसे थम गयी थी। विराट के बारे में सोचने से खुद को रोक पाना और भविष्य की सारी उम्मीदों को जला कर राख कर देना महक के लिए बहुत मुश्किल साबित हो रहा था; वह भविष्य जिसमें वे एक-दूसरे के साथ जीते, साथ-साथ घर बसाते और अपने बच्चे पालते। काव्या को पता था कि ज़रूरत पड़ने पर वह मदद के लिए उसके पास ही जा सकती थी। वह उसे मानसिक रूप से मज़बूती देता था, वह ऐसा था जिसके साथ बेपरवाह होकर रहा जाये। वह भगवान को इसके लिए कोस रही थी कि उसने उसकी ज़िन्दगी क्यों नहीं ले ली। वह पहले एक दुर्घटना में बच गयी थी लेकिन विराट के जाने के बाद उसके लिए ज़िन्दगी का कोई मतलब नहीं रह गया था।

विराट ने रोहन को यह दिखाया था कि किस तरह से रहना चाहिए और वास्तव में खुश कैसे रहा जाता है और उसने उसे प्रेरणा दी थी कि उस आदमी के साथ रहना चाहिए जो उसे सच में प्यार करता हो। लेकिन जब उसे उसी तरह का प्यार लौटाने का समय आया, विराट उसे छोड़कर जा चुका था। मैं उससे सिर्फ़ एक बार मिला था और मैंने उसे बेहद दोस्ताना और ज़िन्दगी से भरपूर पाया था। रिद्धिमा और मैं अपनी भावनाओं को काबू में नहीं रख सकते थे और हमारे आँसू बह रहे थे। हमने अस्पताल से उसके शव को लेने के लिए कागज़ी कार्रवाई पूरी की। कितनी अजीब बात है कि कोई इन्सान मरने के बाद खत्म हो जाता है और हम उसे 'लाश' कहकर पुकारते हैं। रोहन और मैंने उसके अन्तिम संस्कार के लिए सारे ज़रूरी इन्तज़ाम किए। अन्ततः उसके परिवार और नज़दीकी रिश्तेदारों के सामने हमने विराट को आखिरी अलविदा कहा।

हालाँकि विराट सदा के लिए जा चुका था उसकी स्मृति हमारे साथ हमेशा बनी रहेगी। बेहद अँधेरी रातों में हमें दिलासा देती हुई। विराट की कमी हर दिन के हर पल खलेगी।

16 फ़रवरी 2010
रोहन का घर

'रोहन मुझे जाना होगा। मैं पुणे में सचमुच बहुत लम्बे समय से हूँ और मुझे लगता है कि अब समय आ गया है कि मुझे मुम्बई लौट जाना चाहिए,' मैंने नाश्ता करते हुए रोहन से कहा।

विराट को गुज़रे एक सप्ताह हो चुका था। मैंने अपने मुम्बई के दौरे को लम्बा खींच लिया था और अब न चाहते हुए भी मेरा मुम्बई लौटना ज़रूरी था। रोहन अपनी सोच में डूबा रहा और मेरी बातों का उसने कोई जवाब नहीं दिया। विराट के जाने की घटना ने उसे बुरी तरह प्रभावित किया था। मैंने उसे समझाते हुए कहा कि उसे इस दुःख से बाहर आना होगा क्योंकि विराट खुद भी खुश नहीं होता उसे इस हालत में देखकर। मैंने उससे यह भी कहा कि विराट के जाने के बाद उसके ऊपर दो और ज़िन्दगियों की ज़िम्मेदारी है—एक काव्या, जिसने अपना एकमात्र दोस्त खोया है और दूसरी महक जिसने अपने जीवन का प्यार ही खो दिया है।

मैंने उसे समझाते हुए कहा—'तुम्हें उन दोनों लड़कियों का खयाल रखना होगा। उनके लिए इस दुख से निकलना आसान नहीं है और तुम्हें विराट के दोस्त होने के नाते हर सम्भव कोशिश करनी होगी कि दोनों खुश रहें। खासकर काव्या, क्योंकि विराट उसकी रीढ़ की तरह था, और तुम्हें महक को भी मज़बूत बनाना होगा जिससे वह जीवन में आगे बढ़ सके। काव्या के अच्छे होने के लिए भी महक का साथ उतना ही ज़रूरी है।' जीवन में आगे बढ़ना ही एकमात्र रास्ता है जिस पर चला जा सकता है।

रोहन ने जवाब देते हुए कहा—'मैं जानता हूँ कि मुझे सबका खयाल रखना है और सबको सँभालना है लेकिन यकीन मानो यह आसान नहीं है।'

'मैं जानता हूँ लेकिन तुम सोचो अगर तुम ही कमज़ोर पड़ जाओगे तो बाकियों का क्या होगा?' वे पूरी तरह से टूट जायेंगे। तुम्हें मज़बूत होना पड़ेगा और सबके लिए खुशियाँ बिखेरनी होंगी। अपने जीवन की सारी समस्याओं के बावजूद भी विराट ने सबके लिए खुशियाँ बाँटीं और तुम्हारे लिए भी वो हमेशा खड़ा रहता था, तुम्हारे हर कठिन समय में। अब तुम्हारी बारी है कि तुम उसकी जगह के खालीपन को भरो और काव्या और महक का खयाल रखो। मुझे लगता है रिद्धिमा भी इस बारे में ऐसा ही सोचती है जैसा कि मैं।'

रोहन ने हाँ में अपना सिर हिलाया और मेरे जाने से पहले मुझे कसकर गले से लगा लिया।

'वैसे मुझे उस दिन यह बताने का चांस नहीं मिला लेकिन मुझे मेरी भाभी बहुत पसन्द है और रिद्धिमा तुम जैसे गधे को सँभालने के लिए सबसे सही लड़की है। उसे कभी मत छोड़ना और न ही उसे कोई दु:ख पहुँचाना वरना मैं तुम्हारी जान ले लूँगा,' मैंने माहौल को हल्का करते हुए कहा।

रोहन ने भारी आवाज़ में मुझसे कहा—'शुक्रिया आदित्य, इसलिए नहीं कि तुमने हमारी मदद की बल्कि इसलिए की तुम इस मुश्किल समय में हमारे साथ रहे जबकि वहाँ मुम्बई में तुम्हारा कॉलेज छूट रहा था।'

मैं वहाँ से चल पड़ा, मैं ज़िन्दा रहा, मैंने बहुत कुछ सीखा। विराट इतना ज़्यादा जीवन से भरपूर था कि मैं भी उससे अछूता नहीं रह पाया था। उसने मुझे यह सिखाया था कि हम अपनी ज़िन्दगी को अपने प्लान के मुताबिक नहीं जी सकते हैं और हमें हमेशा अप्रत्याशित के लिए तैयार रहना चाहिए। हर घटना के पीछे कोई-न-कोई वजह होती है चाहे वह घटना कितनी भी बुरी क्यों न हो। कभी-कभी किसी अपने के साथ, रहने के लिए अपने सपनों को भी छोड़ना पड़ता है। जीवन को उनके साथ जीना ज़्यादा बेहतर है बजाय इसके कि आप अपने सपनों के साथ अकेले जियें। विराट हम सबको छोड़कर जा चुका था हमेशा के लिए, लेकिन उसने अपनी मीठी यादें छोड़ दी थीं जो हर किसी के चेहरे पर हँसी बिखेर देतीं। मैंने कभी नहीं सोचा था कि यहाँ पुणे में मेरी ज़िन्दगी इतने सारे लोगों से घिर जायेगी और ये लोग मुझे जीने का नया तरीका सिखायेंगे। महक ने मुझे सिखाया कि प्यार क्या होता है, काव्या ने मुझे दोस्ती का असली मतलब समझाया, रिद्धिमा ने मुझे यह समझाया कि किसी के प्यार का इन्तज़ार करना ज़रूरी होता है, और विराट ने मुझे जीवन का मतलब समझाया था और मुझे अपने करीब आना भी। सचमुच, उसके जैसे लोग कम ही पैदा होते हैं। मुम्बई पहुँचने के बाद भी मैं उनके बारे में सोचता रहा और यह भी सोचता रहा कि इस अनुभव ने मुझे कितना समृद्ध किया और एक बेहतर इन्सान बनाया।

पन्द्रह दिनों के बाद भी जब भी फ़ोन की घंटी बजती तो महक ऐसे फ़ोन उठाती जैसे विराट का फ़ोन हो। उनके लिए इस बात का यकीन कर पाना असम्भव था कि वे उसे अब कभी नहीं देख पाएँगे। कई बार महक रोहन पर गुस्सा निकालती थी, लेकिन रोहन एक सच्चे बड़े भाई की भूमिका निभा रहा था इसलिए वो शान्त रहता था और कोशिश करता था कि महक मुस्कुराए। विराट के अचानक चले जाने से रोहन और महक भावनात्मक स्तर पर एक-दूसरे से जुड़ गये थे।

समय गुज़रने के साथ जो कुछ हुआ था उसे उन लोगों ने स्वीकार करना शुरू कर दिया था, हालाँकि इस बात को स्वीकार करना कोई खुश करने वाली बात नहीं थी। काव्या भी यह कोशिश कर रही थी कि इस कड़वे सच को स्वीकार करके अपनी ऊर्जा और अपनी उम्मीद को वापस हासिल कर सके। कई बार वह निरुत्साहित महसूस करती थी और कई बार हताश। यह उनके दर्द का सर्द महीना था—लम्बा, मद्धम और ठहरा हुआ समय। लेकिन महक जानती थी कि उसे मज़बूत होना था क्योंकि काव्या को एक दोस्त के रूप में उसकी ज़रूरत थी। सभी लोग एक-दूसरे की मदद कर रहे थे और विराट ने उन्हें साथ लाने में अपनी भूमिका का निर्वाह किया था।

किसी अपने को खो देने के दर्द से निकलने की पूरी प्रक्रिया ने उनको इन्सान के रूप में बदल दिया था। वे जैसे पहले थे वैसे नहीं रह गये थे, वे उस अनुभव से उबर चुके थे और रिश्तों और जीवन के बारे में उनके बदले हुए नज़रिए से यह सब दिखाई भी दे रहा था।

हम हमेशा ऐसे लोगों को नज़रअन्दाज़ करते हैं जो हमारे नज़दीकी होते हैं—दोस्त, माता-पिता, गर्लफ्रेंड, बॉयफ्रेंड—और अपने जीवन में उनकी मौजूदगी की तारीफ़ करना भी भूल जाते हैं। अगर आप उनको अचानक हमेशा के लिए खो दें तो? यह सोचकर भी हम काँप उठते हैं। रोहन, महक, काव्या और रिद्धिमा ने एक-दूसरे के साथ एक नया रिश्ता बनाया था; संग-साथ और दोस्ती का। धीरे-धीरे दुःख को स्वीकार करते हुए उन्होंने उस पर मरहम लगाने का रास्ता अपनाया था। विराट को इस तरह अचानक खो देना हम सब लोगों के लिए बेहद मुश्किल था लेकिन उसने हमारे दिलों और हमारी यादों में अपनी अमिट छाप छोड़ी थी जिसके सहारे जीवन चलता रह सके।

कोई कारण होगा

28 फ़रवरी 2010

यह इतवार की सुबह थी और रोहन सुबह की सैर पर पास के ही पार्क में महक से मिलने गया था। वह उसके साथ कुछ समय बिताना चाहता था और यह भी जानना चाहता था कि वह कैसी है। सुबह के सूरज की किरण उनके जीवन में उम्मीद की एक नयी किरण और उनको ताकत देने आयी थी जिसके बल पर वे अपने अतीत से निकलकर आगे बढ़ सकें। उस घटना के बाद दोनों अच्छे दोस्त हो गये थे और भावनात्मक रूप से एक-दूसरे से जुड़ भी गये थे।

'जब भी मैं अपने दोस्तों को अपने भाइयों के साथ मस्ती करते हुए देखती तो मैं दुखी हो जाती थी क्योंकि मैं अपने माँ-बाप की एकलौती बच्ची थी और मेरा कोई ऐसा नज़दीकी कज़िन भी नहीं था जिससे मैं बात करती। उनके भाई उनको कॉलेज के बाद लेने आते थे और कॉफ़ी पिलाने के लिए बाहर ले जाते थे, मैं हमेशा से यह चाहती थी कि मेरा कोई भाई हो जिससे मैं बात कर सकूँ, जिससे सलाह ले सकूँ और जिसके साथ अपनी भावनाओं को साझा कर सकूँ। जब मेरी शादी हो तो वह मेरे लिए रोये और मुझे वह हौसला दे कि मैं अपने नये परिवार का हिस्सा बन सकूँ। शुक्रिया भईया। मुझे गर्व है कि आप मेरी ज़िन्दगी में हैं,' महक ने रोहन के साथ चलते हुए कहा।

टहलने के बाद वे पास की एक बैंच पर जाकर बैठ गये। उसने उसकी आँखों से आँसू पोंछे और उसके गालों को खींच दिया, वह कोशिश कर रहा था कि महक मुस्कुरा दे।

'मुझे समझ में नहीं आता कि क्या कहूँ, मेरे पास एक बहन है जिसके साथ मैं अपनी ज़िन्दगी को साझा कर सकता हूँ लेकिन अपने दोस्त को खोने की कीमत पर। और मुझे यह समझ नहीं आता कि मुझे उस दोस्त का शुक्रिया अदा करना चाहिए जिसने अनजाने में हम दोनों के बीच की दीवार को तोड़ दिया या इस बात के लिए उससे माफ़ी माँगनी चाहिए कि मैं तुम्हारा हाथ उसके हाथों में नहीं दे सका। यह मेरे लिए आसान नहीं था लेकिन आदित्य के शब्द हमेशा मुझे मज़बूत बनाते रहे और वैसे तो मैं जानता हूँ कि विराट की जगह कोई नहीं ले सकता, मैं कोशिश कर रहा हूँ कि तुम मुस्कुराने लगो और अपने अतीत से निकल आओ।'

'भईया, अफ़सोस मत कीजिए मुझे पक्का यह लगता है कि अगर आज विराट ज़िन्दा होता तो उसे आप पर गर्व महसूस होता। यह देखते हुए कि आपने काव्या और मुझे पिछले कुछ दिनों में जिस तरह सँभाला है काश, मैंने आपके साथ सब कुछ शुरू से ही साझा करना शुरू कर दिया होता। आपकी वजह से हम सब और हमारी ज़िन्दगी सामान्य हुई।'

'मैं बस यह चाहता हूँ कि विराट के लिए तुम सब लोग फिर से मुस्कुराना शुरू कर दो। वह हमेशा से यह चाहता था कि हम सब साथ रहें और हमें उसे निराश नहीं करना चाहिए। मैं जानता हूँ कि मैं विराट की जगह नहीं ले सकता लेकिन उसके जाने के बाद केवल मैं ही काव्या की देखभाल कर सकता हूँ इसलिए अगर मुझे कमज़ोरी महसूस हो भी तो मैं कमज़ोर नहीं पड़ सकता। मेरे दिमाग में एक सवाल गूँजता रहता है कि क्या हमारी ज़िन्दगी की कीमत इतनी कम है। अगर मैंने उससे तोहफ़े लाने के लिए नहीं कहा होता तो वह उस इलाके में जाता ही नहीं।'

महक ने रोहन के कन्धे पर सिर टिका दिया और वह धीरे-धीरे उसके माथे पर थपकी देने लगा। रोहन उसकी ज़िन्दगी में उस समय आया था जब उसे किसी दोस्त की बेहद ज़रूरत थी। वह खुशकिस्मत थी कि उसे रोहन के रूप में दोस्त और भाई दोनों मिला था। पार्क में कुछ चक्कर लगाने के बाद वे घास पर लेट गये। वे रिद्धिमा के बारे में बातें करने लगे और यह कि किस तरह से रोहन ने उसके सामने प्यार का इज़हार किया। महक ने भी उसके साथ यह साझा किया कि उसने विराट और काव्या के साथ कैसी-कैसी पागलपंती की

थी और किस तरह अपने बर्ताव से वे अपने आस-पास के लोगों को चिढ़ाया करते थे। महक को काव्या से पार्क में मिलना था और रोहन ने भी उनके साथ आने का फैसला किया क्योंकि रिद्धिमा इतवार के दिन अपनी क्लास में बिज़ी थी और उसके पास इससे बेहतर करने के लिए कुछ था नहीं।

विराट के न होने से रोहन और महक भावनात्मक रूप से एक-दूसरे से जुड़ गये थे और अगर वह ऊपर से देखता भी तो इस बात से बहुत खुश होता कि उसके न रहने पर उनके जीवन में कितना बदलाव आ गया था।

डे-कट्टा, कोथरुड

'कितनी अजीब बात है कि हम सब यहाँ बैठे हैं लेकिन जिस आदमी ने हमें मिलवाया था वही नहीं है,' काव्या ने चिप्स का पैकेट खोलते हुए कहा।

'हाँ, लेकिन हम लोग हमेशा तुम्हारे साथ रहेंगे और तुम मुझे अपने बड़े भाई या अपने दोस्त के रूप में देख सकती हो, जो भी तुम्हें ठीक लगे, मैं वादा करता हूँ तुम कभी खुद को अकेला महसूस नहीं करोगी। विराट मेरा भी दोस्त था इसलिए नियम के मुताबिक हम लोग भी करीबी दोस्त हुए,' रोहन ने मुस्कुराते हुए कहा।

अच्छे रिश्ते रातोरात नहीं बन जाते। उनको बनने में समय और सब्र दोनों की ज़रूरत होती है। तीनों बहुत मुश्किल दौर से गुज़रे थे और वे तीनों अपने जीवन में एक-दूसरे की मौजूदगी का मतलब जानते थे, जब भी उन्हें समय मिलता वे एक-दूसरे से मिल लेते थे, और वैसे तो उनके बीच ज़्यादा बातचीत नहीं होती थी पर वे जब भी मिलते थे एक-दूसरे के साथ बहुत बढ़िया वक्त बिताते थे। शायद सबसे अच्छे दोस्त वे होते हैं जिनके साथ आप बरामदे में बैठें और जब उठें तो यह महसूस करते हुए उठें कि इतनी अच्छी बातचीत पहले कभी नहीं हुई थी। उनके बीच कुछ इसी तरह का रिश्ता था। महक को विराट की कमी हमेशा खलती थी और उसे कॉलेज के वे दिन याद आते थे जब वे साथ थे। वह जानती थी कि विराट को उससे अधिक काव्या से लगाव था क्योंकि उनकी दोस्ती अमर थी। लेकिन वह इसकी ज़रा भी परवाह नहीं करती थी क्योंकि काव्या उसकी भी अच्छी दोस्त थी। इतवार के दिन वे साथ-साथ खाना खा रहे

थे और पुराने दिनों को याद कर रहे थे।

'मेरे पास अभी भी उसका अन्तिम मैसेज है जो उसने...से कुछ मिनट पहले भेजा था,' महक यह कहते हुए रुक गयी।

अपने फ़ोन के इनबॉक्स में जाकर उसने ज़ोर से उस मैसेज को पढ़ा :

'अगर मुझे एक बार और प्यार करने का मौका मिला तो मैं तुम्हारा ही चुनाव करूँगा क्योंकि तुम मेरी ज़िन्दगी का पासवर्ड हो। वेलेंटाइन डे बहुत मुबारक हो, जश्न कुछ देर में शुरू हो जायेगा।'

'लेकिन जश्न शुरू होने से कुछ देर पहले ही वह चला गया,' काव्या ने भारी आवाज़ में कहा और वह बोलती गयी, 'अगर मैंने उसे अपने लिए सैंडविच लाने को नहीं कहा होता तो वह उस जगह से धमाके से कुछ देर पहले ही निकल गया होता और आज हमारे साथ बैठा होता।'

'अब अपने ऊपर इल्ज़ाम मत लो, हम होनी को नहीं बदल सकते। हमें अब इससे आगे निकलने की ज़रूरत है क्योंकि हमें इस तरह से रोते हुए देखना विराट को भी अच्छा नहीं लगेगा,' रोहन ने विषय को बदलने के लिहाज़ से कहा।

रोहन को भी उसकी कमी खल रही थी। जीवन में कई बार ऐसे पल आते हैं जब आपको किसी की इतनी याद आती है कि आप चाहते हैं कि वह आपके सामने आ जाये और आप सचमुच में उसके गले लग जायें। उसने अपने चेहरे पर मुस्कान लाते हुए अपने दर्द को छुपा लिया। आँख मिलाने से बचने के लिए अपने फ़ोन से खेलता रहा और उसने इनबॉक्स खोलकर विराट का मैसेज देखा।

'इसके अलावा मुझे तुम्हें एक बहुत ज़रूरी बात बतानी है जिसका सम्बन्ध तुम्हारी ज़िन्दगी से है। इसको न तो नज़रअन्दाज़ करना और न ही हल्के में लेना। मुझे ऐसा लगता है कि तुम्हें इसके बारे में जान लेना चाहिए क्योंकि सच का सामना कभी आसान नहीं होता। जब हम तेरह की शाम को मिलेंगे तो मैं तुम्हें इस बारे में बताऊँगा।'

अचानक उसे याद आया कि विराट उसे कोई ऐसी बात बताने वाला था जो उसकी ज़िन्दगी के लिए बहुत मायने रखती थी, रोहन उत्सुक था और उसने महक से पूछा कि क्या विराट ने उसे इस बारे में कुछ बताया था? महक को अच्छी तरह पता था कि रोहन किस बारे में बात कर रहा था क्योंकि रोहन को इस सच के बारे में बताने से पहले विराट ने उससे इसके बारे में बात की थी। उसने पिछले कई महीनों से इस बात को रोहन से छिपा कर रखा था लेकिन अब चूँकि उन दोनों के बीच रिश्ते बदल चुके थे इसलिए उसने फैसला किया कि वह उसे सच बता देगी। वह सच जिससे उसे ज़िन्दगी का सबसे बड़ा सदमा लगेगा।

9 फ़रवरी 2010
विराट का घर

'एक और बात है जो मैं तुमको बताना चाहती हूँ, यह बात पहले मैंने किसी को नहीं बताई है लेकिन मुझे लग रहा है कि तुम्हें बता देनी चाहिए,' महक ने कहा।

विराट अभी इस सच के सदमे से उबरने की कोशिश ही कर रहा था कि महक रोहन की बहन थी कि महक ने एक और रहस्य उजागर कर दिया।

'अब क्या? क्या तुम चाहती हो कि आज रात मुझे दिल का दौरा पड़ जाये। मैं इतनी जल्दी नहीं मरना चाहता,' विराट ने आँख मारते हुए कहा।

हालाँकि जब उसने इस राज़ के बारे में सुना तो उसे अपने कानों पर विश्वास नहीं हुआ।

'रोहन की पिछली गर्लफ्रेंड ज़ोया ने उससे झूठ बोला था कि वह इस रिश्ते में आगे इसलिए नहीं बढ़ना चाहती क्योंकि उसके परिवारवाले इसके खिलाफ़ थे,' महक ने खुलासा किया।

'मुझे याद है जब हमने इस बारे में चर्चा की थी तो रोहन भी मुझे यही बता रहा था।'

'असल में सच यह है...'

'क्या है मुझे बताओ,' विराट ने ज़ोर से कहा।

'ज़ोया मेडिकल टेस्ट में एचआईवी पॉजिटिव निकली थी। जिसकी वजह से वह अपने परिवार के साथ शहर को हमेशा के लिए छोड़कर जा रही थी। वह चाहती थी कि रोहन अपनी ज़िन्दगी खुशी-खुशी जिये जिसमें किसी भी

तरह की उलझन न हो और इसी कारण उसने इस बात को उससे छिपा लिया था। वह चाहती थी कि रोहन किसी ऐसी लड़की के साथ रहे जो उसे सच में प्यार करती हो। ताकि वह निश्चिन्त होकर मर सके कि कोई है जो रोहन का ध्यान रख रही है, उसके परिवारवाले उसके इलाज के लिए उसे शिमला लेकर जा रहे थे लेकिन वह जानती थी कि इलाज का नतीजा क्या निकलने वाला था। हम लोगों के बीच कभी-कभी बातचीत होती थी और जाने से पहले उसने मुझे यह बात बताई थी। मैंने उससे यह वादा किया था कि मैं इस बारे में रोहन को कभी नहीं बताऊँगी।'

विराट इतनी भयानक बात की कल्पना भी नहीं कर सकता था। वह अपनी जगह से हिल भी नहीं सका और उसकी आँखों में आँसू आ गये। '*यह ऐसी बात नहीं थी जिसे रोहन से छिपाकर रखा जाना चाहिए था,* 'उसने सोचा। उसने किसी तरह महक को तैयार कर लिया कि उन्हें रोहन को अपने रिश्ते के बारे में और ज़ोया के सच के बारे में भी तेरह फ़रवरी के दिन बता देना चाहिए। वैसे महक नहीं चाहती थी और वह बुरी तरह डरी हुई थी, विराट ने अपना मन बना लिया था और यहाँ तक कि काव्या ने भी हरी झंडी दे दी थी।

28 फ़रवरी 2010
डे-कट्टा, कोथरुड

'भैया उस शाम विराट आपको बताना चाहता था लेकिन...' महक रोने लगी।

महक ने जो बताया था उसे सुनकर रोहन सन्न रह गया था। हालाँकि ज़ोया उसके लिए अतीत बन चुकी थी और वह अपने जीवन में आगे बढ़ चुका था लेकिन उसे ऐसा लगा कि अगर उसने उसे इस बारे में बताया होता तो हालात को बेहतर तरीके से सँभाला जा सकता था। हम किसी व्यक्ति के बारे में किसी फ़ैसले पर पहुँचने की इतनी जल्दबाज़ी में होते हैं कि हम यह सोचते भी नहीं कि उसने जो फ़ैसला लिया उसका कोई और कारण रहा होगा। रोहन ने कभी सोचा भी नहीं था कि ज़ोया इस कारण से उससे अलग हुई। उसने आँखें बन्द कर लीं और दुआ की कि उसे गलत समझने के लिए वह उसे माफ़ कर दे।

मैं पहले से ही बहुत तनाव में हूँ इसलिए मुझे और कमज़ोर मत बनाओ। तुम मेरी ताकत हो और तुम्हें हमेशा मुस्कुराते रहना चाहिए। मैंने इस बारे में तुम्हारी बहन से भी बात की थी और वह भी मेरी इस बात से सहमत थी। रोहन प्लीज़ इस बात को समझो कि हम साथ नहीं रह सकते याद रखो : कहीं पर कोई है जो यह जान कर खुश है कि तुम खुश हो इसलिए हमेशा मुस्कुराते रहो और अपने सपनों को पूरा करने के लिए कड़ी मेहनत करते रहो।

ज़ोया ने उससे जो कुछ भी कहा था उसने उस बात को याद किया लेकिन वह अभी भी ज़ोया पर गुस्सा था क्योंकि उसने उसे सच नहीं बताया। इतना बड़ा सदमा वह अकेले कैसे बर्दाश्त कर सकती थी। वह हमेशा चाहती थी कि वह जीवन में आगे बढ़े और किसी से प्यार करे जो उसे ज़ोया से भी अधिक चाहे।

उसके शब्द उसके कानों में गूँज रहे थे :

सुनो, किसी ऐसी गर्लफ्रेंड की तलाश करो जो तुम्हें प्यार करती हो और उसकी सुन्दरता पर मत जाना। वह मुश्किल वक्त में तुम्हारा ध्यान रखने वाली हो और तुम्हारी ज़रूरतों को समझने वाली हो, समझ गये? मुझसे वादा करो और जब ऐसी कोई मिल जाये तो बताना ज़रूर।

महक अपनी जगह से उठी और रोहन के बगल में बैठकर उसका हाथ थाम कर उसे दिलासा देने लगी।

'विराट ने तो यह योजना भी बना ली थी कि वह शिमला के लिए तुम्हारी टिकट भी बुक करवा दे ताकि तुम ज़ोया से एक बार मिल सको।'

'इसका मतलब यह है कि तुम जानती हो कि वह शिमला में कहाँ है?' रोहन ने हकलाते हुए कहा।

'हाँ!'

'रोहन तुम्हें ज़ोया से एक बार मिलना चाहिए,' काव्या ने कहा।

'तो तुम्हें भी पता है?'

'हाँ, विराट ने मुझे बताया था कि उस शाम वह तुम्हें इस बारे में सब कुछ

बताने वाला था। मुझे गर्व था कि उसने सही निर्णय लिया था और मैंने उसका साथ दिया था। तुम्हें खुश होना चाहिए कि तुम्हारे पास उसके जैसा एक दोस्त था,' काव्या ने मुस्कुराते हुए कहा।

रोहन ने उसकी तरफ़ घूर के देखा और उसके बाद वह महक की तरफ़ घूम गया। उसने मुस्कुराते हुए सिर हिला कर उसकी बात का समर्थन किया। यह विराट की ख्वाहिश ही थी जो उसकी आख़िरी ख्वाहिशों में एक साबित हुई। काव्या और महक दोनों ने उसे खुश करने की कोशिश की और उससे कहा कि वह ज़ोया से जाकर एक बार मिल ले। रोहन को कुछ भी समझ नहीं आ रहा था कि रिद्धिमा इसके लिए तैयार होगी या नहीं। काव्या ने उसे समझाया कि रिद्धिमा उसे सच्चे दिल से प्यार करती है और वह खुशी-खुशी उसे जाने देगी।

जो भी होता है उसके पीछे कोई कारण होता है। कई बार हम समय पर कारण समझ जाते हैं और कई बार नहीं। उस दिन शाम को क्लास के बाद उसने रिद्धिमा को सब कुछ बता दिया।

मैं तुम्हारे ऊपर विश्वास करती हूँ—रिद्धिमा ने बिना किसी हिचकिचाहट के कहा। सच्चा प्यार फ़ोन करना और मैसेज में स्माइली भेजना नहीं होता है बल्कि वह अन्दर की मुस्कुराहट और अपने प्रेमी को उससे भी बेहतर तरीके से जानना होता है। रिद्धिमा ने रोहन को इसके लिए ज़ोर से गले लगा लिया कि उसने उसे ज़ोया के बारे में उसी तरह से बताया जिस तरह से वह पहले बताया करता था।

किसी को अपने प्यार को तब तक दोषी नहीं ठहराना चाहिए जब तक कि उस फ़ैसले के पीछे के कारण के बारे में पता न चल जाये। ज़ोया ने रोहन के जीवन से निकल कर सच्चे प्यार का एक अलग पहलू दिखाया था और अब यह उसकी बारी थी कि वह ज़ोया से किया हुआ अपना यह वादा पूरा करे कि जब कोई ऐसी लड़की उसे मिल जाये जो मुश्किल वक्त में उसका ध्यान रखने वाली हो और उसकी ज़रूरतों को समझने वाली तो वह उसे बतायेगा। रोहन और रिद्धिमा ने यह फ़ैसला किया कि वे शिमला जायेंगे और ज़ोया से आखिरी बार मिलेंगे।

2 मार्च 2010
पुणे एयरपोर्ट

'ज़रा यह सोचो कि अगर विराट हमारी ज़िन्दगी में कभी नहीं आया होता और उसने हमारी ज़िन्दगी को इस तरह से भरपूर नहीं बनाया होता?' वेटिंग लाउन्ज

में बैठे-बैठे रोहन ने रिद्धिमा से पूछा।

'शायद ज़िन्दगी का मतलब अपने लिए साथी ढूँढना नहीं होता है, शायद यह अपने आपको खोजना होता है। मुझे इस बात की खुशी है कि वह तुम्हारे अन्दर इतने सकारात्मक बदलाव लेकर आया। महक ने अपनी ज़िन्दगी में प्यार खो दिया और मैं जानती हूँ कि यह बहुत ही भयानक होता है, लेकिन आज वह मुस्कुरा रही है क्योंकि तुम्हारे रूप में उसने बहुत अच्छा भाई पा लिया है जो उसके लिए दोस्त से भी अधिक है। काव्या भी तुम्हें दोस्त के रूप में अपना चुकी है, मैं तुम्हें इसके लिए बहुत प्यार करती हूँ कि तुम सच्चे मर्द हो,' रिद्धिमा ने मुस्कुराते हुए कहा।

एक समय में एक स्त्री को सँभालना भी आसान नहीं होता और रोहन तीन-तीन को सँभाल रहा था। वह एक दोस्त, एक भाई और प्रेमी की भूमिका बहुत अच्छी तरह से निभा रहा था। वह रिद्धिमा को बहुत चाहता था लेकिन उसने इसे अपनी कमज़ोरी नहीं बनने दिया। वे एयरपोर्ट पर शिमला की फ्लाइट का इन्तज़ार कर रहे थे। और वह सोच रहा था कि अगर विराट उनके जीवन में नहीं आया होता तो उनकी ज़िन्दगी कितनी अलग होती। ज़िन्दगी में हम जिस किसी से भी मिलते हैं उसका एक कारण होता है। कुछ आपकी परीक्षा लेते हैं, कुछ आपका इस्तेमाल करते हैं, कुछ आपको सबक सिखाते हैं जबकि कुछ आपके अन्दर का अच्छा या बुरा पहलू सामने ले आते हैं। विराट ने एक इन्सान के रूप में रोहन को पूरी तरह बदल दिया था और उसके जीवन का पासवर्ड अनलॉक कर दिया था। इस समय वह जहाँ भी है वह नीचे उन्हें देखकर मुस्कुरा रहा होगा। यहाँ तक कि महक और काव्या भी समझ गयी थीं कि अतीत कभी लौट कर नहीं आता। चाहे हम इसे बहुत मज़बूती से ही पकड़ कर रखें। इसलिए उसे भूल जाना ही बेहतर होता है। जीवन में आगे बढ़ना कभी भी बहुत आसान नहीं होता लेकिन कई बार बहुत ज़रूरी होता है।

आखिर में

विराट की मौत के लगभग पाँच साल बीत चुके हैं और महक ने ग्रेजुएशन की पढ़ाई पूरी करके सालसा सिखाने की अपनी क्लासेज़ शुरू कर दीं। वह जल्दी ही अपनी इवेंट मैनेजमेंट कम्पनी शुरू करने वाली है। कई बार उसे विराट की कमी खलती है, खासकर जब वह अपने स्टूडेंट्स को डांस सिखा रही होती है। लेकिन उसकी अनुपस्थिति ने उसे कमज़ोर नहीं बनाया बल्कि उसका हौसला बढ़ाया कि वह कुछ अच्छा कर सके।

काव्या अभी भी महक की सबसे अच्छी दोस्त है और वे अभी भी उसी तरह से पागलपंती किया करते हैं। जैसे सभी दोस्तों के बीच बहसें होती हैं, उसी तरह उन लोगों के बीच भी होती है। आखिरकार दोस्त तब तक सच्चे दोस्त नहीं होते जब तक कि उनके बीच बहसबाज़ी न हो और उसके बाद वापस फिर से दोस्त बन जायें। उसके आस-पास बहुत सारे लोग थे जिन्होंने सच में उसकी बहुत परवाह की, जिसकी वजह से उसकी मुस्कान लौट आयी, और उसका पागलपन भी। अब वह शहर में अपनी बाइक भी चलाती थी। आप पूछेंगे कैसे? क्योंकि उसकी आँखों की रौशनी लौट आयी थी, हाँ, उसकी आँखों का ऑपरेशन हुआ जिससे उसकी आँखों की रौशनी वापस आ गयी और उसके जीवन का रंग भी। शुरू-शुरू में उसके लिए यह स्वीकार करना मुश्किल था कि विराट उसके सामने नहीं होगा लेकिन सभी के प्यार ने उसे मज़बूत बनाया और उसे जीवन में आगे बढ़ने का हौसला भी दिया। वह अब एक एनजीओ में काम कर रही है जो अनाथ बच्चों की बेहतरी के लिए काम करता है। रोहन ने रिद्धिमा के रूप में अपने जीवन में हमेशा का साथी पा लिया था और दोनों ने शादी कर ली है। वे सच में बहुत आदर्श पति-पत्नी हैं जो हर हाल में एक-दूसरे के साथ रहते हैं। उनकी एक प्यारी बेटी भी है जो बिलकुल रोहन की तरह लगती है और

बहुत नटखट भी है। वह चाहती है कि उसके पास भी उसके पापा की तरह एक स्मार्टफ़ोन हो जबकि उसे स्मार्टफ़ोन चलाना भी नहीं आता।

कुछ लोग अक्सर सोचते हैं कि ज़िन्दगी में आगे बढ़ पाना असम्भव होता है लेकिन वे ऐसा इसलिए सोचते हैं क्योंकि उन्होंने सच्चे प्यार को कभी महसूस नहीं किया होता है। रिद्धिमा ने रोहन को न केवल प्यार किया बल्कि उसे एक बेहतर इन्सान भी बनाया। वे अभी भी कभी-कभार ज़ोया से मिलने जाते हैं जो अभी भी एचआईवी से लड़ रही है। ज़ोया ने इस बात को मान लिया था कि वह और रोहन एक-दूसरे के नहीं थे लेकिन वे हर उस एक पल को प्यार करते थे जो उन्होंने साथ बिताया था। ज़ोया ने अभी भी उस तोहफ़े को सँभाल कर रखा हुआ है जो रिद्धिमा ने उसे पहली मुलाकात में दिया था।

3 मार्च 2010
शिमला

सबको प्यार की ज़रूरत होती है, कुछ उसके लिए कड़ी मेहनत करते हैं जबकि दूसरों को वह मुफ्त में मिल जाता है। ज़ोया बहुत दिनों से इसके लिए कोशिश कर रही थी। दुनिया में सबसे मुश्किल बात यह होती है कि उस समय अपना मुँह बन्द रखा जाये जिस समय कुछ कहने की ज़रूरत हो। जब उसने रोहन को अपने सामने पाया तो ऐसा लगा जैसे किसी ऐसे आदमी से मुलाकात हो रही हो जिसे आपने सालों पहले खो दिया हो और उनके लौटकर आने की कोई उम्मीद नहीं बची हो। उसके लिए यह बहुत हैरानी की बात थी कि इतने समय बाद उसका प्रेमी उसके पास आया है। वे एक-दूसरे के सामने खड़े थे लेकिन समझ नहीं पा रहे थे कि क्या कहा जाये। ज़ोया समझ गयी थी कि रोहन क्यों मिलने आया था। क्योंकि उसने महक और कुछ लोगों को छोड़कर किसी को भी नहीं बताया था कि वह शिमला में रह रही थी।

'कैसी हो?' रोहन ने पूछा।

'क्या कहना चाहिए? इन दिनों यह मेरे लिए सबसे मुश्किल सवाल है, मैं तो यह भी नहीं कह सकती कि मैं अच्छी हूँ।'

'तुम्हें कहना चाहिए...कम-से-कम समझ गयीं...मुझसे एक बार कहो...'

रोहन हकला रहा था।

'अगर मैंने तुम्हें बता दिया होता तो तुम कभी नहीं जाते और अगर जाते भी तो तुम किसी को भी उतना प्यार नहीं कर पाते जितना तुमने मुझसे किया,' ज़ोया ने कहा।

रोहन के पीछे खड़ी लड़की को देखकर उसने पूछा, 'यह कौन है?'

'मेरी गर्लफ्रेंड, रिद्धिमा।'

वैसे उसे रिद्धिमा के बारे में पता था लेकिन रोहन को रिद्धिमा के साथ देखकर स्वीकार कर पाना थोड़ा मुश्किल लग रहा था। वैसे यह लगता है कि आप ज़िन्दगी में आगे बढ़ चुके हैं लेकिन अगर आपके अतीत का ज़रा सा टुकड़ा भी आपके सामने आता है तो आप पूरी तरह से हैरान रह जाते हैं। हालाँकि ज़ोया उससे अच्छे से मुस्कुराते हुए मिली। वह कुछ जताना नहीं चाहती थी क्योंकि उसे अच्छी तरह पता था कि रोहन उसके जीवन का हिस्सा नहीं हो सकता। वह चाहे तो भी। वह उसके लिए बेहतर जीवन चाहती थी और इसीलिए उसने उसके जीवन से जाने का फ़ैसला खुद लिया था। चाहे कोई लड़की कितनी भी मज़बूत क्यों न हो लेकिन कभी-कभी वह भी चाहती है कि कोई उसे गले लगा ले। कमरे में अजीब-सा माहौल बन गया था।

'मुझे तुम्हारे लिए खुशी हो रही है, तुमने अपना वादा पूरा किया,' ज़ोया ने चुप्पी को तोड़ते हुए कहा।

ज़ोया ने रिद्धिमा को देखा। उसने अपने बैग से एक तोहफ़ा निकाला और उसके हाथ में दे दिया। वह भगवान गणेश की मूर्ति थी। ज़ोया ने उसका शुक्रिया अदा किया और बदले में रिद्धिमा ने उसे गले से लगा लिया। रोहन यह सब देखकर मुस्कुरा रहा था। रोहन खुद को बहुत खुशकिस्मत समझ रहा था कि उसकी ज़िन्दगी में रिद्धिमा जैसी समझदार और बड़े दिल वाली लड़की है। किसी लड़की में इसके लिए बहुत साहस की ज़रूरत होती है कि वह अपने बॉयफ्रेंड की एक्स गर्लफ्रेंड से एक शुभचिंतक के रूप में मिले।

'दोस्त?' रिद्धिमा ने ज़ोया की तरफ़ दोस्ती का हाथ बढ़ाते हुए कहा।

ज़ोया हैरान थी और उसने एक पल के लिए रोहन को देखा, रोहन मुस्कुरा रहा था।

'हम लोग कम-से-कम दोस्त तो हो ही सकते हैं,' रोहन ने कहा।

ज़ोया ने बदले में अपना हाथ बढ़ा दिया। अब उसे ज़िन्दगी में किसी भी तरह का पछतावा नहीं था और अपने जीवन की अन्तिम साँस तक इन पलों की खुशी के साथ रह सकती थी। उसके साथ कुछ घंटे बिताने के बाद जब वे जाने वाले थे तो ज़ोया ने पूछा, 'मिलने की खुशी में मैं तो विराट के बारे में पूछना ही भूल गयी। कैसा है वह?'

रोहन और रिद्धिमा को समझ में नहीं आ रहा था कि वे क्या कहें। उन्हें हैरानी हो रही थी कि उसे विराट के बारे में पता था जबकि उन दोनों में से किसी ने भी उसे विराट के बारे में नहीं बताया था। तब उसने बताया कि विराट ने उसकी हालत जानने के बाद उसे फ़ोन किया था और उसे शुभकामना दी थी। उसने ज़ोया से यह वादा किया था कि रोहन एक बार उससे पक्का मिलेगा।

'उसे मेरा शुक्रिया कहना क्योंकि उसने भी अपना वादा पूरा किया,' ज़ोया ने उन्हें अलविदा करते हुए कहा।

'वे मुस्कुराए और बिना उसे यह बताये वहाँ से चले गये कि विराट अब इस दुनिया में नहीं था क्योंकि वे उसके चेहरे से मुस्कान नहीं छीनना चाहते थे।'

♡♡

क्या यह अन्त है? नहीं, यह ज़िन्दगी भर की दोस्ती की शुरुआत है। ज़िन्दगी को अपने पास से न गुज़र जाने दें क्योंकि कोई भी पल वह पल हो सकता है जो आपकी आगे की पूरी ज़िन्दगी बदल दे। मेरी ज़िन्दगी में आने वाले सभी व्यक्तियों ने किसी-न-किसी रूप में मेरे जीवन को प्रभावित किया और मैं इस बात की कल्पना भी नहीं कर सकता कि उनके बिना मेरी ज़िन्दगी कैसी हुई होती। जब भी मुझे ऐसा महसूस होता है कि मैं कहीं फँस गया हूँ तो मैं अपने सच्चे रूप को पा लेता हूँ। जब भी मैं पुणे जाता हूँ उनसे ज़रूर मिलता हूँ। महक ने मुझे कई बार साल्सा डांस सिखाने की कोशिश की लेकिन बुरी तरह असफल साबित हुई। अब उसे भी यह बात समझ में आ गयी है कि डांस करना मेरे बस का नहीं है।

दोस्ती खामोश, अनलिखी, दूरी से न तोड़ी जाने वाली, समय के साथ न बदलने वाली शै होती है। विराट ने उनकी ज़िन्दगी सदा के लिए बदल दी थी और उनमें से सभी अपने दिल में उसका एक हिस्सा संजो कर रखते हैं। उसने दोस्ती को कभी परिभाषित नहीं किया। वह जानता था कि दोस्ती का मतलब अलग-अलग लोगों के लिए अलग-अलग होता है। वह बस यही जानता था कि दोस्ती किस तरह से लोगों को करीब लाकर लोगों को एक कर देती है। उसने सभी को यह दिखा दिया कि दोस्ती ही एकमात्र ऐसा 'जहाज़' है जो कभी नहीं डूबता।

□□□

आभार

कुछ पल ऐसे होते हैं जो हमारी ज़िन्दगी को हमेशा के लिए बदल देते हैं। 2011 में मेरी पहली किताब 'फ्यू थिंग्स लेफ़्ट अनसेड' के रिलीज़ होने के बाद इस तरह के बहुत सारे पल आये जिन्होंने मुझे वह इन्सान बनाया जो मैं आज हूँ। बेपनाह मोहब्बत और समर्थन के लिए मैं दुनिया भर के लाखों पाठकों का शुक्रगुज़ार हूँ। आप सब मेरी दुनिया हैं।

नीचे मैं जिन लोगों का धन्यवाद अर्पण कर रहा हूँ, वे सभी इस किताब को लिखने के दौरान मेरी शक्ति बने रहे।

दीपिका तन्ना और जस्मीन सेठी का आभार कि मैंने जब-जब कहा उन्होंने रजनीकांत की गति से पाण्डुलिपि पढ़ी।

मृण्मयी अम्बेकर का आभार कि उन्होंने ईमानदार समीक्षा की और नि:स्वार्थ भाव से समर्थन दिया।

सौरभ मोरे का सिर्फ़ इसलिए कि मैंने पिछली दफ़ा उनका नाम लिखा था और यह मेरे लिए सौभाग्यशाली साबित हुआ।

प्रियंका धसादे का इसके लिए कि उसने लगातार मेरी आलोचना की और मुझे बेहतर लिखने की दिशा दी।

नेहा महेश्वरी और मृण्मयी धुरंदर का आभार कि उन्होंने अपने दोस्तों को इसकी पाण्डुलिपि पढ़ने के लिए मजबूर किया, जब वे नहीं चाहते थे तब भी।

अपूर्वा को इसके लिए कि उसने हर समय मुझे सही दिशा दिखाई और सोंजा डि'सिल्वा का कि उसने मेरी ऊलजुलूल बातों को झेला।

कल्याणी अकोलकर का मेरे बहुत सारे सवालों का जवाब देने में धीरज बनाये रखने के लिए, नेहा करंदीकर का मेरे लेखन को लेकर लगातार अपनी राय देने के लिए, और सिमरन वेगड़ का महत्त्वपूर्ण सुझाव देने के लिए।

मानिक जायसवाल, ज़न्कृत ओज़ा और नरेन्द्र सिंह का कि उन्होंने खुलकर मेरी किताब को प्रचारित किया और अभिलाष रूहेला का मेरी किताब की समीक्षा करने के लिए और मुझे यह एहसास करवाने के लिए कि उनको प्रभावित करना बहुत आसान है।

उन सभी लोगों का आभार—जो मेरे लिए मायने रखते हैं—मम्मी, पापा और मेरी बहन श्वेता, और मेरे दादा-दादी, कि उन्होंने बहुत प्यार से मेरा साथ दिया।

ईश्वर का कि उन्होंने लेखन में मेरे ऊपर कृपा की।

फ़ेसबुक और ट्विटर पर मेरे विस्तृत परिवार को।

मिली, ऐश्वर्या, गुर्वीन चड्ढा, श्रुति काटोच, तथा रैंडम हाउस इण्डिया की पूरी टीम को कि मेरे द्वारा डेडलाइन चूक जाने के बावजूद उन्होंने कृपा बनाए रखी।

अन्त में, मेरे पाठकों के बढ़ते परिवार का शुक्रिया।

प्यार हमेशा हमेशा!